Obras da autora publicadas pela Editora Record

Série Rizzoli & Isles

O cirurgião
O dominador
O pecador
O dublê de corpo
Desaparecidas
O Clube Mefisto
Relíquias
Gélido
A garota silenciosa
A última vítima
O predador
Segredo de sangue
A enfermeira

Outros romances
Vida assistida
Corrente sanguínia
A forma da noite
Gravidade
O jardim de ossos
Valsa maldita

Com Gary Braver
Obsessão fatal

TESS GERRITSEN

RIZZOLI & ISLES
a enfermeira

Tradução de
MARINA VARGAS

1ª edição

EDITORA RECORD
RIO DE JANEIRO • SÃO PAULO
2024

CIP-BRASIL. CATALOGAÇÃO NA PUBLICAÇÃO
SINDICATO NACIONAL DOS EDITORES DE LIVROS, RJ

G326e
Gerritsen, Tess, 1953-
   A enfermeira / Tess Gerritsen; tradução Marina Vargas. – 1ª ed. –
Rio de Janeiro: Record, 2024.

   Tradução de: Listen to Me
   ISBN 978-65-5587-910-0

   1. Romance americano. I. Vargas, Marina. II. Título.

24-88996
CDD: 813
CDU: 82-31(73)

Gabriela Faray Ferreira Lopes - Bibliotecária - CRB-7/6643

Título original:
LISTEN TO ME

Copyright © 2022 by Tess Gerritsen

Texto revisado segundo o Acordo Ortográfico da Língua Portuguesa de 1990.

Todos os direitos reservados. Proibida a reprodução, no todo ou em parte, através de quaisquer meios. Os direitos morais da autora foram assegurados.

Direitos exclusivos de publicação em língua portuguesa somente para o Brasil adquiridos pela
EDITORA RECORD LTDA.
Rua Argentina, 171 – Rio de Janeiro, RJ – 20921-380 – Tel.: (21) 2585-2000, que se reserva a propriedade literária desta tradução.

Impresso no Brasil

ISBN 978-65-5587-910-0

Seja um leitor preferencial Record.
Cadastre-se no site www.record.com.br
e receba informações sobre nossos
lançamentos e nossas promoções.

Atendimento e venda direta ao leitor:
sac@record.com.br

Para Josh e Laura

1
Amy

Deveria ter calçado as botas, pensou ela ao deixar a Biblioteca Snell e ver a fina camada de gelo e lama cobrindo o campus. Ao sair de casa naquela manhã para ir à universidade, os termômetros marcavam a temperatura amena de dez graus; parecia ser mais um da série de dias primaveris que a faziam acreditar que o inverno finalmente terminara, e ela fora para o campus vestindo calça jeans, casaco de moletom com capuz e sapatilhas novas cor-de-rosa, de couro macio. Mas, ao longo do dia, enquanto trabalhava em seu laptop na biblioteca, lá fora o inverno voltara com força total. Naquele momento já estava escuro e, com o vento gelado soprando pelo pátio, as calçadas logo ficariam escorregadias como uma pista de patinação no gelo.

Com um suspiro, fechou o zíper do casaco de moletom e colocou nos ombros a mochila pesada com os livros e o laptop. *Não tem jeito. Vamos lá.* Desceu com cuidado os degraus em frente à biblioteca e se viu com lama até os tornozelos. Com os pés agora molhados e doloridos por causa do frio, seguiu pelo caminho entre o Haydn Hall e o Auditório Blackman. Bem, os sapatos novos estavam detonados. Que burrice. Era nisso que dava não verificar a previsão do tempo de manhã. Esquecera que março em Boston era brutal e podia partir o coração de uma garota.

Chegou ao Eli Hall e parou de repente. Virou-se. Aquilo que tinha ouvido eram passos atrás dela? Por um momento, olhou para a passagem entre os dois prédios, mas viu apenas a rua sem saída deserta, reluzindo sob a luz dos postes. A escuridão e o mau tempo haviam esvaziado o campus, e ela já não ouvia mais passos, apenas a neve fraca caindo e o silvo distante dos carros passando pela Huntington Avenue.

Apertou o moletom com mais força contra o corpo e continuou andando.

O pátio do campus, coberto por uma fina camada de gelo, estava escorregadio e reluzente, e seus sapatos completamente inadequados esmagavam a frágil superfície congelada e afundavam em poças, respingando água gelada em sua calça jeans. Não sentia mais os dedos dos pés.

Era tudo culpa do professor Harthoorn. Tinha sido por causa dele que Amy passara o dia todo na biblioteca, que não estava em casa naquele momento, jantando com os pais. Lá estava ela, sem sentir os dedos dos pés, quase congelados, tudo porque sua monografia — as trinta e duas páginas nas quais vinha trabalhando havia meses — estava *incompleta*, ele dissera. *Insuficiente*, acrescentara, porque Amy não havia abordado o acontecimento crucial na vida de Artemisia Gentileschi, o trauma que mudara sua vida e imbuíra suas pinturas de uma intensidade violenta e visceral: o fato de ter sido estuprada.

Como se as mulheres fossem punhados de argila sem forma que precisassem ser esmurradas e agredidas para serem transformadas em algo maior. Como se, para se tornar uma artista, Artemisia precisasse ter sido vítima de uma boa e velha violência sexual.

Enquanto atravessava o pátio, chapinhando na lama, ficava cada vez mais irritada ao lembrar os comentários de Harthoorn. O que um velho encarquilhado como ele sabia sobre as mulheres e todos os dissabores exaustivos e exasperantes que tinham de suportar? Todos os conselhos úteis impostos a elas por homens com seu tom de *eu sei do que estou falando*.

Ela chegou à faixa e parou diante do sinal para pedestres, que acabara de ficar vermelho. Claro que estava vermelho; tudo naquele dia tinha conspirado contra ela. Carros passavam, os pneus espirrando água suja. A mistura de chuva e neve caía com estrépito sobre sua mochila, e ela pensou no laptop, perguntando-se se estaria molhado, o que faria com que perdesse todo o trabalho que havia feito naquela tarde. Sim, esse seria o encerramento perfeito para aquele dia. Era o que ela merecia por não ter verificado a previsão do tempo. Por não ter levado um guarda-chuva. Por estar usando aqueles sapatos idiotas.

O sinal ainda estava vermelho. Será que estava com defeito? Será que ela deveria ignorá-lo e simplesmente atravessar a rua correndo?

Estava tão concentrada no sinal que não percebeu o homem parado atrás dela. Então alguma coisa nele chamou sua atenção. Talvez o farfalhar de seu casaco de náilon, ou o cheiro de álcool que ele exalava. Assim que percebeu que havia alguém às suas costas, virou-se para olhar.

O homem estava tão encolhido para se proteger do frio, com um cachecol enrolado no pescoço até o queixo e gorro de lã puxado até as sobrancelhas, que a única coisa que ela conseguiu ver de seu rosto foram os olhos. Ele não evitou o olhar dela; na verdade, encarou-a com olhos tão penetrantes que ela se sentiu invadida, como se aquele olhar estivesse alcançando seus segredos mais íntimos. Ele não fez nenhum movimento na direção dela, mas a maneira como a fitou foi suficiente para deixá-la apreensiva.

Amy olhou para o comércio do outro lado da Huntington Avenue. A lanchonete que vendia tacos estava aberta, as janelas bem iluminadas, e ela podia ver meia dúzia de clientes lá dentro. Um lugar seguro, onde havia pessoas a quem poderia recorrer caso precisasse de ajuda. Poderia entrar lá para se aquecer e talvez chamar um Uber para levá-la para casa.

O sinal finalmente ficou verde.

Ela deu um passo rápido demais da calçada para a rua, e a sola de sua sapatilha de couro derrapou no asfalto escorregadio. Agitou os braços, tentando se manter de pé, mas a mochila a fez perder o equilíbrio, e ela tombou para trás, caindo de bunda no chão enlameado. Encharcada e atônita, levantou-se cambaleando.

Não viu os faróis vindo a toda a velocidade em sua direção.

2
Angela

Dois meses depois

Se vir alguma coisa, comunique. Todos nós já ouvimos esse conselho tantas vezes na campanha antiterrorista que sempre que notamos um pacote suspeito onde não deveria estar, ou avistamos um estranho à espreita no bairro, automaticamente prestamos atenção. Pelo menos comigo é assim, ainda mais porque minha filha, Jane, é policial, e meu namorado, Vince, é policial aposentado. Já ouvi todas as histórias tenebrosas deles e, se eu vir alguma coisa, pode apostar que vou comunicar a alguém. Portanto, ficar de olho no bairro é algo natural para mim.

Eu moro em Revere, que, a rigor, não faz mais parte da cidade de Boston; na verdade, é como se fosse uma prima mais acessível, ao norte. A minha rua é de casas modestas, dispostas lado a lado. *Casas para começar*, como Frank (que em breve será meu ex-marido) as chamou quando nos mudamos para cá, quarenta anos atrás. Só que nunca nos mudamos para uma casa maior. Nem Agnes Kaminsky, que ainda mora na casa ao lado, nem Glen Druckmeyer, que morreu na casa do outro lado da rua — o que tornou a dele o oposto de "uma casa para começar". Ao longo dos anos, vi famílias chegarem e partirem. A casa à direita da minha está mais uma vez desocupada e à venda, à espera da próxima família. À minha esquerda mora Agnes, que era minha melhor amiga até eu começar a namorar Vince Korsak, o que a deixou escandalizada, porque meu divórcio ainda não foi oficializado, de forma que me tornei uma pecadora aos olhos dela. Mesmo que tenha sido Frank quem me trocou por outra mulher. Uma loira. O que realmente fez com que Agnes se voltasse contra mim foi o fato de eu *aproveitar* muito mais a vida agora que Frank foi embora. De eu *gostar* de ter um novo homem em minha vida e de beijá-lo no meu quintal. O que Agnes achou que eu deveria fazer depois que meu marido me deixou? Passar a me vestir toda de preto, como uma mulher virtuosa, e ficar sentada de pernas cruzadas até tudo lá embaixo secar? Ela e eu quase não nos falamos mais, mas não precisamos. Eu já sei o que ela faz o dia todo aqui do lado. As mesmas coisas que sempre fez: fuma seus Virginia Slims, assiste ao canal de televendas QVC e deixa os legumes cozinharem demais.

Mas quem sou eu para julgar?

Do outro lado da rua, começando pela esquina, fica a casa azul de Larry e Lorelei Leopold, que moram aqui há mais ou menos vinte anos. Larry é professor de inglês na escola de ensino médio local e, embora eu não possa dizer que somos próximos, jogamos Scrabble juntos toda quinta-feira à noite, de forma que conheço bem a amplitude de seu vocabulário. Ao lado dos Leopold fica a casa onde Glen Druckmeyer morreu e que estava desocupada até pouco tempo, para alugar. E ao lado dela, bem em frente à minha, mora Jonas, um solteirão de sessenta e dois anos e ex-membro das forças especiais da Marinha, que se mudou para cá há seis anos.

Recentemente, Lorelei o convidou para as noites de Scrabble na minha casa, o que deveria ter sido uma decisão coletiva, mas Jonas acabou se mostrando um excelente acréscimo ao grupo. Ele sempre traz uma garrafa de cabernet Ecco Domani, tem um bom vocabulário e não tenta introduzir sorrateiramente palavras estrangeiras, o que deveria ser proibido. Afinal, Scrabble é um jogo americano. Tenho de admitir que ele também é um cara bonito. Infelizmente, ele sabe disso e gosta de cortar a grama de seu jardim sem camisa, com o peito estufado e os bíceps salientes. Óbvio que não consigo deixar de observá-lo, e ele sabe disso também. Ao me ver na janela, faz questão de acenar para mim, o que, por sua vez, faz com que Agnes Kaminsky ache que está acontecendo alguma coisa entre nós, mesmo que isso não seja verdade. Sou apenas uma vizinha simpática, e quando alguém se muda para a nossa rua, sempre sou a primeira a aparecer com um sorriso e um pão de abobrinha. As pessoas gostam, me convidam para entrar, me apresentam seus filhos, me contam de onde são e o que fazem da vida. Pedem recomendação de encanador ou dentista. Trocamos números de telefone e prometemos nos encontrar em breve. Sempre foi assim, com todos os meus vizinhos.

Até os Green se mudarem para cá.

Eles alugaram o número 2533, a casa amarela onde Glen Druckmeyer morreu. A casa estava desocupada havia alguns meses, e fico feliz que finalmente esteja sendo habitada outra vez. Não é bom para uma casa permanecer vazia por muito tempo; isso acaba se refletindo em toda a rua, dando a impressão de que é uma área residencial indesejável.

No dia em que vejo o pequeno caminhão com a mudança dos Green estacionar diante da casa, tiro automaticamente um dos meus famosos pães de abobrinha do congelador. Enquanto o pão descongela, fico na varanda, tentando dar uma espiada nos novos vizinhos. Vejo primeiro o marido, que sai pelo lado do motorista: alto, loiro, musculoso. Não sorri. Esse é o primeiro detalhe que me chama a atenção. Ao chegar em sua nova casa, você não deveria estar sorrindo? Em vez disso, ele examina friamente a vizinhança, virando a cabeça de um lado para o outro, os olhos escondidos por trás de óculos escuros espelhados.

Eu aceno, mas ele não retribui minha saudação de imediato. Por um momento, limita-se a ficar parado, olhando para mim. Finalmente, levanta a mão em um cumprimento mecânico, como se um chip em seu cérebro computadorizado tivesse analisado a situação e decidido que a resposta correta seria acenar de volta.

Tudo bem, acho. Talvez a esposa seja mais simpática.

Ela sai pelo lado do carona do pequeno caminhão de mudança. Trinta e poucos anos, cabelo loiro muito claro, corpo esbelto, vestindo calça jeans. Também dá uma conferida na rua, mas com olhares rápidos e bruscos, como um esquilo. Aceno para ela, que retribui com um aceno hesitante.

Isso é convite suficiente para mim. Atravesso a rua.

— Permitam que eu seja a primeira a lhes dar boas-vindas ao bairro! — digo.

— É um prazer conhecê-la — retribui ela, e olha para o marido, como se pedisse permissão para continuar falando. Meus instintos me dizem que há alguma coisa errada com esse casal. Percebo a tensão entre eles e logo penso em todas as razões pelas quais um casamento pode fracassar. Eu que o diga.

— Meu nome é Angela Rizzoli — digo. — E você é...?

— Eu sou, hum, Carrie. E este é o Matt. — A resposta sai meio vacilante, como se ela tivesse que pensar em cada palavra antes de dizê-la.

— Moro aqui na rua há quarenta anos, então se precisarem saber alguma coisa sobre a região, qualquer coisa, podem me perguntar.

— Fale um pouco sobre os nossos vizinhos — pede Matt, e olha de relance para o número 2535, a casa azul ao lado. — Como eles são?

— Ah, quem mora aí são os Leopold. Larry e Lorelei. Larry é professor de inglês na escola pública de ensino médio, e Lorelei é dona de casa. Estão vendo como o gramado deles é bem cuidado? Larry é bom nisso, não deixa nenhuma erva daninha crescer no jardim. Eles não têm filhos, então são vizinhos legais e tranquilos. Do outro lado da casa de vocês mora o Jonas. Ele é aposentado das forças especiais da Marinha e, nossa, tem umas histórias inacreditáveis para contar. E do meu lado da rua, bem ao lado da minha casa, mora a Agnes Kaminsky. O marido dela morreu há séculos, mas ela nunca se casou de novo. Acho que ela simplesmente gosta das coisas do jeito que estão. Éramos melhores amigas, até meu marido... — Percebo que estou falando demais e faço uma pausa. Eles não precisam saber por que eu e Agnes não nos falamos mais. Tenho certeza de que em breve vão ficar sabendo por ela mesma.

— Então, vocês têm filhos? — pergunto.

Uma pergunta simples, mas Carrie olha para o marido novamente, como se precisasse da permissão dele para responder.

— Não — responde ele. — Ainda não.

— Então não vão precisar de indicação de babá. Está cada vez mais difícil encontrar uma, de qualquer maneira. — Eu me viro para Carrie. — Bem, tenho um pão de abobrinha delicioso descongelando na minha cozinha. Minha receita é famosa, embora eu seja suspeita para falar. Vou lá pegar agora mesmo.

Ele responde pelos dois:

— É muita gentileza da sua parte, mas não, obrigado. Somos alérgicos.

— A abobrinha?

— A glúten. Nada de produtos que contenham trigo. — Ele coloca a mão no ombro da mulher e a empurra gentilmente, mas com firmeza, em direção à casa. — Bem, temos que nos instalar. Até logo, senhora.

Os dois entram em casa e fecham a porta.

Observo o pequeno caminhão de mudança, que eles ainda nem descarregaram. Qualquer outro casal estaria ansioso para levar tudo para dentro de casa, não? A primeira coisa que eu faria seria desempacotar minha cafeteira e minha chaleira. Mas não, Carrie e Matt Green deixaram tudo no caminhão.

Durante toda a tarde, o caminhão fica estacionado na rua, com as portas trancadas.

Só depois de escurecer é que ouço o barulho metálico e espio do outro lado da rua, onde vejo a silhueta do marido parado atrás do veículo. Matt entra na traseira e um momento depois desce a rampa de costas, puxando um carrinho carregado de caixas. Por que ele esperou até escurecer para descarregar a mudança? O que não quer que os vizinhos vejam? Não devia haver muita coisa, pois ele leva apenas dez minutos para terminar o trabalho. Tranca o caminhão e entra em casa. Lá dentro, as luzes estão acesas, mas não consigo ver nada porque as persianas estão fechadas.

Ao longo das quatro décadas que vivi nesta rua, tive como vizinhos: alcoólatras, adúlteros e até mesmo um sujeito que batia na mulher. Talvez dois. Mas nunca conheci um casal tão reservado quanto Carrie e Matt Green. Talvez eu tenha sido muito invasiva. Talvez eles estejam tendo problemas conjugais e não consigam lidar com uma vizinha intrometida no momento. Pode ser inteiramente minha culpa o fato de não termos nos dado bem logo de cara.

Acho que preciso dar um pouco de espaço a eles.

Mas no dia seguinte, e no outro, e no dia depois desse, não consigo parar de vigiar o número 2533. Vejo Larry Leopold saindo para trabalhar. Vejo Jonas cortando a grama sem camisa. Vejo minha inimiga, Agnes, fumando um cigarro e olhando com desaprovação, como faz duas vezes por dia, ao passar pela minha casa.

Mas os Green? Eles passam furtivamente por mim, como espectros. Tenho apenas um breve vislumbre dele ao volante de um Toyota preto enquanto entra na garagem. Eu o espio instalando persianas nas janelas do andar de cima. Vejo a FedEx entregar um pacote na casa deles, que o motorista me disse ter sido enviado pela BH Photo, da cidade de Nova York. (Nunca é demais saber que o entregador da FedEx do seu bairro adora pão de abobrinha.) O que não vejo é qualquer sinal de que essas pessoas tenham emprego. Eles têm uma rotina irregular, com idas e vindas sem constância aparente, agindo como se fossem aposentados. Pergunto aos Leopold e a Jonas sobre eles, mas meus vizinhos sabem tanto quanto eu. Os Green são um mistério para todos nós.

Expliquei tudo isso para minha filha, Jane, por telefone, e era de esperar que ela tivesse ficado tão curiosa quanto eu. Mas ela salienta que não há nada de criminoso em querer ficar longe de vizinhos bisbilhoteiros. Jane tem orgulho de seus instintos policiais, de ser capaz de perceber quando há alguma coisa errada, mas não tem o mínimo respeito pelos instintos de uma mãe. Quando ligo pela terceira vez para falar sobre os Green, ela finalmente perde a paciência.

— Me ligue se algo realmente *acontecer* — diz, irritada.

Uma semana depois, a jovem Tricia Talley, de dezesseis anos, desaparece.

3
Jane

Bolhas subiam em espiral por um castelo cor-de-rosa da Cinderela, balançando uma floresta de algas marinhas de plástico em meio às quais havia um baú de pirata transbordando de pedras preciosas. Uma sereia com cabelos ruivos ondulantes estava reclinada em sua cama de concha, cercada por uma legião de admiradores crustáceos. Apenas um ocupante desse país das maravilhas subaquático estava realmente vivo e, naquele momento, olhava através do vidro manchado de sangue para a detetive Jane Rizzoli.

— É um aquário muito sofisticado só para um pequeno peixinho-dourado — comentou Jane. — Acho que tem todo o elenco de *A Pequena Sereia* aí dentro. Tudo isso para um peixe que vai ser jogado no vaso sanitário depois de apenas um ano.

— Não necessariamente. Isso é um *fantail* — explicou a Dra. Maura Isles. — Teoricamente, um peixe como esse pode viver dez ou vinte anos. O mais velho já registrado viveu quarenta e três anos.

Através do vidro, Jane via a silhueta aquosa de Maura, que estava agachada do outro lado do aquário, examinando o corpo de Sofia Suarez, de cinquenta e dois anos. Mesmo às 10:45 de uma manhã de sábado, Maura conseguia parecer elegante sem fazer nenhum esforço, uma habilidade que Jane nunca tivera. Não eram apenas os terninhos sob medida e o cabelo preto com corte geométrico; não, havia algo na personalidade de Maura. Para a maioria dos policiais de Boston, ela era uma figura intimidante, com seu batom vermelho-sangue, uma mulher que usava o intelecto como escudo. E esse intelecto estava agora totalmente empenhado em decifrar a linguagem da morte nas lesões e nos respingos de sangue.

— Sério? Peixinhos-dourados podem mesmo viver quarenta e três anos? — perguntou Jane.

— Pode conferir.

— Por que você guarda essa informação completamente inútil?

— Nenhuma informação é inútil. É só uma chave esperando a fechadura certa.

— Bem, vou pesquisar. Porque todos os peixinhos-dourados que eu tive morreram em menos de um ano.

— Sem comentários.

Jane se levantou e se virou para examinar mais uma vez a modesta casa da mulher que tinha vivido e morrido ali. *Sofia Suarez, quem era você?* Jane leu as pistas nos livros nas prateleiras, nos controles remotos alinhados na mesa de centro. Uma mulher metódica, que gostava de tricotar, a julgar pelas revistas na mesinha de canto. A estante estava repleta de livros de enfermagem e de romances melosos, o material de leitura de uma mulher que via a morte no trabalho, mas ainda assim queria acreditar no amor. E num canto, em uma mesinha adornada com flores de plástico de cores vivas, como em um altar, a foto de um homem sorridente e de olhos brilhantes, com uma bela cabeleira preta caindo sobre a testa. Um homem cuja presença fantasmagórica ainda pairava em todos os cômodos daquela casa.

Na parede, logo acima do santuário do falecido, estava pendurada uma foto do casamento da jovem Sofia e de seu marido, Tony. No dia em que se casaram, a alegria iluminava o rosto dos dois. Naquele dia, provavelmente acreditaram que teriam muitos anos felizes pela frente, ao longo dos quais envelheceriam juntos. Mas, no ano anterior, a morte levara o marido.

E, na noite anterior, um assassino fora atrás de Sofia.

Jane foi até a porta da frente, onde havia um estetoscópio enrolado no chão, coberto de respingos de sangue.

É aqui que o ataque começa.

O assassino já estava esperando quando ela entrou pela porta na noite anterior? Ou será que foi pego de surpresa ao ouvir a chave na fechadura e entrou em pânico ao perceber que estava prestes a ser flagrado?

O primeiro golpe não é fatal. Ela ainda está viva. Ainda está consciente.

Jane seguiu o rastro de sangue no chão, evidências da tentativa desesperada da vítima de escapar do agressor. Começava na porta da frente, atravessava a sala de estar, passando junto ao aquário com seu borbulhar suave.

E é aqui onde tudo termina, pensou Jane, olhando para o corpo. Sofia Suarez estava deitada de lado no chão de ladrilho, as pernas dobradas junto ao corpo, como um bebê no útero. Vestia o uniforme azul de enfermeira, o crachá do hospital ainda preso na blusa: *S. Suarez, Enfermeira*. Havia um halo de sangue em torno do crânio esmagado, e o rosto sofrera tantos golpes que estava destroçado e irreconhecível. Um triste resquício do rosto que irradiava felicidade na foto do casamento.

— Estou vendo o contorno de uma sola de sapato aqui, neste respingo de sangue — disse Maura. — E tem uma pegada parcial ali.

Jane se agachou para examinar mais de perto a marca da sola de sapato.

— Parece a sola de uma bota. Masculina, tamanho quarenta ou quarenta um? — Jane se virou para a porta da frente. — O estetoscópio dela está perto da porta. Ela é atacada logo depois de entrar em casa. Consegue rastejar até este ponto, onde se encolhe em posição fetal, talvez tentando se proteger, proteger a cabeça. E ele volta a golpeá-la.

— Já encontraram a arma?

— Não. O que devemos procurar?

Maura se ajoelhou ao lado do corpo e, com a mão enluvada, afastou com cuidado os cabelos da morta para expor o couro cabeludo.

— Essas lesões são bem definidas. Circulares. Acho que vocês deveriam procurar um martelo de cabeça chata.

— Não encontramos nenhum martelo. Com ou sem manchas de sangue.

O parceiro de Jane, Barry Frost, surgiu, vindo do quarto nos fundos. Seu rosto, em geral pálido, estava num tom de escarlate preocupante por causa de queimaduras de sol, consequência de sua ida à praia sem chapéu no dia anterior. Jane gemeu só de olhar para ele.

— Não encontrei a bolsa nem o celular dela — disse ele. — Mas encontrei isto. Estava ligado na tomada do quarto. — Ele mostrou um carregador. — Parece ser de um laptop da Apple.

— E cadê o laptop? — perguntou Jane.

— Não está aqui.

— Tem certeza?

— Quer procurar você mesma?

Foi uma resposta ríspida, atípica em se tratando de Frost, mas talvez ela tivesse provocado. E aquela queimadura de sol devia estar incomodando.

Jane já tinha dado uma olhada na casa mais cedo, mas começou a percorrê-la de novo, com o protetor de sapatos descartável sibilando no contato com o chão. Ela deu uma espiada no quarto de hóspedes, onde a cama estava coberta de roupas e lençóis dobrados. Logo adiante ficava o banheiro, o armário embaixo da pia lotado com os cremes e as loções faciais de costume, que faziam a promessa de juventude eterna sem nunca cumpri-la. No armário de remédios havia frascos de comprimidos para hipertensão e alergia, além de um frasco prescrito de hidrocodona, que tinha vencido seis meses atrás. Nada no banheiro parecia fora do lugar, o que Jane achou suspeito. O armário de remédios era um dos primeiros lugares que um ladrão costumava revirar, e a hidrocodona seria algo que valeria a pena roubar.

Jane continuou até o quarto principal, onde viu, na cômoda, outra foto emoldurada de Sofia e do marido em tempos mais felizes. Tempos cheios de vida. Eles estavam de braços dados na praia, e nos anos decorridos desde a foto do casamento ambos haviam ganhado rugas e quilos. A cintura estava mais roliça, as linhas de expressão, mais profundas. Ela abriu o armário e viu que, junto com as roupas de Sofia, ainda estavam pendurados os paletós e as calças de Tony. Como devia ter sido doloroso para ela abrir aquele armário todas as manhãs e ver as roupas do falecido marido. Ou será que era um consolo poder tocar os tecidos que ele usara, sentir seu perfume familiar?

Jane fechou o armário. Frost tinha razão: se Sofia tinha um laptop da Apple, não estava naquela casa.

Ela foi até a cozinha, onde havia pacotes de farinha de milho e sacos plásticos cheios de palha de milho seca sobre a bancada. Fora isso, a cozinha estava organizada e as superfícies, limpas. Sofia era enfermeira; talvez limpar e desinfetar superfícies já tivesse se tornado um hábito. Jane abriu o armário da despensa e viu prateleiras cheias de temperos e molhos que não conhecia. Imaginou Sofia empurrando o carrinho de compras pelos corredores do mercado, planejando as refeições que ia preparar para si mesma. A mulher morava sozinha, provavelmente comia sozinha e, a julgar pelo armário de temperos bem abastecido, cozinhar devia ser uma fonte de conforto. Mais uma peça do quebra-cabeça que era Sofia Suarez. Uma mulher que gostava de cozinhar e tricotar. Que sentia tanta falta do marido que mantinha as roupas dele no armário e um santuário em sua homenagem na sala. Uma mulher que adorava romances melosos e seu peixinho-dourado. Uma mulher que vivia sozinha, mas com certeza não tinha morrido sozinha. Alguém havia se inclinado sobre ela, com a arma do crime na mão. Alguém tinha visto Sofia dar seus últimos suspiros.

Jane olhou para o vidro estilhaçado no chão, que era da porta da cozinha, o ponto por onde o criminoso aparentemente havia entrado. Ele havia quebrado o vidro da porta, enfiado a mão pelo buraco e destrancado a fechadura. Jane saiu para o pátio lateral, uma faixa de cascalho erma com uma lata de lixo vazia e algumas ervas daninhas brotando. Havia mais estilhaços ali, mas o cascalho não preservava pegadas, e o portão tinha apenas uma trava simples, fácil de levantar pelo lado de fora. Nenhuma câmera de segurança, nem sistema de alarme. Sofia devia se sentir segura naquele bairro.

O celular de Jane tocou: o som estridente de acordes de violino. Era o tema de *Psicose* e deixava seus nervos à flor da pele — o que era muito apropriado. Sem ver quem estava ligando, silenciou o telefone e voltou para dentro da casa.

Uma enfermeira. Quem diabos mata uma enfermeira?

— Você não vai atender? — perguntou Maura quando Jane voltou para a sala de jantar.

— Não.

— Mas é a sua mãe.

— E é exatamente por isso que não vou atender. — Ela viu a sobrancelha arqueada de Maura. — É a terceira vez que ela me liga hoje. Eu já sei o que ela vai dizer. *Que tipo de policial você é se não dá a menor importância a um sequestro?*

— Alguém foi sequestrado?

— Não. É só uma garota do bairro dela que fugiu de casa. Não é a primeira vez que ela faz isso.

— Tem certeza de que é só isso?

— Eu já falei com a polícia de Revere, e agora é com eles. Não precisam que eu me intrometa. — Jane olhou de novo para o corpo. — Já tenho problemas suficientes.

— Detetive Rizzoli? — chamou uma voz.

Jane se virou e viu um policial parado na porta da frente.

— O que foi?

— A neta da vizinha acabou de chegar. Ela está pronta para fazer a tradução, caso queiram vir até a casa ao lado.

Jane e Frost saíram da casa, e a luz do sol era tão intensa que Jane precisou parar e estreitar os olhos por um momento para se acostumar à claridade enquanto se dava conta da plateia que os observava. Havia uma dúzia de vizinhos na calçada, atraídos pelo espetáculo dos carros oficiais estacionados na rua. Quando um furgão da perícia criminal parou atrás da fileira de viaturas da polícia, duas mulheres de cabelos grisalhos balançaram a cabeça, a mão cobrindo a boca, consternadas. Não era a atmosfera de circo com a qual Jane tantas vezes se deparava no centro de Boston, onde cenas de crime eram fonte de entretenimento. A morte de Sofia havia abalado visivelmente aqueles que a conheciam, e eles ficaram observando, em um silêncio atordoado, enquanto Jane e Frost caminhavam até a casa vizinha.

A porta foi aberta por uma jovem asiática vestindo calça risca-de-giz e camisa branca bem passada, um traje estranhamente profissional para uma manhã de sábado.

— Ela ainda está muito abalada, mas quer muito falar com vocês.

— Você é neta dela? — perguntou Jane.

— Sou. Lena Leong. Fui eu que liguei para a polícia. Minha avó ligou para mim primeiro, em pânico, e me pediu para chamar a polícia porque ela não se sente segura para se comunicar em inglês. Eu teria chegado mais cedo para servir de intérprete, mas tive que encontrar um cliente no centro da cidade.

— Em uma manhã de sábado?

— Alguns dos meus clientes não têm tempo durante a semana. Sou advogada especialista em imigração e represento muitas pessoas que trabalham em restaurantes. Sábado de manhã é o único horário em que eles estão livres para me encontrar. A gente faz o que tem que fazer. — Lena fez um gesto para que eles entrassem. — Ela está na cozinha.

Jane e Frost passaram pela sala de estar, onde o sofá xadrez parecia imaculado sob a capa de plástico. Na mesinha de centro havia uma fruteira com frutas esculpidas em pedra, maçãs cor de jade e uvas de quartzo rosa. Frutas eternamente reluzentes, que nunca iam apodrecer.

— Quantos anos sua avó tem? — perguntou Frost ao seguir Lena até a cozinha.

— Setenta e nove.

— E ela não fala *nada* de inglês?

— Ah, ela entende muito mais do que parece, mas tem vergonha de falar. — Lena parou no corredor e apontou para uma foto na parede. — Esses são minha avó, meus pais e eu, quando eu tinha seis anos. Meus pais moram em Plymouth e vivem insistindo para ela ir morar com eles, mas minha avó se recusa. Vive nesta casa há quarenta e cinco anos e não está disposta a abrir mão de sua independência. — Lena encolheu os ombros. — Ela é teimosa. Fazer o quê?

Na cozinha, encontraram a Sra. Leong sentada à mesa com a cabeça entre as mãos, os cabelos grisalhos despenteados como a penugem de um dente-de-leão. Diante dela, havia uma xícara de chá, exalando vapor com aroma de jasmim.

— *Nai nai?* — disse Lena.

Lentamente, a Sra. Leong olhou para os visitantes, com os olhos vermelhos de tanto chorar. Apontou para as outras cadeiras, e todos se sentaram; Lena se acomodou ao lado da avó.

— Primeiro, Lena, pode nos contar o que sua avó disse para você ao telefone? — pediu Frost, pegando o bloquinho de anotações.

— Ela me disse que ela e Sofia tinham combinado de se encontrar hoje de manhã. Mas quando minha avó foi até a casa dela e tocou a campainha, ninguém atendeu. A porta não estava trancada, então ela entrou. Viu o sangue. Em seguida, viu Sofia.

— Que horas foi isso?

Lena perguntou à avó, e a Sra. Leong respondeu com um longo fluxo de palavras em mandarim que evidentemente correspondiam a mais do que apenas a hora do dia.

— Pouco antes das oito da manhã — respondeu Lena. — Elas iam preparar tamales juntas. Costumam fazer isso em janeiro, mas fazia pouco tempo que Tony tinha morrido, e Sofia ainda estava muito abalada.

— Você está falando do Sr. Suarez? — perguntou Jane. — Como ele morreu?

— Foi um AVC hemorrágico. Ele foi operado, mas não recobrou a consciência. Passou três semanas em coma antes de morrer. — Lena balançou a cabeça. — Era um homem muito bom, muito gentil com minha avó. Com todo mundo, na verdade. Ele e Sofia estavam sempre andando de mãos dadas pelo quarteirão. Como recém-casados.

Frost ergueu os olhos do bloquinho no qual vinha fazendo anotações.

— Você disse que sua avó e Sofia iam preparar tamales hoje de manhã. Como elas conversavam uma com a outra?

Lena franziu a testa.

— Como assim?

— Sua avó não fala inglês. E imagino que Sofia não falasse chinês.

— Elas não precisavam conversar porque cozinhar *é* uma linguagem. Elas se observavam e provavam as coisas juntas. Sempre mandavam pratos uma para a outra. Os tamales de Sofia. O delicioso ragu de rabada da minha avó.

Jane olhou para a prateleira de temperos junto ao fogão, para a variedade de condimentos e molhos, tão diferentes dos de Sofia. Lembrou-se dos pacotes de farinha de milho na cozinha da mulher morta e imaginou as duas sentadas lado a lado, embrulhando massa de milho cozida em palha de milho, rindo e tagarelando em línguas diferentes, mas se entendendo com perfeição.

Jane observou enquanto a Sra. Leong enxugava o rosto, deixando manchas molhadas nas faces, e pensou na própria mãe, que também se aferrava à própria independência e morava sozinha. Pensou em todas as outras mulheres daquela cidade que ficavam sozinhas em casa à noite. Mulheres que viviam com medo do barulho de vidro se quebrando e de passos desconhecidos.

— Ontem à noite sua avó por acaso ouviu algo incomum? Uma voz ou um ruído suspeito?

Antes que Lena pudesse traduzir, a Sra. Leong já estava balançando a cabeça. Obviamente havia entendido a pergunta e respondeu com outro longo fluxo de palavras em mandarim.

— Ela disse que não ouviu nada, mas sempre vai dormir às dez — disse Lena. — Sofia trabalhava no turno da noite no hospital e costumava chegar em casa por volta das onze e meia, meia-noite. A essa altura, minha avó já costuma estar dormindo. — Lena fez uma pausa quando a Sra. Leong falou novamente. — Ela está perguntando se foi nessa hora que aconteceu. Logo depois que ela chegou em casa.

— Acreditamos que sim — respondeu Jane.

— Foi um assalto? Porque houve algumas invasões de domicílio no bairro recentemente.

— Quando foram essas invasões? — perguntou Frost.

— Teve uma há alguns meses, no outro quarteirão. Quando aconteceu, os moradores estavam em casa, dormindo, e não acordaram. Depois disso, meu pai instalou trancas novas na casa da minha avó. Acho que Sofia não teve tempo de fazer o mesmo nas portas da casa dela. — Lena olhou para Jane e em seguida para Frost. — Foi isso o que aconteceu? Alguém entrou na casa de Sofia para roubar e ela chegou bem na hora?

— Há objetos faltando na casa dela — respondeu Jane. — A bolsa e o celular. E possivelmente um laptop. Sua avó sabe se Sofia tinha um?

Seguiu-se um diálogo rápido em mandarim.

— Tinha — respondeu Lena. — Minha avó disse que Sofia estava usando o laptop na cozinha semana passada.

— Ela pode descrever esse laptop? A cor, a marca?

— Ah, duvido que ela saiba identificar a marca.

— Maçã — disse a Sra. Leong, e apontou para uma tigela de frutas na bancada.

Frost e Jane se entreolharam, surpresos. A mulher tinha acabado de responder à pergunta deles?

Frost pegou o celular e apontou para a logomarca na parte de trás.

— Uma maçã como esta? Era um computador da Apple?

A mulher fez que sim com a cabeça.

— Apple.

Lena riu.

— Eu disse que ela entende mais do que parece.

— Ela pode nos dar mais informações sobre o computador? A cor? Era antigo, novo?

— Jamal — disse a avó. — Ele ajuda ela comprá.

— Tudo bem — disse Frost, escrevendo o nome no bloco de anotações. — Em que loja Jamal trabalha?

A Sra. Leong balançou a cabeça. Frustrada, virou-se e disse algo à neta.

— Ah, *esse* Jamal — disse Lena. — É um garoto que mora na nossa rua, Jamal Bird. Ele ajuda muitas senhoras mais velhas do bairro. Vocês sabem, quando elas têm dificuldade de ligar a TV. É com ele que vocês têm que falar sobre o computador.

— Vamos falar — disse Frost, fechando o bloquinho de anotações.

— E ela disse para colocar chá verde gelado e pomada de calêndula, detetive.

— O quê?

— Na sua queimadura de sol.

A Sra. Leong apontou para o rosto dolorosamente vermelho de Frost.

— Se sentir muito melhor — disse ela, e pela primeira vez conseguiu sorrir.

Só mesmo Frost para finalmente arrancar um sorriso daquela mulher triste. As mulheres mais velhas sempre pareciam tratá-lo como um neto perdido.

— Mais uma coisa — disse Lena. — Minha avó disse que vocês precisam ter cuidado quando forem falar com o Jamal.
— Por quê? — perguntou Jane.
— Porque vocês são policiais.
— Ele tem alguma coisa contra policiais?
— Não. Mas a mãe dele tem.

4

— Por que vocês querem falar com o meu filho? Estão simplesmente pressupondo que ele fez alguma coisa errada?

Beverly Bird montava guarda na porta da frente, uma barreira intransponível contra qualquer um que ousasse invadir sua casa. Embora fosse mais baixa que Jane, era atarracada como um tronco de árvore, tinha os pés afastados e plantados com firmeza no chão, calçando chinelos cor-de-rosa.

— Nós não estamos aqui para acusar seu filho de nada, senhora — disse Frost calmamente. Quando era preciso acalmar os ânimos, Frost agia como um mediador de crises, a voz à qual Jane sempre recorria para diminuir a tensão. — Só achamos que talvez Jamal possa nos ajudar.

— Ele tem só quinze anos. Como poderia ajudar em uma investigação de assassinato?

— Ele conhecia Sofia e...

— Assim como todo mundo no bairro. Mas é claro que vocês, policiais, miram no único garoto negro do quarteirão.

Era natural que ela pensasse assim, e como poderia ser diferente? Para qualquer mãe, o mundo inteiro é um lugar repleto de perigos, mas isso era ainda mais verdadeiro para a mãe de um filho negro.

— Sra. Bird — interveio Jane —, eu também sou mãe. Entendo que esteja preocupada porque nós queremos falar com Jamal. Mas precisamos de ajuda para identificar o computador da Sra. Suarez, e ficamos sabendo que seu filho a ajudou a comprá-lo.

— Ele ajuda várias pessoas com computadores. Até ganha um dinheiro por isso às vezes. Deem uma olhada no bairro. Quantos desses idosos vocês acham que conseguem se entender com o próprio celular?

— Então ele é a pessoa certa para nos ajudar a encontrar o laptop desaparecido de Sofia. Quem invadiu a casa dela levou o computador, e precisamos saber qual era a marca e o modelo.

A Sra. Bird os observou por um momento, uma mãe ursa avaliando se aqueles intrusos representavam uma ameaça para seu filhote. Relutante, ela se afastou para deixar que entrassem na casa.

— Só para vocês saberem, eu tenho um celular e não tenho medo de filmar essa conversa.

— Tudo bem, se isso a deixar mais confortável — disse Jane.

Quem não tinha celular hoje em dia? Aquele era o mundo com o qual a polícia agora tinha que lidar, um mundo no qual cada um de seus movimentos podia ser registrado e questionado. No lugar daquela mãe, ela faria o mesmo.

A Sra. Bird os conduziu pelo corredor, os chinelos cor-de-rosa batendo na sola dos pés. Quando chegaram à porta do quarto, chamou o filho:

— Meu amor, é a polícia. Eles querem falar com você sobre Sofia.

O garoto devia ter ouvido a conversa porque não esboçou nenhuma reação, nem se virou para olhar para eles. Estava sentado em frente ao computador, com os ombros curvados, como se já suspeitasse que aquela visita não significava coisa boa. Espalhada pelo quarto, a bagunça típica de um adolescente: roupas sobre a cama, tênis Nike azuis no chão, prateleiras repletas de bonecos de plástico. Thor. Capitão América. Pantera Negra.

— Posso me sentar? — perguntou Jane.

O garoto encolheu os ombros, uma resposta que ela interpretou como um sim. Ou talvez apenas um *tanto faz*. Ao puxar uma cadeira para perto dele, ela notou um inalador de salbutamol no assento. O garoto tinha asma. Colocou o inalador na mesa e se sentou.

— Sou a detetive Rizzoli — apresentou-se ela. — E este é o detetive Frost. Trabalhamos na Divisão de Homicídios da Polícia de Boston e precisamos da sua ajuda.

— É sobre a Sofia, não é?

— Então você ficou sabendo o que aconteceu.

Ele fez que sim com a cabeça, ainda sem olhar para ela.

— Vi os carros da polícia.

— Ele ficou aqui em casa, e eu fui ver o que estava acontecendo. Disse a ele para não sair, porque não queria que houvesse nenhum mal-entendido. Vocês, da polícia, às vezes fazem suposições — a Sra. Bird disse da porta.

— Eu tento não supor nada, Sra. Bird — disse Jane.

— Então por que vocês estão aqui? — perguntou Jamal. Ele finalmente se virou para encarar Jane, e ela viu seus olhos castanhos úmidos com cílios incrivelmente longos. Jamal era pequeno para um jovem de quinze anos e parecia frágil. A asma, pensou ela.

— Alguns objetos sumiram da casa de Sofia, incluindo o laptop dela. A Sra. Leong disse que você ajudou Sofia a comprar o computador.

Ele piscou, os cílios brilhando.

— Era uma senhora legal. Sempre tentava me pagar pelas coisas que eu fazia para ela.

— O que você fazia?

— Algumas coisas. Ajudava a mexer na televisão. A configurar o computador novo. Fiquei com pena depois que o marido dela morreu.

— Todos nós ficamos com pena dela — acrescentou a Sra. Bird.

— Parece que as piores coisas sempre acontecem com pessoas boas.

— Nos fale sobre o laptop de Sofia. Quando você a ajudou a comprá-lo? — Frost perguntou a Jamal.

— Acho que tem uns dois meses. O computador antigo dela quebrou, e ela queria um novo para pesquisar umas coisas na internet. Ela não tinha muito dinheiro e me perguntou que tipo deveria comprar.

— Muitas senhoras do bairro pedem ajuda ao Jamal — explicou a Sra. Bird, com uma ponta de orgulho. — Ele é o especialista em tecnologia da vizinhança.

— Então, onde ela comprou o computador? — perguntou Frost.

— Eu encontrei um para ela no eBay. Foi superbarato. Um MacBook Air 2012 por cento e cinquenta dólares. A parte gráfica não era muito importante para ela, e imaginei que não precisasse de mais do que quatro gigabytes de memória. Ela ia usar só para pesquisa.

Frost escreveu em seu bloquinho de anotações.

— Então, um MacBook Air, 2012...

— Tela de treze ponto três polegadas. Processador Intel Core de um vírgula oito gigahertz...

— Espere aí, você está indo rápido demais. Vou anotar tudo isso.

— Quer que eu imprima as especificações técnicas para você? — Jamal se virou para o computador e digitou no teclado, buscando as informações. Segundos depois, a impressora começou a funcionar e ejetou uma folha de papel. — Era prata — acrescentou ele.

— E você disse que custou só cento e cinquenta dólares? — perguntou Jane.

— Isso, ela venceu o leilão, e o vendedor tinha boas avaliações. Quando ela recebeu o computador, eu fui até lá e ajudei a configurar o wi-fi dela também.

— Nossa — disse Jane. — Quem me dera ter alguém assim nos meus contatos de emergência.

Pela primeira vez, Jamal sorriu, mas com hesitação. Ainda não confiava neles. Talvez nunca confiasse de verdade.

— Algumas das senhoras pagam, sabe. Então a ajuda dele não seria gratuita — interveio a Sra. Bird.

— Mas nunca pedi a Sofia que me pagasse — explicou Jamal. — Ela ia me dar uns tamales em vez de dinheiro.

— Aquela mulher fazia uns tamales deliciosos — comentou a Sra. Bird.

Tamales que nunca chegaram a ser feitos naquele dia, pensou Jane. Às vezes eram pequenas coisas, como tamales, que uniam um bairro.

— E o celular dela, Jamal? — perguntou Frost. — Você se lembra dele?

Jamal franziu a testa.

— O celular também sumiu?

— Sumiu.

— Estranho. Porque era só um Android antigo que ela tinha fazia séculos. Sofia estava com dificuldade de usar, por causa da visão. Por isso ela precisava do laptop para fazer as pesquisas.

— Que tipo de pesquisa?

— Ela estava tentando encontrar umas reportagens de jornal antigas. É difícil fazer isso em um celular pequeno quando você não enxerga bem.

Frost virou uma nova página em seu bloquinho de anotações e continuou escrevendo.

— Então era um Android antigo. De que cor?

— Eu só sei que tinha uma capa azul com vários peixes tropicais. Ela gostava de peixes.

— Capa azul com peixes tropicais. Certo — disse Frost e fechou o bloquinho. — Obrigado.

Jamal soltou um suspiro, claramente aliviado porque o interrogatório tinha terminado. Mas não tinha. Havia mais uma pergunta que Jane precisava fazer.

— Não quero que você interprete o que vou perguntar da maneira errada, Jamal — disse ela. — Mas preciso ser minuciosa. Você pode nos dizer onde estava ontem, por volta da meia-noite?

Em um instante, foi como se uma nuvem tivesse encoberto seu rosto. Com aquela única pergunta, ela destruíra qualquer relação de confiança que pudessem ter estabelecido com ele.

— Eu sabia — sibilou a Sra. Bird, indignada. — Por que vocês querem saber onde ele estava? Então foi para isso que vieram aqui, não foi? Para acusá-lo?

— Não, Sra. Bird. É só uma pergunta de rotina.

— *Nunca* é rotina. Vocês estão procurando um motivo para culpar meu filho, mas ele nunca faria mal a Sofia. Ele gostava dela. Todos nós gostávamos.

— Eu entendo, mas...

— E já que querem saber, vou contar de uma vez. Estava quente ontem à noite, e meu filho não fica bem quando faz muito calor. Teve uma forte crise de asma. A última coisa que passaria pela cabeça dele seria sair pela nossa rua e fazer mal a alguém.

Enquanto a mãe falava, furiosa, Jamal não disse nada, apenas ficou sentado com as costas rígidas, os ombros retos, mantendo a dignidade em silêncio. Jane não podia retirar a pergunta, que teria feito a qualquer adolescente que morasse em um bairro onde tivesse havido invasões. Que conhecesse a vítima e tivesse entrado na casa dela.

O que ela disse em seguida o deixaria ainda mais ofendido.

— Jamal — disse ela calmamente —, como você esteve dentro da casa de Sofia, pode ter deixado suas impressões digitais lá. Precisaremos separá-las das outras não identificadas que encontrarmos.

— Vocês querem colher as minhas impressões digitais — disse ele em um tom apático.

— É só para sabermos quais podemos descartar.

O garoto deu um suspiro resignado.

— Tudo bem. Eu entendo.

— Um perito papiloscopista vai vir até aqui para coletá-las. — Jane olhou para a mãe dele. — Seu filho não está entre os suspeitos, Sra. Bird. Pelo contrário, foi de grande ajuda para nós, então, obrigada. Obrigada aos dois.

— Ah, claro — zombou a mulher. — Sei.

Quando Jane se levantou para ir embora, Jamal perguntou:

— E o Henry? O que vai acontecer com ele?

Jane balançou a cabeça.

— Henry?

— O peixe. Sofia não tem família, então quem vai alimentar o Henry?

Jane olhou de relance para Frost, que se limitou a balançar a cabeça. Ela se virou para Jamal.

— O que você sabe sobre peixinhos-dourados?

5

Na experiência de Jane, hospitais eram lugares onde coisas ruins aconteciam. O nascimento de sua filha, Regina, quatro anos antes, um acontecimento que deveria ter sido alegre, acabara marcado pelo medo e pela dor, um pesadelo que havia terminado em tiroteio e derramamento de sangue. As pessoas vêm para cá para morrer, pensou ela ao entrar com Frost no Hospital Pilgrim e tomar o elevador para a UTI cirúrgica, no sexto andar. Durante a pandemia, quando a covid-19 varrera a cidade, aquele de fato tinha sido um lugar aonde as pessoas iam para morrer, mas naquela noite de domingo, uma tranquilidade sinistra reinava na UTI. Havia uma única funcionária no balcão de atendimento, onde seis monitores exibiam os sinais vitais dos pacientes.

— Detetives Rizzoli e Frost, polícia de Boston — anunciou Jane, mostrando o distintivo à funcionária. — Precisamos falar com os colegas de trabalho de Sofia Suarez. Todas as pessoas que trabalhavam com ela.

A mulher assentiu.

— Nós achamos que vocês viriam. Eu sei que todo mundo quer falar com vocês. — Ela pegou o telefone. — Vou avisar ao Dr. Antrim também.

— Dr. Antrim?

— O diretor da UTI. Ele ainda deve estar no hospital. — Ela ergueu o olhar quando uma enfermeira surgiu, vindo de um dos cubículos onde ficavam os pacientes. — Mary Beth, a polícia está aqui.

A enfermeira logo veio na direção deles. Era ruiva e sardenta, com fragmentos de rímel preto nos cílios.

— Sou Mary Beth Neal, a enfermeira-chefe. Estamos todos em choque pelo que aconteceu com Sofia. Já pegaram o criminoso?

— Estamos no início da investigação — explicou Jane.

Uma a uma, mais enfermeiras se juntaram a eles no balcão da unidade, formando um círculo de rostos soturnos. Frost anotou rapidamente os nomes: Fran Souza, uma mulher baixinha e atarracada, de cabelos escuros bem curtos, com um corte tipicamente masculino. Paula Doyle, cabelos loiros presos em um rabo de cavalo, magra, bronzeada e em forma, como uma modelo de roupas esportivas. Alma Aquino, óculos enormes dominando o rosto de traços delicados.

— Não conseguimos acreditar quando ouvimos a notícia ontem à noite — disse Mary Beth. — Não conhecemos ninguém que tivesse algum motivo para fazer mal a Sofia.

— Mas infelizmente alguém fez — disse Jane.

— Então era alguém que não a conhecia. Meu deus, o mundo enlouqueceu.

Suas colegas assentiram, concordando, tristes. Para aqueles que se comprometeram a salvar vidas, tirar uma, sobretudo a de um dos seus, devia mesmo parecer um ato de loucura.

A porta da unidade se abriu e um médico entrou apressado, o jaleco branco esvoaçando contra as longas pernas. Ele não fez nenhum movimento para apertar a mão dos detetives; no mundo pós-pandemia, manter a distância tinha se tornado o novo normal, mas ele chegou perto o suficiente para que Jane lesse o nome em seu crachá. Estava na casa dos cinquenta, usava óculos de aro de tartaruga e tinha uma expressão séria. Foi isso o que mais chamou a atenção de Jane: a seriedade. Ela a reconheceu na testa franzida, no olhar ansioso.

— Meu nome é Mike Antrim — disse ele. — Sou diretor da UTI.

— Detetives Rizzoli e Frost — respondeu Jane.

— Tínhamos esperança de que fosse um equívoco. Que tivesse sido outra pessoa — disse Mary Beth Neal. — Outra Sofia.

Por um momento ninguém disse nada, e o único som foi o barulho de um ventilador no cubículo de um dos pacientes.

— Como podemos ajudar? — perguntou o Dr. Antrim.

— Estamos tentando reconstituir a sequência dos acontecimentos da sexta-feira. — Jane olhou para a equipe. — Quando vocês a viram pela última vez?

— No fim do turno da noite. Nós passamos nossos pacientes para a equipe do turno da madrugada às onze. Em geral, terminamos de passar o plantão por volta das onze e quinze — disse Fran Souza.

— E depois?

— Depois fui para casa.

As outras enfermeiras concordaram, e várias vozes disseram: "Eu também."

— E o senhor, Dr. Antrim? — perguntou Jane.

— Na sexta-feira eu estava aqui, de plantão.

— A que horas viu Sofia sair do hospital?

— Na verdade, não vi quando ela saiu. Estava ocupado com o paciente do leito sete. Ele teve várias paradas cardiorrespiratórias. Tentamos estabilizá-lo durante horas, mas infelizmente ele faleceu no início da manhã.

O médico fez uma pausa, o olhar se voltando para o cubículo número sete.

— O leito maldito — disse Mary Beth baixinho. — Foi onde Tony morreu também.

Frost ergueu os olhos do bloquinho de anotações.

— Tony?

— O marido de Sofia — respondeu o Dr. Antrim. — Ele ficou internado aqui na UTI durante quase um mês depois da cirurgia. Coitada da Sofia, trabalhando enquanto Tony vegetava naquele cubículo. Ele era como parte da nossa família.

— Os dois eram — acrescentou Mary Beth.

Todos ficaram em silêncio outra vez, e ouviu-se mais uma rodada de suspiros.

— É verdade, nós realmente somos uma família aqui — disse Antrim. — Quando minha filha ficou internada, há alguns meses, Sofia foi a enfermeira responsável por ela, e tratava Amy como se fosse sua própria filha. Ela não poderia ter recebido cuidados melhores.

— Sua filha... ela está bem? — perguntou Jane, quase com medo de ouvir a resposta.

— Ah, Amy está ótima agora. Ela foi atropelada na faixa de pedestres por um motorista louco. Fraturou a perna em três lugares e precisou fazer uma cirurgia de emergência devido à ruptura do baço. Minha mulher e eu ficamos apavorados, mas as enfermeiras daqui ajudaram nossa filha a se recuperar. Principalmente Sofia, que... — A voz falhou, e ele desviou o olhar.

— Vocês têm ideia de alguém que tivesse alguma coisa contra ela? Um ex-paciente, talvez? Um membro da família de um dos pacientes?

— Não — responderam as enfermeiras em uníssono.

— Não consigo imaginar ninguém querendo fazer mal a ela — acrescentou Antrim.

— É o que todo mundo diz — comentou Jane.

— Bem, é verdade — interveio Mary Beth. — E ela teria nos contado se estivesse recebendo ameaças.

— Ela estava se relacionando com alguém? Um relacionamento amoroso? — perguntou Frost. — Algum homem novo na vida dela?

Claramente ofendida com a pergunta, Mary Beth retrucou:

— Faz só seis meses que Tony morreu. Vocês acham mesmo que ela já estaria saindo com outro homem?

— Ela parecia preocupada com alguma coisa ultimamente? — perguntou Jane.

— Não, ela só andava mais quieta do que o normal, o que era de esperar, depois de perder Tony. É bem provável que tenha sido por isso que ela parou de ir aos nossos jantares mensais.

Jane notou que Antrim estava com a testa franzida.

— O que foi, doutor? — perguntou ela.

— Não sei se isso tem alguma importância. Na época me pareceu estranho, mas agora estou pensando...

— No quê?

— Na última quarta-feira, quando eu estava saindo do hospital. Vi Sofia no estacionamento, falando ao celular. Deve ter sido pouco antes do início do plantão dela, talvez por volta das duas e meia da tarde.

— O que tinha de estranho?

— Ela parecia chateada, como se tivesse acabado de receber uma má notícia. Eu só ouvi: "Tem certeza? Tem certeza de que é isso mesmo?"

— O senhor ouviu mais alguma coisa da conversa?

— Não. Quando me viu, ela desligou. Como se não quisesse que ninguém a ouvisse.

— O senhor sabe com quem ela estava falando?

Ele balançou a cabeça.

— Vocês devem ter acesso aos registros telefônicos dela. Não conseguem descobrir?

— Ainda estamos aguardando o registro de chamadas da operadora de celular. Mas, sim, vamos descobrir.

— Só me pareceu estranho, sabe? Todos nós a conhecemos há dez, quinze anos, desde que ela começou a trabalhar aqui no Pilgrim, e não consigo imaginar nenhuma razão para ela esconder algo de nós.

Que segredos uma enfermeira viúva de cinquenta e dois anos poderia estar escondendo?, Jane se perguntou. Sofia não tinha antecedentes criminais, nem sequer uma multa pendente por estacionar em lugar proibido. Durante a busca na casa dela, não tinham encontrado drogas ilícitas nem dinheiro escondido, e o saldo da conta bancária era modesto.

Talvez o segredo não fosse sobre ela.

— E o marido dela, Tony? — perguntou Jane. — Com o que ele trabalhava?

— Era carteiro — respondeu Mary Beth. — Depois de trinta anos, ainda adorava o trabalho. Gostava de conversar com as pessoas no itinerário dele. Gostava até dos cachorros delas, e os cachorros também o amavam.

— Não, eles amavam os biscoitos que ele dava — disse Fran Souza com uma risada triste. — Tony sempre tinha um saco de biscoitos para cachorro no furgão dos correios.

— Mas ele gostava de cachorros de verdade. Os dois gostavam. Depois que Tony morreu, Sofia começou a falar sobre ter um, talvez um bom e velho golden retriever. Mas depois ela achou que não seria justo com o cachorro, que ficaria sozinho em casa enquanto ela trabalhava. — Mary Beth fez uma pausa. — Que pena que ela não arrumou um cachorro. Talvez nada disso tivesse acontecido.

— Foi rápido? Ela sofreu? — perguntou Fran baixinho.

Jane pensou nas manchas de sangue seco no chão da sala, evidências da tentativa desesperada de Sofia de fugir. *Sim, ela tinha sofrido*. Sofia permanecera viva por tempo suficiente para ficar apavorada. Para saber que estava prestes a ser morta.

— Nós ainda estamos aguardando o laudo da necropsia — ela se limitou a dizer.

— É Maura Isles quem vai realizá-la? — perguntou o Dr. Antrim.

Jane olhou para ele, surpresa.

— O senhor conhece a Dra. Isles?

— Ah, sim. Nós tocamos juntos na mesma orquestra.

— Ela toca em uma orquestra?

— É uma orquestra de médicos. Ensaiamos uma vez por semana na Brookline High School. Ela é nossa pianista, e é muito boa.

— Eu sabia que ela tocava piano, mas não sabia da orquestra.

— Somos apenas amadores, mas nos divertimos. Vocês deveriam ir ao nosso concerto, daqui a algumas semanas. Sou um humilde segundo violino, mas a Maura? Ela é uma musicista de verdade, e vai ser a solista.

E não me contou nada.

O que mais Maura estaria escondendo dela?, Jane se perguntou enquanto ela e Frost desciam de elevador até o primeiro andar e atravessavam o estacionamento em direção ao carro dela. Era algo sem importância, mas ainda assim a incomodava. Ela sabia que Maura era reservada, mas as duas eram amigas havia anos, tinham passado por coisas terríveis juntas, e não havia nenhuma experiência capaz de estabelecer uma ligação mais profunda entre duas pessoas como enfrentar a morte lado a lado.

Ela se sentou ao volante e olhou para Frost.

— Por que ela não nos contou?

— Quem?

— Maura. Por que ela não contou que tocava em uma orquestra?

Frost encolheu os ombros.

— Você conta tudo *a ela*?

— Não, mas isso é diferente. Um concerto é uma coisa importante.

— Talvez ela tenha vergonha.

— De ter *mais uma coisa* que ela sabe fazer e eu não?

Ele riu.

— Está vendo? Você acha isso irritante, não acha?

— Fico mais irritada por ela não ter me contado. — O celular dela tocou, o som enervante de violinos. — Outra coisa que me irrita.

— Você não vai atender? Porque ela vai continuar ligando.

Resignada, Jane pegou o celular.

— Oi, mãe. Estou ocupada agora.

— Você está sempre ocupada. Quando podemos falar?

— É sobre Tricia Talley de novo?

— Você sabe o que aquele detetive de Revere disse? Ele disse a Jackie que, quando o dinheiro acabar, Tricia volta para casa. Quem diz uma coisa dessas à mãe de uma adolescente desaparecida? Estou dizendo que a polícia não está levando isso a sério.

— Ao contrário das últimas três vezes que Tricia fugiu de casa?

— A coitada da Jackie está desesperada. Quer falar com você.

— Temos que deixar a polícia de Revere cuidar disso, mãe. Eles não vão gostar se eu interferir.

— Interferir em quê? No completo descumprimento do dever da parte deles? Jane, você conhece os Talley praticamente desde que nasceu. Tomou conta daquela garota quando ela era pequena.

Não pode ignorar o caso de uma pessoa desaparecida só porque está envolvida em outra coisa mais importante.

— Um cadáver não é uma coisa, mãe.

— Bem, a essa altura, Tricia pode ser um cadáver. Será que vai ser necessário que isso aconteça para despertar o seu interesse?

Jane esfregou a têmpora, tentando afastar uma dor de cabeça incipiente.

— Está bem, está bem. Vou aí amanhã.

— A que horas?

— À tarde. Tenho que assistir a uma necropsia. E preciso investigar um monte de coisas também.

— Ah, e sabe aqueles vizinhos novos do outro lado da rua? Os Green?

— Você ainda está espionando eles?

— Tenho ouvido uns barulhos muito estranhos vindo da casa deles. Você sabe o que o Departamento de Segurança Interna recomenda. — Se vir alguma coisa, comunique. — Bem, só estou comunicando.

É, mãe. Você sempre faz isso.

6
Maura

— Como assim você nunca nos contou que toca em uma orquestra? — perguntou Jane. — Assim, é o tipo de coisa que você *poderia* ter mencionado.

Maura percebeu o tom acusatório na voz de Jane e não respondeu de imediato à pergunta. Em vez disso, se manteve concentrada no corpo estendido na mesa de necropsia à sua frente. As roupas de Sofia Suarez já haviam sido retiradas — uniforme hospitalar azul, sutiã tamanho 46B, calcinha branca de algodão — e, sob a iluminação forte do necrotério, cada imperfeição e cicatriz adquiridas durante os cinquenta e dois anos de vida da mulher estavam claramente visíveis. Maura não se concentrou de imediato no crânio esmagado ou no rosto desfigurado; em vez disso, estava interessada na cicatriz de queimadura no dorso da mão esquerda e na protuberância artrítica no polegar direito. Talvez lembranças das horas passadas na cozinha, picando ingredientes, fritando e sovando massa. O envelhecimento era um processo impiedoso. As coxas, que um dia deviam ter sido magras e lisas, agora estavam marcadas pela celulite. Uma cicatriz de apendicectomia fazia uma prega na parte inferior do abdômen. No pescoço e no peito havia sardas, pequenas verrugas e ceratoses seborreicas pretas e ásperas que o maior órgão do corpo muitas vezes desenvolve com o passar das décadas. Imperfeições que Maura estava começando a notar na própria pele, um lembrete deprimente de que a velhice chega para todos, se tivermos sorte.

Sofia Suarez não tivera.

Maura pegou o bisturi e começou a fazer a incisão.

— Também ficamos sabendo de um concerto que vai acontecer em breve — disse Frost. — Alice e eu gostaríamos de ir. Ela gosta muito de música clássica.

Por fim, Maura encarou Jane e Frost, que a observavam do outro lado da mesa. A queimadura de sol de Frost estava agora no feio estágio de descamação e, acima da máscara cirúrgica, sua testa estava descascando, descartando a pele morta.

— Acreditem, o concerto não vai ser grande coisa. Foi por isso que não me dei o trabalho de dizer nada. Como vocês ficaram sabendo, afinal?

— O Dr. Antrim nos contou — respondeu Jane. — Ele trabalhava com Sofia Suarez no Hospital Pilgrim.

— Eu não sabia disso.

— Interrogamos os colegas dela na UTI, e ele nos contou que você vai ser a solista do concerto deles.

— É só Mozart. — Maura pegou o talhador de ossos e começou a cortar as costelas. — O concerto para piano número vinte e um.

— Bem, isso parece *muito* sofisticado.

— Não é uma peça difícil.

— Alice adora Mozart — disse Frost. — Ela com certeza vai querer ouvir.

— Não sou nenhum Lang Lang. — Maura cortou a última costela, liberando o esterno. — Nós somos amadores. Apenas médicos tocando juntos por diversão.

— Mesmo assim você deveria ter nos contado — disse Jane.

— Faz poucos meses que entrei para o grupo, foi depois que a pianista deles caiu e fraturou o ombro.

— E você simplesmente chega e já começa tocando uma peça complicada?

— Eu já disse que não é grande coisa.

Jane bufou.

— Você disse, mas não acredito.

— Ei, talvez *nós* devêssemos começar uma banda ou algo assim — disse Frost a Jane. — Uma banda da polícia. Você tocava trompete, não tocava?

— Você não quer me ouvir tocar trompete, acredite.

Maura enfiou a mão no peito de Sofia Suarez e franziu a testa.

— A superfície do pulmão direito não parece normal. Há fibrose.

— O que isso quer dizer? — perguntou Jane.

— A explicação está nas radiografias do tórax. — Maura apontou com a cabeça para o monitor, onde era possível ver a imagem dos raios X da região torácica. — Estava nos prontuários médicos também. São sequelas de covid-19. Ela era enfermeira de UTI, então não me surpreende que tenha sido infectada. Não precisou ser entubada, mas ficou quatro dias internada, recebendo oxigênio. Muitas pessoas estão por aí, vivendo com radiografias parecidas com essa, e talvez nem saibam disso.

Maura pegou um bisturi e enfiou a mão de volta na cavidade torácica. Por um momento, os únicos sons foram a sucção úmida dos órgãos quando ela os retirava da cavidade e o barulho molhado quando eles pousavam no recipiente de metal. Os sons da mesa de um matadouro.

Ela voltou sua atenção para a cavidade abdominal e retirou alças do intestino, o estômago e o fígado, o pâncreas e o baço. Em seguida, fez uma incisão no estômago e esvaziou o escasso conteúdo em um recipiente.

— A última refeição foi pelo menos quatro horas antes da morte — observou ela. — O que teria sido durante o turno de trabalho dela.

— Então ela não parou em nenhum lugar para comer no caminho de volta para casa — comentou Jane. — Quatro horas. Ela devia estar com fome.

Maura colocou uma amostra do conteúdo do estômago em um saco lacrado para análise.

— Alguma correspondência no banco de impressões digitais?

— Não encontramos nenhuma digital estranha — respondeu Frost. — As que identificamos eram da vizinha dela, a Sra. Leong, e de Jamal Bird, o jovem gênio da informática que mora na mesma rua. Supondo que nenhum dos dois seja o assassino, ao que parece nosso criminoso usou luvas.

— E a marca da sola de sapato?

— Galochas comuns, masculinas, tamanho quarenta. Algo que qualquer um pode comprar em lojas de departamento. Ainda estamos esperando os registros telefônicos, mas isso não vai ajudar em nada se o assassino for alguém que ela não conhecia.

— E as invasões de domicílio que aconteceram recentemente na vizinhança? Algum detalhe em comum? — Maura olhou para Jane, que balançou a cabeça.

— O ladrão que invadiu as casas usava tênis Nike, tamanho quarenta e dois, e não encontramos as digitais dele na casa de Sofia. Esse caso seria fácil *demais* se estivéssemos diante da mesma pessoa que roubou outras casas do bairro.

Maura passou para a pelve, e, com uma incisão, o bisturi abriu o útero, revelando mais um triste segredo.

— Cicatrizes de endometriose. Em quase toda a parede uterina.

— Ela nunca teve filhos — disse Jane.

— Talvez essa seja a razão.

Ao colocar o útero ressecado na bacia metálica, Maura pensou na fotografia de casamento pendurada na casa da vítima, os noivos sorrindo, radiantes. Quando se casaram, Sofia e Tony não eram mais jovens, já estavam na casa dos quarenta; talvez o fato de terem se encontrado mais tarde na vida tornara o casamento deles ainda mais feliz. Tarde demais para filhos, no entanto.

Ela finalmente se voltou para as lesões que tinham levado Sofia Suarez àquela mesa. Até aquele momento, Maura tinha examinado o coração e os pulmões, o estômago e o fígado, mas eram órgãos anônimos, tão impessoais quanto miúdos de porco em um açougue. Agora teria que olhar para o rosto de Sofia, tão cruelmente deformado que parecia uma versão distorcida de Picasso. Maura já havia examinado as radiografias, tinha visto as fraturas no crânio e nos ossos da face e, mesmo antes de descolar o couro cabeludo e abrir a caixa craniana, sabia os danos que ia encontrar lá dentro.

— Há uma fratura nos ossos parietal e temporal — disse ela.

— Os contornos da lesão craniana são bem definidos e circulares, com uma ferida de borda regular na parte externa do crânio. As radiografias mostram claramente que há penetração óssea devido a uma ruptura da tábua externa com fratura cominutiva da tábua interna. Tudo isso é compatível com traumatismo contundente causado por um martelo. O primeiro golpe provavelmente foi desferido por trás e atingiu a vítima em um ângulo oblíquo.

— O criminoso era destro? — perguntou Frost.

— Provavelmente. Alguém que empunhou o martelo por cima do ombro direito. O mesmo impacto também causou uma fissura oblíqua ao longo do osso temporal. Com certeza foi um golpe forte o suficiente para deixá-la atordoada, mas sabemos que não a matou de imediato. O rastro de sangue pela sala nos diz que ela ainda conseguiu rastejar por alguns metros...

— Cinco metros — interveio Frost. — Que devem ter parecido quilômetros.

Enquanto afastava o couro cabeludo, descolando o cabelo e a pele dos ossos, Maura imaginou os terríveis momentos finais de Sofia. A dor dilacerante, o sangue escorrendo. O chão escorregadio sob suas mãos enquanto se arrastava para longe da porta da frente. Para longe do assassino.

Mas ela não é rápida o suficiente. Ele a segue, passando pelo aquário com a sereia em seu luxuoso castelo cor-de-rosa. Passando pela estante com os romances melosos. A essa altura, sua visão está embaçada e os membros, dormentes. Ela sabe que não vai conseguir escapar, que não pode se defender do ataque. Por fim, não consegue mais ir adiante, e é aí que tudo termina. Ela se encolhe de lado, em posição fetal, abraçando a si mesma quando o último golpe é desferido.

O golpe a atinge na têmpora direita, onde o osso é mais fino. Esmaga o osso malar, provocando o colapso do anel ósseo da órbita ocular. Tudo isso havia sido mostrado nas radiografias e também era observável na superfície exposta craniana. Mesmo antes de ligar a serra de ossos e abrir o crânio, Maura já sabia que a força dos golpes tinha deslocado fragmentos ósseos, rompido vasos sanguíneos e lacerado a massa cinzenta. Sabia quais eram as consequências catastróficas quando o sangue deslocava a matéria cerebral e os axônios eram esticados e rompidos.

O que ela não sabia era o que a vítima estava pensando nos momentos finais. Sofia com certeza estava apavorada, mas será que tinha ficado surpresa? Será que se sentira traída? Será que tinha reconhecido o rosto que olhava para ela? Era aqui que o bisturi do patologista encontrava seu limite. Maura podia dissecar um corpo, examinar seus tecidos até o nível celular, mas o que os mortos sabiam, viam e sentiam no apagar das luzes permaneceria para sempre um mistério.

Um sentimento de insatisfação pairava sobre Maura enquanto ela voltava para casa naquela noite. Ao entrar pela porta da frente, não pôde deixar de pensar em Sofia, que alguns dias antes havia entrado pela porta de sua casa depois do trabalho e se deparado com a morte esperando por ela. Na verdade, a morte estava à espera de todos; a única incógnita eram a hora e o local do encontro.

Maura foi direto para a cozinha e se serviu de uma taça de cabernet. Levou-a para a sala e se sentou ao piano. A partitura do Concerto nº 21 de Mozart já estava aberta, encarando-a, um lembrete de mais um compromisso que havia assumido e que envolvia o risco de uma humilhação amarga se ela fracassasse.

Tomou um gole de vinho, colocou a taça sobre uma mesinha lateral e começou a tocar.

O solo andante era lento e descomplicado e não exigia a mesma habilidade que as passagens mais dinâmicas; era um ponto de partida reconfortante. Uma maneira de se concentrar no andamento e na melodia em vez de pensar na morte de Sofia Suarez. Sentiu a tensão diminuir, e as nuvens carregadas que pairavam sobre seu humor se dissiparam. A música era o seu refúgio, um mundo distante do bisturi e da serra de ossos onde a morte não penetrava. Não tinha contado a Jane sobre a orquestra porque queria preservar essa distância entre os dois mundos, não queria que a pureza da música fosse maculada por sua outra vida.

Chegou ao fim do andante e se lançou imediatamente no *allegro*, os dedos, agora aquecidos, correndo pelas teclas. Continuou tocando, mesmo quando ouviu a porta da frente se abrindo e, pouco depois, o padre Daniel Brophy entrando na sala. Ele não disse uma palavra, apenas ouviu em silêncio enquanto tirava o colarinho clerical, despojando-se do uniforme de sua vocação, uma vocação que proibia qualquer relação íntima entre os dois.

No entanto, lá estava ele, sorrindo.

Maura chegou ao fim do concerto. Quando suas mãos se afastaram das teclas, Daniel passou os braços em torno dos ombros dela e lhe deu um beijo caloroso na nuca.

— Está maravilhoso — disse ele.

— Pelo menos não está tão desajeitado quanto na semana passada.

— Você não pode simplesmente aceitar um elogio?

— Só quando mereço.

Ele se sentou ao lado dela no banco do piano e a beijou nos lábios.

— Vai ser espetacular, Maura. E nem adianta começar a apontar todos os seus erros porque não consigo ouvi-los. E a plateia também não vai conseguir.

— Jane vai estar lá. E Frost vai levar a mulher dele, que supostamente é especialista em música clássica.

— Eles vão ao concerto? Achei que você não fosse contar a eles sobre isso.

— Eles descobriram. Afinal, são detetives.

— Nunca entendi por que você não contou nada. São seus amigos. Parece até que você tem vergonha de tocar.

— Vou ficar com vergonha se estragar tudo.

— Isso é o seu perfeccionismo falando. Na verdade, ninguém vai se importar se você não for perfeita.

— Eu vou.

— Que cruz pesada de carregar. — Ele sorriu. — Até agora, você conseguiu enganar a todos nós.

— Estou quase arrependida de ter concordado com essa apresentação.

— Quando acabar, você vai ficar muito feliz por ter feito isso.

Sorriram um para o outro, dois amantes improváveis que nunca deveriam ter se conhecido. Que tinham tentado ficar separados, tinham tentado negar que precisavam um do outro, mas fracassaram.

Ele notou a taça de vinho vazia na mesinha ao lado do piano.

— Quer mais um pouco de vinho?

— Com certeza. Já terminei de praticar de qualquer maneira.

Ela o seguiu até a cozinha e observou enquanto ele servia mais vinho em sua taça. O cabernet era saboroso e encorpado, um dos seus prazeres caros, mas quando viu que ele não tinha se servido, Maura de repente perdeu a vontade de tomar a segunda taça e a deixou de lado depois de apenas um gole.

— Você não vai beber — constatou ela.

— Eu adoraria, mas não posso ficar esta noite. Tenho uma reunião do conselho financeiro da paróquia às oito. Depois tem a reunião do nosso comitê de apoio aos imigrantes, que provavelmente vai até as dez. — Ele balançou a cabeça. — Simplesmente não há horas suficientes no dia.

— Bem, mais tempo para eu praticar piano.

— Mas amanhã à noite eu volto. — Ele se inclinou para beijá-la. — Espero que você não esteja muito chateada.

— É a vida.

Ele tomou o rosto dela entre as mãos.

— Eu te amo, Maura.

Com o passar dos anos, ela havia observado fios prateados surgirem cada vez mais em meio aos cabelos escuros de Daniel, as rugas se aprofundando em torno dos olhos... as mesmas mudanças que via em seu próprio rosto. Ele sempre seria o homem que ela amava, mas com esse amor tinham vindo também alguns pesares. Sentia tristeza porque nunca viveriam como um casal normal, nunca dormiriam sob o mesmo teto todas as noites. Nunca andariam de mãos dadas em público, exibindo seu amor para o mundo inteiro. Esse era o acordo que tinham feito entre si e com o deus dele. E teria que ser o suficiente, pensou Maura, ao ouvi-lo sair pela porta da frente.

Ela voltou ao piano e olhou para a partitura do concerto. Havia tantas passagens que ainda não dominava, que ainda não fluíam com facilidade sob seus dedos. Era um desafio, sim, mas também uma distração muito necessária de Daniel e da interminável linha de desmontagem de corpos que passavam por seu bisturi.

Voltou à primeira página e recomeçou a tocar.

7
Amy

Minha mãe é linda.

Amy sempre pensava isso a respeito de Julianne, mas principalmente naquela noite, enquanto observava a mãe sovar a massa para o fettuccine. A parte superior do corpo de Julianne se movia para a frente e para trás enquanto ela misturava farinha e água, levantando pequenas nuvens brancas da bancada de granito preto. Aos quarenta e um anos, Julianne ainda tinha braços esguios e tonificados, esculpidos ao longo do tempo, sovando e batendo massa e picando ingredientes. Seu rosto estava vermelho por causa do esforço, e havia farinha grudada nas têmporas. *A pintura de guerra dos cozinheiros*, dizia a mãe, e, naquela noite, Julianne, a cozinheira, estava se dedicando com entusiasmo à batalha, as mangas arregaçadas e o avental listrado favorito amarrado na cintura. O pai de Amy estava de plantão no hospital, então seriam apenas as duas no jantar. Uma noite só das garotas, o que significava que poderiam comer o que quisessem.

Naquela noite, seria fettuccine com aspargos frescos. Julianne passou a massa pela máquina de macarrão repetidas vezes, para produzir tiras bem finas. Enquanto isso, Amy ralou raspas de limão, o aroma forte e refrescante se espalhando pela cozinha. Trabalho em equipe, a mãe sempre dizia. Você e eu contra o resto do mundo.

Uma hora depois, saborearam o resultado: ninhos reluzentes de fettuccine, perfumados com limão e parmesão. Passaram direto pela sala de jantar e levaram os pratos para a de estar, onde se acomodaram diante da TV. Hoje à noite não há regras, dissera Julianne. Somos só nós, as meninas.

E um filme de meninas foi o que escolheram assistir: *Orgulho e preconceito*. O pai de Amy teria ficado completamente entediado, mas naquela noite ele não estava ali. Naquela noite elas poderiam se sentar em frente à TV, de camisola, e saborear o macarrão enquanto assistiam a Keira Knightley encantar o reservado Sr. Darcy. Se ao menos as mulheres ainda usassem vestidos tão lindos! Se ao menos os homens *realmente* se sentissem atraídos pela sagacidade e pela inteligência aguçada de uma mulher!

— Alguns homens se sentem — afirmou Julianne. — Os bons. Como seu pai.

— Onde estão todos esses homens bons?

— Você só precisa ter paciência e não se contentar com pouco. Nunca se contente com pouco. Você merece o melhor. — Julianne estendeu a mão para ajeitar uma mecha de cabelo atrás da orelha de Amy, e seus dedos se demoraram na bochecha da filha. — Você merece ser feliz.

— Eu sou feliz.

Julianne sorriu.

— Quer que eu passe um pouco de creme na sua perna? Nós temos que manter essa rotina.

Amy levantou a camisola até o quadril, expondo a feia cicatriz cirúrgica. Fazia meses que os cirurgiões haviam fixado o fêmur fraturado. A perna ainda doía quando fazia frio, e a cicatriz era uma linha vermelha e disforme. Poderia escondê-la debaixo de uma saia, mas ela sempre estaria ali, um defeito esperando para ser exposto em uma ida à praia ou em um momento de intimidade. O creme que Julianne passava todas as noites faria a cicatriz desaparecer? Amy não sabia, mas agora esse era o ritual noturno delas: a mãe passava o creme, massageando suavemente a cicatriz. Na TV, Keira Knightley estava finalmente beijando seu Sr. Darcy, enquanto, no sofá, os olhos de Amy se fechavam e seu corpo era tomado por um agradável torpor. Mesmo quando o telefone tocou e Julianne se levantou para atender, Amy permaneceu imóvel, esperando naquele estado quente e líquido. *Sr. Darcy. Sr. Darcy.*

— Quem é? — perguntou Julianne.

Amy abriu os olhos e se virou languidamente para a mãe, que estava com o telefone pressionado contra o ouvido.

— Quem é?

A tensão na voz dela fez Amy prestar atenção. Ela observou a mãe desligar. Por um momento, Julianne ficou imóvel, olhando para o telefone.

— Mãe? Quem era?

— Foi engano.

Amy esperava que a mãe fosse voltar para o sofá, para assistir aos créditos finais de *Orgulho e preconceito* com ela, mas Julianne foi até a janela da frente. Ficou parada por um momento, olhando para a rua, em seguida fechou as cortinas. Foi até a outra janela e fez o mesmo. Então se virou para Amy e sorriu.

— O que você acha? Vamos assistir a outro filme?

— Não. — Amy bocejou. — Acho que vou para a cama.

— É, você parece cansada. Precisa de ajuda para subir?

— Não. — Amy se levantou do sofá e pegou a bengala. — Mal posso esperar para me livrar dessa coisa.

— Vamos comemorar! Uma festa de queima da bengala. Eu faço o bolo.

Amy riu.

— Aposto que vai.

Ela subiu as escadas mancando, uma das mãos na bengala e a outra no corrimão. Podia sentir o olhar da mãe a observando. Sempre cuidando dela. Quando já estava em segurança no topo, ela se virou para dar um aceno de boa-noite, esperando ver a mãe acenar de volta, mas Julianne não estava olhando para ela. Em vez disso, estava digitando o código do sistema de segurança no hall de entrada da casa: 5429. Sistema acionado.

— Boa noite! — Amy gritou para a mãe.

— Boa noite, meu amor — respondeu Julianne, e em seguida foi até a janela. Ainda estava lá, olhando para a noite do lado de fora, quando Amy se afastou mancando em direção à cama.

8
Angela

Minha filha acha que estou desperdiçando o tempo dela. Vejo isso em seu rosto quando ela entra na minha cozinha e joga a bolsa de qualquer jeito sobre a bancada. Paciência nunca foi o forte de Jane. Quando era criança, não via a hora de aprender a andar, de não usar mais fraldas, de jogar basquete com os meninos. Minha filha inteligente, destemida e indomável, sempre pronta para enfrentar qualquer adversário.

Hoje à noite a adversária *sou eu*, e as linhas de batalha estão sendo traçadas enquanto ela está na minha cozinha, servindo-se de uma xícara de café.

— Dia ruim no trabalho? — pergunto, tentando iniciar uma conversa. Ela investiga homicídios; para ela, todo dia é um dia ruim.

— Uma mulher morta em Roslindale. Enfermeira.

— Assassinato?

— Sim. Quem diria. — Ela toma um gole de café. — Você teve notícias do Vince?

— Ele me ligou hoje de manhã. Disse que a irmã ainda está sentindo muitas dores, então ele vai ter que ficar lá por mais duas semanas. Sempre pensei que colocar uma prótese de quadril fosse moleza hoje em dia, mas não nesse caso. Ele precisa fazer absolutamente tudo para ela.

— Diga a ele para fugir e voltar para cá. Assim *ele* pode ajudar você a localizar Tricia.

— Você cresceu neste bairro, Janie. Quando uma garota desaparece, você deveria ter um interesse pessoal no caso.

— Fiz o que você me pediu. Conversei com o detetive Saldana e perguntei em que pé eles estão no caso.

— Jackie disse que ele não está movendo uma palha para encontrá-la.

— Ele está se baseando nas probabilidades. Tricia já fugiu de casa três vezes. E todas as vezes ela voltou por conta própria.

— Mas dessa vez pode ser diferente. Alguém poderia estar perseguindo a menina. Um velho pervertido pode ter atraído Tricia para a casa dele, pode tê-la trancado no porão para ser sua escrava sexual. Como aquele cara em Cleveland que manteve três garotas presas durante anos. Fez os policiais parecerem idiotas.

Quando mencionei o caso de Cleveland, que acabou estampado na capa da revista *People*, Jane ficou em silêncio. Eu sabia que isso a faria reconsiderar. Nenhum detetive quer fracassar em um caso com tanta publicidade quanto aquele.

— Tudo bem. — Jane suspira. — Vamos falar com a Jackie.

Não precisamos ir de carro; a casa dos Talley fica a apenas um quarteirão e meio de distância, e a essa hora, no início da noite, é uma caminhada agradável, o ar tomado pelo cheiro de comida sendo preparada, a luz dos aparelhos de TV piscando através das janelas. Quando chegamos à casa dos Talley, vejo o Camaro azul de Rick na garagem e me pergunto se ele e Jackie estão se dando melhor nos últimos tempos. Era de esperar que, depois de vinte anos de casamento, tivessem resolvido suas diferenças ou se separado. Jackie me contou que uma vez, durante uma discussão, ele a empurrou contra a geladeira e Tricia viu tudo. Embora eu tenha muito do que reclamar em se tratando de Frank, sobretudo do envolvimento com outras mulheres, pelo menos ele nunca me empurrou. Talvez porque Jane o teria algemado sem pensar duas vezes.

Bato na porta, e Jackie atende quase de imediato, o cabelo desgrenhado e as bochechas manchadas de delineador. Sempre a achei uma mulher atraente, talvez atraente *demais*, mas hoje o que vejo é uma mãe assustada.

— Ah, Angela, você a trouxe! Obrigada! Janie, não acredito que você se tornou detetive. Ainda me lembro do dia que você estava cuidando da Tricia e a colocou no cercadinho e disse que ela estava presa. Naquela época você já estava praticando para colocar pessoas atrás das grades.

Jackie continua a falar, nervosa, enquanto nos leva até a cozinha, onde Rick está sentado à mesa lendo a seção de esportes do jornal. Embora ele pudesse ser considerado um homem bonito, com uma vasta cabeleira escura aos quarenta e cinco anos, nunca gostei de sua aparência, e esta noite gosto ainda menos. Seu cabelo está penteado para trás e uma pulseira de ouro brilha sob o punho de sua camisa. Não suporto homens que usam pulseira. Quando vê Jane, ele se senta mais ereto. Talvez seja a arma em sua cintura. Às vezes, a única maneira de uma mulher ganhar o respeito de um homem é andando armada.

Jackie corre até o fogão, onde o conteúdo fervente de uma panela está prestes a transbordar, e desliga o fogo. A mesa está posta com dois pratos e um punhado de talheres jogados. A cozinha cheira a comida queimada, e o fogão está imundo, coberto de gordura e de crostas marrons. O estado deplorável da cozinha me mostra como o desaparecimento da filha desestabilizou aquele lar.

— Sinto muito, Sra. Talley. Estou vendo que vocês estavam prestes a jantar — diz Jane.

— Não, não, não se preocupe com isso. Sua presença é muito mais importante. — Jackie puxa uma cadeira. — Por favor, sente-se. E pensar que a nossa Janie agora prende criminosos. Se tem alguém que pode nos ajudar, essa pessoa é você.

— Na verdade, estritamente falando, o caso é da polícia de Revere, mas tentarei ajudar. — Jane se senta, apoiando os antebraços com hesitação na mesa coberta de migalhas. — Minha mãe disse que Tricia está desaparecida desde a quarta-feira passada?

— Eu acordei, e ela não estava no quarto. A tranca da porta da frente estava aberta, então sei que ela saiu por lá. Achei que tivesse saído para encontrar as amigas, então só fui me preocupar quando já era tarde da noite. Foi quando liguei para a polícia.

— O detetive Saldana me disse que Tricia pegou dinheiro da sua bolsa. Quanto?

Jackie se remexeu na cadeira, inquieta.

— Não sei. Cinquenta dólares, talvez.

— A senhora tem alguma ideia de por que ela teria fugido?

— Ela não tem falado muito comigo ultimamente. Nós duas tivemos algumas discussões.

— Sobre o quê?

— Tudo — interrompeu Rick, um pouco exasperado. — As notas dela. O fato de ela estar fumando. Seus supostos amigos. Desde que ela completou catorze anos, nossa casa virou um inferno.

— É *você* que está sempre importunando a menina por causa dessas coisas, não eu — diz Jackie.

— Mas aparentemente é de *você* que ela está com raiva agora.

— Claro, porque sou a mãe dela. Meninas da idade dela sempre descontam tudo na mãe. É normal.

— Se isso é normal, é um milagre que todas as crianças não sejam estranguladas ao nascer. — Rick se levanta e pega as chaves do carro na bancada.

— Aonde você vai?

— Vou me encontrar com Ben para falarmos sobre aquele projeto em Quincy. Eu comentei isso com você.

— E o jantar?

— Compro alguma coisa no caminho. — Ele olha de má vontade para Jane e acena com a cabeça. — Obrigado por vir até aqui, mas não acho que você precise se envolver. Não sei o que deu nessa garota ultimamente, mas ela vai voltar para casa quando acabar o dinheiro. É sempre assim.

Ficamos em silêncio enquanto ele sai da cozinha. É como se não ousássemos dizer nada que pudesse atrasar sua partida. Quando ouvimos o carro saindo da garagem, quase consigo ver o corpo de Jackie relaxar de alívio. Jane me lança um olhar que diz: *Por que essas pessoas ainda estão casadas?* É algo que já me perguntei mais de uma vez. Nem sempre foi assim entre eles. Eu me lembro dos dois se abraçando e se beijando quando se mudaram para o bairro, antes de Tricia nascer. Filhos podem ser difíceis para um casamento.

— Fui entrar no perfil dela no Facebook, mas ela me bloqueou. Dá para acreditar? — diz Jackie. — Falei com os amigos dela, e todos disseram que não têm ideia de onde ela esteja. Mas esses adolescentes são muito bons em guardar os segredos uns dos outros. Talvez ela tenha pedido para eles mentirem para mim, não sei. — Jackie apoia a cabeça nas mãos. — Se eu ao menos soubesse o que desencadeou isso. Por que ela está com tanta raiva de mim. É como se um interruptor tivesse sido acionado de repente. Ela voltou da escola na terça-feira, me xingou de um palavrão terrível e se trancou no quarto. Na manhã seguinte, tinha desaparecido.

— Para onde ela foi na última vez que fugiu? — pergunta Jane.

— Ela se escondeu na casa de uma amiga. Nem os pais da menina tinham percebido que ela estava lá, dormindo no quarto da filha. Outra vez, ela pegou um ônibus para Nova York. Eu só descobri quando ela me ligou pedindo dinheiro para a passagem de volta.

Jane observa Jackie atentamente por um momento, como se tentasse descobrir o que ela não está dizendo. O que está omitindo.

— Por que acha que ela está com raiva da senhora, Sra. Talley? — pergunta Jane baixinho.

Jackie suspira e balança a cabeça.

— Você sabe como ela é. Tricia sempre teve um gênio difícil.

— Aconteceu alguma coisa aqui na casa de vocês? Talvez algo entre ela e o pai?

— Rick? Não, ela teria me contado.

— Tem certeza?

— Absoluta — responde Jackie, mas em seguida desvia o olhar, o que faz com que sua declaração seja pouco convincente.

Penso em Rick Talley, com sua pulseira de ouro e o cabelo penteado para trás. Não consigo imaginar que adolescentes sejam o tipo dele. Não, imagino que o tipo dele sejam mulheres mais chamativas e peitudas, mulheres com uma risada alta e atrevida. Mulheres como Jackie costumava ser.

Jackie olha para a mesa coberta de migalhas e respingos secos, e percebo que uma papada começa a aparecer sob seu rosto. Aquela não é a mesma mulher cheia de vida que se mudou para o bairro há dezoito anos para dar aula em uma escola de ensino médio. Na época em que Jackie era nova na vizinhança, eu não gostava muito dela. Chegava a evitá-la, porque sabia que ela chamava a atenção de todos os homens, inclusive do meu Frank. Mas agora é apenas uma mãe assustada, presa em um casamento claramente infeliz, e não representa mais uma ameaça ao meu casamento, porque outra lambisgoia já colocou as garras em Frank.

Jane e eu não conversamos muito enquanto voltamos juntas para minha casa. A noite está quente, as janelas estão abertas e ouço fragmentos de conversa, tilintar de louça e o som das televisões vindo das casas. Pode não ser o bairro mais bonito da cidade, mas é o meu bairro, e nessas casas modestas vivem pessoas que conheço, algumas das quais são minhas amigas, outras, não. Passamos pela casa dos Leopold e pela janela da frente vejo Larry e Lorelei sentados lado a lado no sofá branco em frente à TV, jantando com os pratos apoiados em bandejas. Algo que nunca permiti na *minha* casa, porque as refeições devem ser feitas da maneira adequada, à mesa.

Mas cada um faz o que bem entende. Mesmo que esteja errado.

Chegamos à minha casa e, do outro lado da rua, vejo Jonas, aquele pedaço de mau caminho grisalho, sem camisa, levantando pesos na sala de estar. Todas aquelas janelas são como telas de TV onde dramas reais são encenados para quem quiser assistir. *Canal 2531: Jonas, integrante aposentado das forças especiais da Marinha, lutando contra a devastação da idade! Canal 2535: Os Leopold no sofá: casal de meia-idade tentando manter viva a chama da relação! Canal 2533: Os Green...*

Não sei o que dizer sobre os Green.

As persianas estão fechadas como sempre e, com exceção de uma silhueta furtiva passando pela janela, não faço ideia do que está acontecendo lá dentro.

— É ali que eles moram — digo a Jane.

— Eles quem?

— As pessoas de quem eu falei. Os espiões. Ou talvez sejam fugitivos.

Jane suspira.

— Meu deus, mãe. Não acha que está tirando muitas conclusões precipitadas?

— Tem alguma coisa errada com essas pessoas.

— Porque eles recusaram o seu pão de abobrinha?

— Porque eles não socializam com ninguém. Não estão nem um pouco interessados em conhecer os vizinhos.

— Não é ilegal ser reservado.

O carro preto deles está estacionado na entrada da garagem. Na garagem em si só cabe um veículo, então o carro do Sr. Green sempre fica do lado de fora, convenientemente exposto aos olhares de qualquer transeunte.

Atravesso a rua.

— Mãe! — grita Jane. — O que você está fazendo?

— Só vou dar uma olhada rápida.

Ela atravessa a rua atrás de mim.

— Isso é invasão de propriedade privada, você sabe disso, não sabe?

— É só a entrada da garagem. É como se fosse uma extensão da calçada. — Encosto o rosto na janela do motorista, mas está escuro demais para ver alguma coisa lá dentro. — Me dê a sua lanterna. Vamos, eu sei que você sempre carrega uma.

Jane suspira enquanto enfia a mão no bolso para pegar a lanterna e a entrega para mim. Levo alguns segundos para conseguir ligá-la. O forte feixe de luz branco-azulado é exatamente aquilo de que preciso. Aponto a lanterna para dentro do carro e vejo um estofamento impecável. Nada de lixo, papéis ou moedas.

— Satisfeita? — pergunta Jane.

— Não é normal um carro tão limpo.

— Talvez não para um Rizzoli. — Ela pega de volta a lanterna e a desliga. — Chega, mãe.

De repente, as persianas da sala se abrem e nós congelamos. Matthew Green aparece na janela, os ombros largos quase bloqueando a luz atrás dele. Fomos pegas em flagrante na entrada de sua garagem, paradas ao lado de seu carro, mas ele não se move, não grita da janela. Apenas nos encara em silêncio, como um caçador estudando sua presa, o que faz os cabelos da minha nuca se arrepiarem.

Jane acena para ele, um gesto casual e amigável, como se estivéssemos apenas de passagem, mas sabemos que ele não se deixa enganar nem por um segundo. Ele sabe o que estávamos fazendo. Jane agarra meu braço, me puxa de volta para a calçada, e atravessamos a rua até minha casa. Enquanto subimos os degraus da varanda, olho furtivamente para trás.

Ele ainda está nos observando.

— Bem, foi uma operação discreta — murmura Jane enquanto entramos em casa.

Fecho a porta da frente e me encosto nela, o coração acelerado.

— Agora ele sabe que estou de olho nele.

— Tenho certeza de que ele já sabia.

Respiro fundo.

— Ele me dá medo, Jane.

Ela vai até a janela da sala e olha para o outro lado da rua, onde o Sr. Green ainda está na janela, nos observando. Os dois se encaram por um momento em um duelo de olhares. Então ele fecha as persianas e desaparece de vista.

— Janie?

Ela se vira para mim, com uma expressão preocupada.

— Você pode, por favor, ficar longe dessas pessoas? Eles ficariam satisfeitos, e eu também.

— Mas agora você entende o que quero dizer, não entende? Há algo de errado com eles. Por que sempre me evitam?

— Nossa, *não faço ideia.*

Ela olha para o relógio.

— E Tricia? O que você vai fazer com relação a ela?

— Vou ligar para meus colegas na polícia de Revere, ver se eles têm alguma informação nova. Mas no momento ainda estou inclinada a achar que ela simplesmente fugiu. Obviamente está chateada com a mãe, roubou dinheiro da bolsa dela e já fez isso várias vezes antes.

— Eu acho que quando uma adolescente foge várias vezes, você deveria dar uma investigada no pai dela.

— Parece que o problema de Tricia é com a mãe.

— Então, como vamos encontrá-la?

Jane balança a cabeça.

— Não vai ser fácil. Não se aquela garota não quiser ser encontrada.

— Nunca gostei muito de Rick Talley — diz Jonas enquanto nós quatro estamos sentados na minha sala, embaralhando as peças de Scrabble sobre a mesa. — Uma mulher atraente como Jackie poderia ter arrumado alguém muito melhor. Ele não para em nenhum emprego, nunca aguenta por muito tempo. Deve ser ela quem paga a maior parte das contas da casa. Acho que o salário de um professor de ensino médio não deve ser tão ruim. Né, Larry?

Larry Leopold responde apenas com um grunhido e pega sete peças novas. Como sempre, ele venceu a última rodada, graças à pontuação tripla com ZIMOSE. Eu tive que pesquisar para ter certeza de que a palavra existia e, sim, lá estava ela no dicionário. Qualquer outra pessoa teria usado o Z para formar ZEBRA ou ZÍPER. Ou, em um momento realmente inspirado, ZINCO. Mas estamos falando de Larry, o professor de inglês do ensino médio, sempre querendo se exibir. Isso incomoda muito Jonas, porque ele odeia quando outro homem é melhor do que ele em qualquer coisa. Como sabe que não pode derrotar Larry no tabuleiro de Scrabble, ele volta sua irritação contra Rick Talley, que não está aqui para se defender.

— Quando me mudei para cá, Jackie veio logo se apresentar — diz Jonas. — Ela foi muito simpática e me convidou para tomar um café na casa dela. Fui até lá e ficamos conversando por uma hora. Então Rick chegou em casa e, vou dizer, se eu não fosse tão grande, ele poderia ter me dado um soco.

— Você não pode estar falando sério, Jonas — diz Lorelei. — Ele realmente achou que você estava interessado na Jackie?

Jonas estufa o peito. Se estivesse usando todas as suas medalhas militares, teríamos ouvido o tilintar metálico.

— Algumas mulheres preferem homens brutos e arrojados. E aquele Rick não tem nada de bruto e arrojado. Está mais para liso como uma mulher depila... — Jonas faz uma pausa e me dá uma piscadela. — É melhor eu respeitar as senhoras presentes.

Cada um de nós examina seu novo conjunto de letras. Mais uma vez, dei azar. Dois AS, um O, um M, um T, um D, um R. Só consigo pensar em MATO. Ou RATO.

— Tem definitivamente alguma coisa desagradável acontecendo naquela casa — diz Lorelei.

— Não é à toa. Afinal, a filha deles fugiu — comenta o marido.

— Não, é outra coisa. Ontem passei por lá para deixar uma petição contra agrotóxicos. Quando cheguei perto da varanda da frente, ouvi gritos. Jackie gritava que ele tinha que sair de casa, e Rick gritava que era *ela* quem tinha que sair. Não me admira que Tricia tenha fugido. Quem consegue viver com toda aquela gritaria?

— Quando se mudaram para cá, eles pareciam felizes — comento. — Como um casal normal.

— Felizes é normal? — murmura Larry.

Jonas coloca sua palavra no tabuleiro. TETAS.

— Na última rodada, você formou SEIOS — diz Lorelei. — Minha nossa, Jonas, é só nisso que você pensa?

— Eu quis dizer *tetas de vaca*. — Jonas sorri. — Foi *você* que pensou logo em algo pervertido, Lorelei.

— Porque sei exatamente como sua mente funciona.

— Ah. Você bem que gostaria.

Larry solta um grunhido de satisfação ao colocar todas as sete peças no tabuleiro. Usando o s de Jonas, ele escreve BASÍLICA, preenchendo um cobiçado quadrado que dobra o valor da palavra. Todos nós gememos.

— Sua vez, Angie.

Enquanto reflito sobre minha miserável seleção de peças, as luzes traseiras vermelhas de um veículo brilham na janela da minha sala. Levanto a cabeça e vejo o carro preto de Matthew Green estacionando na entrada da sua garagem. Ele sai e fica parado, olhando na minha direção. Examinando a minha casa.

— Ei, Angie, Terra chamando! — diz Jonas, acenando com a mão na frente do meu rosto.

Olho para as minhas peças e de repente uma palavra salta diante dos meus olhos, uma palavra que me atinge como um jorro de água gelada. Engulo em seco enquanto escrevo no tabuleiro, usando um A da última palavra de Larry.

MATADOR.

Do outro lado da rua, o Sr. Green desaparece ao entrar em casa.

— Que pessoas estranhas — murmuro enquanto sua silhueta passa pela janela. — Algum de vocês já esteve na casa deles?

— Você está falando dos Green? — Lorelei balança a cabeça. — Eles nunca nos convidaram para entrar, nem uma vez. E moram bem ao nosso lado.

— Bem, eu também nunca estive na casa de Jonas — comenta Larry. — A única coisa que conheço é o quintal dele.

Jonas ri.

— Não quero que você veja os corpos que eu escondo no porão.

— Aqueles dois são tão antipáticos. Eu não ficaria surpresa se *eles* tivessem corpos no porão. — Lorelei se inclina na minha direção, com um brilho conspiratório no olhar. — Você sabe o que eu vi outro dia?

— O quê? — pergunto.

— Eu estava na varanda do andar de cima, por acaso olhei e lá estava ele, na varanda dos fundos. Estava instalando uma câmera de segurança na grade.

— Virada para o quintal dele? Por quê?

— Não sei. Ele me viu e voltou para dentro. E é estranho como você nunca consegue ver o interior daquela casa. As persianas de todas as janelas ficam completamente fechadas, mesmo durante o dia. E quase nunca vemos a *Carrie*. É como se ela estivesse escondida lá. Ou não tivesse permissão para sair.

Olho para o tabuleiro de Scrabble, para minha palavra, MATADOR, e de repente sinto um nó no estômago. Eu me levanto.

— Acho que vou abrir o vinho que Jonas trouxe.

Jonas me segue quando vou para a cozinha.

— Espere, deixe-me fazer isso — diz ele. — Tenho muita experiência em abrir garrafas de vinho.

— E eu não?

— Você não tem idade para ser muito experiente em nada, minha querida.

Enfio a mão na gaveta em busca do saca-rolhas e de repente sinto a mão dele na minha bunda.

— Ei. *Ei.*

— Ah, Angie. Foi só um tapinha amigável.

Eu me viro para encará-lo e sinto o cheiro de sua loção pós--barba. O aroma de pinho é tão forte que tenho a sensação de estar no meio de uma floresta. Jonas é um homem bonito, sem dúvida, bronzeado, com dentes impecáveis e uma espessa cabeleira grisalha. Sem falar nos músculos. Mas está passando completamente dos limites.

— Você sabe que eu tenho namorado — digo.

— Você está se referindo àquele sujeito, Korsak? Faz um tempo que eu não o vejo por aqui.

— Ele está com a irmã na Califórnia. Assim que ela se recuperar da cirurgia no quadril, ele vai estar de volta.

— Enquanto isso, estou bem aqui. A postos — diz ele, aproximou-se para um beijo.

Pego o saca-rolhas e o coloco entre nós.

— Tudo bem, *você* abre o vinho.

Ele olha para o saca-rolhas, depois para mim, e suspira, decepcionado.

— Ah, Angie. Uma mulher tão linda, morando do outro lado da rua. Tão perto, e ao mesmo tempo tão longe.

— *Muito* longe.

Para meu alívio, ele dá uma risada bem-humorada.

— Não se pode culpar um cara por tentar — diz ele com uma piscadela e abre a garrafa.

— Vamos, querido, vamos levar mais uma surra do Larry.

Muito depois de todos terem ido embora naquela noite, ainda fico perturbada por causa das investidas de Jonas. Admito que também estou bastante lisonjeada. Jonas é alguns anos mais velho que Vince, mas é ao mesmo tempo mais elegante e em forma, e devo admitir que tem algo nesses homens da Marinha que pode enlouquecer uma mulher. Coloco as taças de vinho sujas na máquina de lavar louça, apago as luzes da cozinha e vou para o meu quarto. Lá, me vejo de relance no espelho, o rosto corado, o cabelo um pouco desgrenhado. Estou me sentindo exatamente assim: um pouco fora de controle. A ponto de... o quê? Flertar? Ter um caso?

A campainha toca. Fico paralisada na frente do espelho do meu quarto e penso: Jonas voltou. Ele sabe que me deixou balançada e agora acha que basta um empurrãozinho para eu sucumbir.

Meu rosto está formigando e os nervos à flor da pele enquanto vou até a porta da frente. Mas não é Jonas parado na minha varanda; é Rick Talley, e ele parece exausto. Ele já me viu pelo vidro do hall de entrada, então não posso fingir que não estou em casa. Também seria grosseiro de minha parte não abrir a porta para ele. Nós, mulheres, somos educadas demais; temos medo de ferir os sentimentos de alguém, mesmo quando corremos o risco de ser estranguladas.

— Angie — diz ele quando abro a porta. — Eu estava voltando para casa e vi que suas luzes ainda estavam acesas. Então pensei em parar aqui e te contar pessoalmente.

— Me contar o quê?

— Eu recebi uma mensagem de texto mais cedo, de Tricia. Ela disse que vai ficar com uma amiga por um tempo. Então você pode dizer a Jane que ela não precisa mais se preocupar com esse assunto.

— Jackie já sabe disso?

— Claro que sabe! Liguei para ela assim que recebi a mensagem. Estamos aliviados, é claro.

— Ela mandou uma mensagem para você, mas não para a mãe?

— Impossível disfarçar o meu ceticismo.

Ele pega o celular e o segura na frente do meu rosto, tão perto que estremeço.

— Está vendo?

Vejo palavras que qualquer um poderia ter digitado no celular de Tricia. *Tá insuportável aí em casa, tô com uma amiga. Conto tudo quando conseguir. Amo vc.*

— Então não há nada com que se preocupar — diz ele.

— Em se tratando de adolescentes, sempre há algo com que se preocupar.

— Mas não a polícia. Avise a Jane.

Ele volta para o Camaro, que está parado junto ao meio-fio com o motor ligado, e acelera em direção a sua casa.

Fico na varanda, franzindo a testa para as lanternas traseiras enquanto se afastam, me perguntando se devo ligar para Jackie para confirmar aquela história. Mas com certeza ele disse a mesma coisa a ela e também mostrou a mensagem de texto de Tricia.

Se for mesmo de Tricia.

Do outro lado da rua, uma fresta de luz brilha na janela. Um dos Green está espiando pelas persianas e quase posso sentir um par de olhos me observando. Entro em casa imediatamente.

Quando olho pela janela da minha sala escura, vejo a mesma fileira de casas que sempre esteve ali, a mesma rua onde moro há quarenta anos. Mas esta noite tudo parece diferente, como se eu tivesse adentrado um universo paralelo e agora visse o irmão gêmeo mau do meu antigo bairro. Um bairro onde cada casa, cada família esconde um segredo.

Tranco a porta. Apenas por precaução.

9
Jane

Três roubos a residência em quatro meses não representavam uma onda de crimes no bairro, mas revelavam um padrão. Jane, sentada à sua mesa, comparava três relatórios policiais, procurando algum paralelo entre aquelas invasões de domicílio e o ataque a Sofia Suarez. Um deles era o roubo que Lena Leong havia mencionado, em uma invasão ousada por uma janela que não estava trancada enquanto os moradores dormiam. O ladrão havia levado uma bolsa com dinheiro e cartões de crédito e um laptop Lenovo, mas não tocara nas joias e nos celulares que estavam no quarto onde os proprietários dormiam. Talvez aquilo fosse ousado demais até mesmo para ele, afinal. Na terra abaixo da janela, por onde o criminoso havia entrado, tinha sido encontrada a pegada de um tênis Nike tamanho quarenta e dois. As impressões digitais deixadas na moldura da janela ainda não haviam sido identificadas.

Quatro semanas depois, as mesmas impressões digitais apareceram no roubo número dois, em uma casa logo na esquina. Dessa vez os proprietários não estavam em casa. Mais uma vez, o criminoso entrara por uma janela destrancada. Dinheiro, joias e um MacBook Pro foram roubados.

Outro laptop. Será que isso significava alguma coisa ou seria apenas porque eram itens fáceis de transportar que podiam ser encontrados em todas as casas?

Jane passou para o terceiro roubo, ocorrido seis semanas depois, na residência dos Dolan. E, de novo, os proprietários não estavam em casa. Dessa vez, o ladrão quebrou a janela da cozinha para entrar, e o boletim de ocorrência incluía uma foto, tirada pelo proprietário, do vidro quebrado espalhado pelo chão e pelas bancadas. Embora dinheiro e vários relógios tivessem sido roubados, nenhum laptop tinha sido levado, porque o proprietário o havia levado consigo na viagem. Uma marca de tênis Nike tamanho quarenta e dois fora encontrada no quintal. Sem impressões digitais dessa vez; talvez o ladrão tivesse aprendido o básico e passado a usar luvas.

Jane estudou a foto da janela quebrada da cozinha e pensou no vidro estilhaçado na cozinha de Sofia Suarez. Acessou as fotos da cena do assassinato de Sofia e clicou nas imagens. Encontrou as fotos da vidraça da porta quebrada e do chão da cozinha onde havia alguns cacos, mas tinha apenas duas fotos do pátio lateral, a faixa de cascalho brilhando com o vidro estilhaçado. Voltou para a foto da invasão ao domicílio dos Dolan e franziu a testa ao ver a quantidade de vidro espalhado pelo chão da cozinha.

Preciso ir até lá de novo, pensou ela.

Frost já tinha ido para casa, então ela dirigiu sozinha até a residência de Sofia Suarez. Passava pouco das seis quando estacionou diante da casa e saiu do carro. A cena do crime fora liberada dois dias antes, e a equipe de limpeza responsável por remover as ameaças biológicas já tinha passado por lá para limpar e esterilizar tudo, mas nenhum esfregão ou água sanitária conseguiria apagar as imagens da memória de Jane. Elas ainda a assombravam enquanto Jane subia os degraus da varanda e abria a porta da frente.

O ar estava impregnado pelo cheiro pungente de produtos de limpeza, e ela deixou a porta da frente aberta para ventilar um pouco. Parou na sala de estar, a memória cobrindo o chão agora imaculado com as imagens de manchas e respingos de sua primeira visita. Ainda podia ver o estetoscópio caído e o rastro de sangue deixado por Sofia enquanto se arrastava, tentando escapar do agressor. Jane seguiu a trilha que existia apenas em sua memória pela sala de estar, passando pelo local vazio onde antes ficava o aquário e entrando na sala de jantar. Mesmo ali, onde uma poça de sangue havia se acumulado sob o corpo, o chão estava agora impecavelmente limpo.

Bom trabalho, equipe de limpeza.

Jane foi até a cozinha. Aquele era o único cômodo onde ela desejava que a limpeza não tivesse sido tão meticulosa, mas o chão fora esfregado, e o pó para identificação de impressões digitais, completamente removido das superfícies. No buraco deixado pelo vidro quebrado da porta agora havia uma tábua de compensado que bloqueava os últimos raios de luz do dia, e o cômodo parecia claustrofóbico. Sufocante.

Jane abriu a porta da cozinha e saiu, os sapatos esmagando o cascalho. Eles presumiram que o assassino tivesse acessado a casa por ali. Quebrando o vidro da porta e estendendo a mão através do buraco para abri-la por dentro. Jane se lembrava de ter visto cacos de vidro ali no chão, assim como dentro da cozinha, mas eles não estavam mais lá. Deveria ter prestado mais atenção naquele momento, mas havia se concentrado no corpo, nos respingos e no rastro de sangue pela sala de estar. Tentava determinar quando o primeiro golpe fora desferido. Como o ataque havia começado e como havia terminado.

Ela se agachou e vasculhou o cascalho, mas a equipe de limpeza tinha sido minuciosa na remoção dos cacos. Deixou que seu olhar examinasse um raio cada vez maior, e já estava quase na cerca quando viu algo brilhando. Com cuidado, retirou um caco de vidro que tinha ficado preso nas ripas da cerca e o colocou em um saco de provas. Em seguida, se virou e olhou para a porta da cozinha, que ficava a quase dois metros de distância. O vidro não tinha simplesmente caído na cerca; tinha sido projetado na direção dela.

Jane ficou parada, ouvindo o zumbido dos insetos, o ruído do trânsito. Mesmo ali, rodeada de casas e carros e de um milhão de outras pessoas, era possível estar completamente só. Sentiu o coração batendo forte, ouviu o barulho do sangue em seus ouvidos enquanto pensava em janelas quebradas, vidro espalhado e laptops roubados.

E padrões. Que talvez existissem ou não.

Um estrondo a sobressaltou. A porta da frente. Havia alguém dentro da casa?

Ela voltou para a cozinha, parou e prestou atenção. Ouviu o zumbido da geladeira, o tique-taque do relógio de parede. Não existe casa completamente silenciosa. Foi até a sala de jantar e parou novamente. Percebeu que estava no mesmo lugar onde Sofia dera seu último suspiro. Não pôde deixar de olhar para o chão e se lembrar do corpo estendido ali mesmo, onde seus pés estavam agora plantados.

Foi até a sala de estar e parou no local onde antes ficava o aquário, com sua bomba de água borbulhante e peixinhos-dourados de olhos esbugalhados. A porta da frente, que ela havia deixado aberta, estava fechada. O vento, pensou ela; não havia razão para ficar preocupada.

Mesmo assim, vistoriou a casa inteira, apenas por precaução. Deu uma olhada nos quartos, nos armários, no banheiro. Embora não houvesse mais ninguém lá, ainda sentia os ecos das pessoas que tinham vivido ali, sentia seu olhar observando-a das fotos nas paredes. Uma casa que um dia fora feliz. Até não ser mais.

Do lado de fora, respirou fundo. Não havia cheiro de produtos de limpeza, apenas os aromas familiares de grama cortada e escapamento de carro. A visita dela não tinha respondido nenhuma pergunta, pelo contrário, fizera surgir novas. Tocou o saco de provas em seu bolso, contendo o único caco de vidro que os funcionários da equipe de limpeza não tinham notado. Vidro que podia ou não ter saído da porta da cozinha. Vidro que só teria voado tão longe se tivesse sido quebrado de *dentro*.

E isso mudava tudo.

10
Angela

Mesmo do outro lado da rua, consigo ouvir as batidas de um martelo. Tem alguma coisa acontecendo na casa dos Green, algo que está se tornando cada vez mais sinistro por causa das persianas sempre fechadas. Estou na minha sala de estar, espiando através de um binóculo e tentando avistar algum deles, mas permanecem teimosamente escondidos, assim como seu carro preto, que agora está estacionado dentro da garagem. Devem ter devolvido o caminhão de mudança para a locadora, porque ele não está mais estacionado na frente da casa. Na verdade, nunca cheguei a ver o que havia naquele caminhão, porque Matthew Green o esvaziou na calada da noite, mais um detalhe que me deixa desconfiada; mas aparentemente sou a única que se importa.

Largo o binóculo e pego o celular. Vince foi policial por trinta e cinco anos; ele vai saber o que fazer. São três horas a menos na Califórnia, e a essa altura ele já deve ter tomado o café da manhã, então é o momento perfeito para conversarmos.

Depois de cinco toques, ele atende.

— Oi, amor.

Uma saudação alegre, mas eu o conheço bem o suficiente para perceber a exaustão em sua voz. É como se ele estivesse tentando esconder de mim toda a tensão pela qual está passando. Esse é o meu Vince, sempre tentando evitar que eu me preocupe. É uma das razões pelas quais o amo.

— Você está bem, amor? — pergunto.

Depois de um breve silêncio, ele solta um suspiro.

— Ela não é a paciente mais fácil de cuidar, vou te dizer. Passo o dia subindo e descendo as escadas para pegar coisas para ela, que nunca fica satisfeita. E aparentemente sou um péssimo cozinheiro.

Nesse ponto ela tem razão, penso, mas só o que digo é:

— Você é um bom irmão, Vince. O melhor.

— Bem, eu me esforço. Mas estou com saudade de você, amor.

— Também estou com saudade. Só quero que você volte para casa.

— Você está se comportando?

Que pergunta estranha.

— Por que está perguntando isso?

— Eu estava conversando com Jane e...

— Ela ligou para você?

— Bem, ligou. Ela achou que eu deveria ser informado sobre certas coisas. Como você se metendo onde não deveria.

— O negócio é o seguinte, Vince. Jane não me leva a sério, e eu realmente gostaria de saber sua opinião.

— É sobre aquela garota desaparecida de novo?

— Não, essa situação está em segundo plano por enquanto. É sobre o novo casal do outro lado da rua, os Green. Aqueles que você ainda não conhece.

— Os reclusos.

— Isso. Tem algo de errado com eles. Por que esperaram até escurecer para tirar as coisas do caminhão de mudança? Por que deixam as persianas fechadas o dia todo? Por que me evitam?

— Puxa, Angie, não faço a menor ideia — diz ele, e acho que ouço sarcasmo em sua voz, mas não tenho certeza. — O que Jane disse?

— Ela me disse para esquecer esse assunto. Ela não quer saber dessas histórias porque sou só a mãe dela, e ao que parece ninguém dá ouvidos à própria mãe. Eu queria que você estivesse aqui para me ajudar a descobrir.

— Eu queria estar aí também, mas talvez você devesse ouvir sua filha. Ela tem bom instinto para essas coisas.

— Eu também.

— Ela tem um distintivo. Você, não.

Por isso ninguém me dá ouvidos. É a velha história do distintivo. Ele faz com que os policiais pensem que são os únicos capazes de detectar problemas. Quando desligo o telefone, estou me sentindo profundamente decepcionada com minha filha e com meu namorado. Volto para a janela e olho para o outro lado da rua.

As persianas ainda estão fechadas, e as batidas recomeçaram. O que ele está martelando lá dentro? Meu olhar de repente se volta para a casa ao lado dela. Ao contrário dos Green, Jonas deixa as cortinas completamente abertas e fica bem à vista de toda a vizinhança, sem camisa, enquanto levanta pesos. Eu o observo por um momento, não por ele ter um corpo bem torneado para um homem da sua idade, mas porque estou pensando no churrasco que ele fez no quintal para toda a vizinhança em agosto do ano passado. Eu me lembro de estar de pé no pátio, bebendo uma margarita e olhando por cima da cerca, para a casa do então vizinho, Glen, que estava só pele e osso por causa de um câncer no estômago e morreria dois meses depois. Eu me lembro de Jonas e eu balançando a cabeça enquanto refletíamos sobre as crueldades da vida, por estarmos ali, grelhando hambúrgueres, enquanto na casa ao lado o pobre Glen só podia ingerir suplementos alimentares.

Não consigo ver o quintal dos Green, mas Jonas consegue.

Vou até a cozinha e tiro um pão de abobrinha do freezer. Não posso simplesmente aparecer na casa dele de mãos vazias; preciso de uma boa justificativa e, em se tratando de homens, não há justificativa melhor do que comida.

Quando bato à porta, Jonas abre vestindo nada além de um short de lycra azul com listras vermelhas nas laterais. Ele fica parado, sorrindo para mim, e fico tão perplexa com a forma como o short se gruda a seu corpo que por um momento fico sem palavras.

— Você finalmente se rendeu aos meus encantos? — diz ele.

— O quê? Não! Eu ainda tinha isso no freezer. Preciso abrir mais espaço e pensei que você talvez quisesse, hum...

— Ajudar você a esvaziar seu freezer?

Bem, é claro que isso tirou todo o charme da minha oferta. Fico parada, segurando o pão de abobrinha que começa a descongelar enquanto me pergunto como poderia salvar aquela conversa.

Jonas vem em meu socorro com uma risada alta.

— Angie, estou só brincando com você. É uma honra receber uma das suas especialidades, congelada ou não. Não quer entrar? Eu corto umas fatias para nós, e podemos comer enquanto tomamos uísque.

— Hum, dispenso o uísque. Mas adoraria entrar.

Assim que entro na casa dele, tenho a sensação de que aquela visita pode acabar sendo um erro. E se ele a interpretar errado? E se achar que estou ali por causa de suas investidas algumas noites atrás? A maneira como pisca para mim, o olhar que me avalia de cima a baixo me diz que preciso ser muito firme a respeito do motivo pelo qual estou ali.

— Vou levar isso para a cozinha — diz ele. — E então nós dois podemos desfrutar um pequeno lanche da tarde juntos, o que acha?

Ele vai para a cozinha, me deixando sozinha na sala. Vou imediatamente para a janela que dá para o quintal dos Green, mas ela não oferece uma visão melhor do que as janelas da frente, porque as persianas também estão fechadas desse lado. Dou um passo para trás e quase tropeço em um dos halteres de Jonas. Os pesos estão espalhados pelo chão, e o ar cheira a uma mistura de suor e colônia. Não há quadros nas paredes, nem obras de arte, apenas uma TV de tela grande, um armário com eletrônicos e uma estante cheia de DVDs e livros militares.

— Aqui está, vizinha! — diz Jonas quando volta para a sala, descalço. Seus pés são enormes, e por um momento fico tão distraída com o tamanho que não percebo de imediato que ele está segurando dois copos de uísque com gelo.

— Não, obrigada — digo.

— Mas esse é dos bons, direto da Escócia. Convenci até a sua vizinha Agnes a provar.

— Você e *Agnes* bebem juntos?

— Não discrimino ninguém por causa da idade. Gosto de todas as mulheres. — Ele estende um copo e dá uma piscadela.

— É muito cedo, Jonas.

— São cinco da tarde em algum lugar.

— Mas não aqui.

Ele suspira e coloca o copo destinado a mim na mesinha de centro.

— Então por que veio até aqui, Angie? Se não foi para festejar com os amigos?

— Resposta sincera?

— Sempre.

— Você tem vista para o quintal dos Green.

— E?

— E eu preciso descobrir o que eles andam fazendo.

— Por quê?

— Porque não tenho um bom pressentimento em relação a eles. Ouvi barulho de furadeira e marteladas lá durante toda a manhã. Só quero dar uma espiada por cima da cerca e descobrir o que estão fazendo.

— Depois você toma uma bebida comigo?

— Claro, claro — respondo rapidamente, mas não penso nas consequências daquela bebida; estou muito ansiosa para ver o que está acontecendo na casa ao lado.

Jonas me leva pela cozinha e pela porta dos fundos até o pátio. Ele não fez muita coisa no quintal desde que comprou a casa, e tudo está mais ou menos do mesmo jeito que era quando os Daly moravam lá, com um gramado cheio de ervas daninhas, um pátio de cimento, uma churrasqueira a gás e alguns arbustos crescidos ao longo da cerca lateral. A única novidade é um barracão de ferramentas. Os Daly tinham cercado a propriedade para que seu golden retriever não fugisse, mas ele conseguia escapar regularmente mesmo assim. A cerca de madeira ainda está em bom estado, mas agora há uma nova treliça por cima dela que bloqueia minha visão do quintal dos Green.

— Foi você que colocou essa treliça? — pergunto a Jonas.

— Não. Os vizinhos instalaram ontem. Cheguei do supermercado e ela estava ali. Na verdade, ficou bem chique, não acha?

Uma furadeira ruge na casa ao lado, em seguida as marteladas recomeçam.

— Não consigo ver nada — murmuro.

— Quer dar uma espiada? Posso resolver isso. — Jonas entra no barracão de ferramentas e reaparece com uma escada, que coloca contra a cerca. — Primeiro as damas.

Mesmo que ele tenha se posicionado no lugar exato para ter uma boa visão da minha bunda, subo a escada e levanto a cabeça com cautela para espiar por cima da cerca. Por um momento, a única coisa que noto é a porta aberta do porão e um saco de cimento encostado na parede. Então olho para as janelas do andar de cima que dão para o quintal e vejo o motivo de todas as marteladas e furações.

Grades. Matthew Green está instalando grades nas janelas.

Ele já as instalou no térreo e agora passou ao andar de cima, onde sua caixa de ferramentas está aberta, na sacada. Olho para as grades e me pergunto por que ele está fazendo isso. Será que tem medo de alguém invadir a casa? O que há de tão valioso lá dentro para que sinta necessidade de transformar o local em uma fortaleza militar?

Então um pensamento assustador me ocorre. E se as grades não forem para impedir a entrada de ladrões, mas para manter alguém *lá dentro*? Penso na mulher dele. Por que nunca a vemos?

De repente, a porta da varanda se abre e Matthew Green sai. Eu me abaixo antes que ele possa me ver.

— O que foi? O que foi? — sussurra Jonas.

— Você não vai acreditar.

— Deixe-me ver.

Jonas pode ser musculoso, mas não é muito mais alto do que eu, então tenho que descer da escada para deixá-lo subir. Ele espia por cima da cerca e instantaneamente se abaixa também.

— Acho que ele me viu — diz Jonas.

— Droga.

Nós dois nos encolhemos perto da cerca e ficamos ouvindo. A casa ao lado fica em completo silêncio, e meu coração bate forte enquanto me esforço para ouvir. Alguns minutos se passam e a furadeira começa a rugir novamente.

Empurro Jonas para o lado e subo de volta na escada para espiar de novo. Para meu alívio, Matthew está de costas enquanto trabalha, por isso não me vê enquanto instala um novo conjunto de grades de ferro forjado na janela da sacada. Algo chama minha atenção, que só vejo quando Matthew Green se inclina para a frente, procurando alguma coisa na caixa de ferramentas. De repente, meus joelhos cedem e tenho que me agarrar à cerca para não cair, mas não reajo rápido o suficiente quando ele de repente se vira e olha para mim.

Nossos olhares se encontram.

Pega em flagrante, só consigo olhar para ele, em estado de choque, enquanto os segundos passam. Ainda estou olhando quando ele volta para casa e fecha a porta.

Minhas pernas tremem ao descer da escada.

— O que foi? — pergunta Jonas, franzindo a testa ao ver minha expressão. — O que você viu?

— Preciso ligar para minha filha.

11
Jane

Um americano médio que seja usuário de celular faz ou recebe 250 ligações por mês e, nesse aspecto, Sofia Suarez estava inteiramente na média, a julgar pelos registros telefônicos do último ano. Jane estava sentada à sua mesa, analisando um ano de ligações, procurando por alguma coisa que chamasse a atenção por ser incomum, um nome que disparasse um sinal de alerta em sua cabeça, mas sem sucesso. Havia diversas ligações recebidas do Hospital Pilgrim, onde ela trabalhava, e várias outras feitas para lá, para um salão de beleza e uma administradora de cartão de crédito, um encanador e uma oficina mecânica. E, antes de novembro do ano anterior, várias ligações para o marido, Tony. O padrão revelava a vida de uma mulher comum que fazia o cabelo uma vez por mês, cujo carro precisava de uma troca de óleo ocasional e cuja pia às vezes entupia.

Enquanto Jane examinava a lista, Frost fazia o mesmo em sua mesa, outro par de olhos examinando o mesmo registro de ligações feitas e recebidas pelo celular de Sofia.

Em novembro, a frequência das ligações aumentou subitamente, a maioria das chamadas feitas para o mesmo número: Hospital Pilgrim, onde o marido estava internado na UTI. Lá estava o registro do desespero crescente de Sofia enquanto buscava continuamente atualizações sobre o estado de Tony.

Em 14 de dezembro, as ligações para o hospital cessaram abruptamente. Esse foi o dia em que o marido dela morreu.

Jane imaginou como teriam sido os dias que antecederam essa data, a onda de angústia que Sofia devia sentir cada vez que o celular tocava. Como enfermeira, ela teria reconhecido os sinais de que os órgãos do marido estavam parando. Teria visto o fim se aproximar. Jane pensou novamente nos rostos sorridentes do casal na foto do casamento, um lembrete de que, mesmo nos momentos mais felizes, a tragédia podia estar à espreita.

Terminou de examinar aquele mês triste e passou para os registros de janeiro. Fevereiro. Março. Ligações recebidas do Hospital Pilgrim, algumas feitas para lá, para um dentista local e para Jamal Bird. Nenhuma surpresa. Jane começou a examinar o mês de abril e parou quando percebeu uma mudança abrupta no padrão, com uma série de novos números de telefone. Nas últimas semanas de vida, Sofia Suarez tinha ligado para pessoas e lugares com os quais nunca havia entrado em contato antes.

Jane girou a cadeira para ficar de frente para Frost.

— Abril — disse. — Você já chegou em abril?

— Estou chegando lá. Por quê?

— Dê uma olhada no dia vinte de abril. Ela ligou para um número registrado no nome de Gregory Bouchard, em Sacramento, na Califórnia.

Frost percorreu a lista até encontrar a data.

— Estou vendo. Cinquenta e cinco segundos de duração. Não chega a ser uma conversa. Quem é esse Bouchard?

— Vamos descobrir.

Ela pegou o telefone da mesa e discou o número. Tocou três vezes, e uma enérgica voz masculina atendeu.

— Alô?

Jane colocou o telefone no viva-voz para que Frost pudesse ouvir.

— Aqui quem fala é a detetive Jane Rizzoli, da polícia de Boston. Estou falando com Gregory Bouchard?

Silêncio. Depois uma resposta cautelosa:

— Sim, sou eu. Do que se trata?

— Nós estamos investigando a morte de uma mulher chamada Sofia Suarez. De acordo com os registros telefônicos, ela ligou para o seu número no dia vinte de abril. O senhor pode nos dar alguma informação sobre esse telefonema?

Houve uma pausa mais longa.

— Você disse que Sofia está *morta*?

— Sim, senhor.

— O que aconteceu? Um acidente?

— Receio que não. Estamos investigando um homicídio.

— Ah, meu deus. Katie vai surtar.

— Katie?

— A minha mulher. Era com ela que Sofia queria falar.

— Elas conseguiram conversar?

— Não, Katie estava em uma viagem de trabalho quando Sofia deixou a mensagem de voz. Quando chegou, Katie tentou ligar de volta, mas não conseguiram se falar.

— Posso falar com a sua mulher?

— Ela não está em casa. Katie trabalha como enfermeira em viagens da National Geographic. Você sabe, para manter os ricos vivos e bem de saúde. Vou verificar o itinerário dela novamente, mas acho que agora eles estão em algum lugar no Pacífico Sul.

— E a mensagem de voz que Sofia deixou no seu telefone? O senhor ainda tem a gravação?
— Não, lamento. A mensagem foi apagada.
— O senhor sabe qual era o conteúdo?
— Hum, mais ou menos. Eu estava presente quando Katie ouviu e... — Jane o ouviu respirar fundo do outro lado da linha. — Desculpe, estou meio abalado. Nunca conheci ninguém que tivesse sido assassinado.
— A mensagem, Sr. Bouchard.
— Sim, claro. Acho que ela só queria conversar sobre o tempo em que trabalharam juntas na UTI.
— Elas foram colegas de trabalho? A sua mulher e Sofia?
— Isso foi há quinze, vinte anos, em um hospital no Maine. Então eu consegui um emprego aqui na Califórnia e nós nos mudamos para cá. Nós fomos ao casamento de Sofia em Boston, mas isso foi há anos.
— O senhor sabe por que ela ligou para a sua mulher?
— Não faço ideia. Talvez para relembrar os velhos tempos? — Uma pausa. — O que isso tem a ver com ela ter sido assassinada?
— Não sei, senhor. Estou apenas investigando todas as pistas. Por favor, peça à sua mulher para me ligar se tiver alguma informação. — Jane desligou e olhou para Frost. — Bem, acho que foi um beco sem saída.
— Ou talvez tenha algo a ver com essas outras ligações — disse Frost. — São todas para o código de área 207. Maine.
— Onde Sofia e a mulher de Bouchard trabalharam juntas.
— Ela ligou para vários lugares muito estranhos. Um posto de gasolina Gas and Go em Augusta. Uma escola de ensino médio em Bangor. O restaurante Buffalo Wings em South Portland. O Eastern Maine Medical Center. Existe uma conexão entre todos esses números?

Jane pegou novamente o telefone da mesa.

— Só há uma maneira de descobrir. Vou tentar o primeiro.

Enquanto Frost se voltava para seu telefone, Jane discou o número de Augusta. Depois de apenas dois toques, uma mulher respondeu com um rápido:

— Gas and Go? — Era a voz pragmática de alguém que tem assuntos mais urgentes para resolver.

— Aqui quem fala é a detetive Rizzoli, da polícia de Boston. Nós estamos investigando a morte de uma mulher chamada Sofia Suarez. De acordo com seus registros telefônicos, ela ligou para esse posto de gasolina na segunda-feira, vinte e um de abril, às dez da manhã. A senhora por acaso falou com ela?

— Segunda-feira? Sim, provavelmente fui eu quem atendeu o telefone nesse dia. Mas não me lembro de ter falado com nenhuma cliente com esse nome.

— Ela estaria ligando de Boston.

— Não sei por que alguém nos ligaria de Boston. A menos que estivesse tentando nos vender alguma coisa, porque recebemos um monte de ligações desse tipo. Talvez ela tenha discado o número errado.

— Tem certeza de que não se lembra de ter falado com ela?

— Desculpe, mas não. Também vendemos bilhetes de loteria e passagens de ônibus e recebemos muitas ligações por causa disso. E vinte e um de abril, isso foi há um mês. Seja qual for o motivo para ela ter ligado, não foi nada que tenha chamado minha atenção.

O posto Gas and Go também tinha sido um beco sem saída.

O próximo número na lista de Jane era o restaurante Buffalo Wings, em South Portland, uma ligação feita às 14:30 em 24 de abril, com duração de apenas trinta segundos. Já era meio-dia, o pior horário possível para ligar para um restaurante, mas Jane discou o número mesmo assim.

Um homem atendeu.

— Buffalo Wings, em que posso ajudar?

Assim como a mulher do Gas and Go, ele não se lembrava de nenhuma ligação de Sofia Suarez, nem conhecia ninguém com esse nome.

Jane desligou, intrigada com o motivo de Sofia ter telefonado para aqueles números. Pelo tom desanimado da voz de Frost, percebeu que ele não estava tendo mais sorte com os números para os quais estava ligando. Examinou as próximas ligações da lista até chegar à tarde da quarta-feira antes da morte de Sofia. O Dr. Antrim a vira falando ao celular no estacionamento, uma ligação que lhe parecera estranhamente furtiva, mas a única ligação que ela fizera naquela tarde fora às 14:46 e tinha sido para a central telefônica do Hospital Pilgrim. Não havia como determinar com qual ramal Sofia havia falado.

— Conseguiu alguma coisa? — perguntou Frost.

— Não. E você?

— Falei com a secretária da escola de ensino médio de Bangor. Ela não reconheceu o nome Sofia Suarez e não se lembra do telefonema. Mas recebe ligações de pais e alunos o dia todo.

— E a ligação para o Eastern Maine Medical Center?

— Foi para o departamento de registros médicos. O funcionário não se lembra de ter falado com Sofia.

Jane se encolheu quando seu celular emitiu um grito assassino de violinos.

— Ah, não — disse Frost. — Esqueci completamente de te avisar. Ela me ligou há algumas horas.

— Minha mãe ligou para *você*?

— Ela me pediu para falar para você ligar de volta. — Ele estremeceu com o toque irritante do celular de Jane. — Por que você não atende? Ela não vai desistir.

Jane suspirou e pegou o celular.

— Oi, mãe.

— Por que é sempre tão difícil falar com você?

— Porque estou trabalhando.

— Ainda é o mesmo caso?

— Na vida real, as coisas não são como na TV. Não solucionamos tudo em uma hora.

— A situação aqui no bairro precisa da sua atenção.

— Não tem nenhuma situação no seu bairro. Você me disse que Tricia mandou uma mensagem para o pai dela e que ela está bem.

— Não estou convencida de que *essa* situação específica tenha sido resolvida. E agora estou lidando com um caso totalmente *novo*.

Jane olhou para Frost e murmurou as palavras *me salve*.

— Só acho que tenho o direito de saber se estou correndo perigo — disse Angela. — Eles moram do outro lado da rua. E se isso se transformar em mais um massacre, como o que aconteceu em Waco?

— É sobre os novos vizinhos outra vez?

— É.

— Por que você não liga para a polícia de Revere? É jurisdição deles.

— Mas eu não tenho uma filha na polícia de Revere.

— Por que não liga para Vince? Ele vai saber o que fazer. — *E nunca vai me perdoar por ter sugerido isso.*

— Vince não pode fazer nada. Ele ainda está na Califórnia.

— Mas ele foi policial. Tem faro para essas coisas.

— Ele não tem acesso ao banco de dados de registro de armas de fogo.

Jane fez uma pausa.

— Armas? Que armas?

— Para começar, a arma que Matthew Green esconde debaixo da camisa. Uma pistola. Igualzinha à que Vince costumava usar.
— Uma Glock?
— Pode ser. Com certeza não era um revólver daqueles antigos.
— Como você sabe?
— Eu estava olhando por cima da cerca de Jonas, tentando descobrir o que eram aquelas marteladas e furações. E sabe o que vi? Aquele sujeito está instalando grades em todas as janelas. Como se estivesse transformando a casa em uma prisão de segurança máxima. Então, enquanto eu estava olhando, ele se inclinou e lá estava, pendurada na cintura dele. Uma arma. Uma Glock, talvez. Você sempre me diz como o estado de Massachusetts é rigoroso com esse tipo de coisa. Por que aquele homem estaria carregando uma arma escondida?

Jane ficou em silêncio por um momento. Havia inúmeras razões legítimas para um homem portar uma arma. Talvez ele fosse um agente da lei. Talvez fosse militar. Talvez fosse apenas um cidadão cumpridor da lei que gostava de saber que poderia proteger sua propriedade, se fosse necessário.

— Pode haver outras armas lá — insistiu Angela. — Aquela casa tem um porão enorme. Há espaço suficiente lá embaixo para guardar bazucas.

— Tudo bem, tudo bem — disse Jane. — Vou verificar se Matthew Green tem porte de arma.

— Ótimo. Podemos conversar quando vocês vierem jantar. Maura vai trazer aquele amigo, Daniel, e eu já encomendei um belo pernil de cordeiro no açougue.

— Jantar?
— Não me diga que você esqueceu.
— Não, claro que não. — *Merda. Esqueci.* Jane fez uma pausa, a atenção atraída por Frost, que agitava as folhas com o registro de chamadas. — Mãe, eu tenho que desligar. Frost precisa de mim.

— Ah, e diga ao simpático do Barry Frost para vir também. — Angela fez uma pausa. — Mesmo que tenhamos que aturar a mulher dele.

Jane desligou e olhou para Frost.

— Você e Alice estão convidados para jantar na casa da minha mãe no próximo sábado. Pernil de cordeiro. Alice ainda está fazendo aquela dieta maluca?

— Ela pode comer os acompanhamentos. Mas dê uma olhada nisso. — Ele apontou para uma chamada perto do fim dos registros telefônicos. — Essa ligação que ela fez no dia dezenove de maio, às oito da manhã, código da área de Massachusetts. Durou dezesseis minutos.

— Dezesseis minutos. Não pode ter sido engano.

— E durou o suficiente para ter sido uma conversa importante. Já tentei ligar, mas ninguém atende.

— Vamos tentar de novo.

Jane sentiu o pulso acelerar quando pegou o telefone da mesa e discou o número. Tocou apenas uma vez e, em seguida, uma voz eletrônica anônima atendeu: *Esse celular está desligado ou fora da área de cobertura...*

— Ninguém atende. — Jane desligou e franziu a testa ao olhar para o registro de chamadas. — Não tem nenhum nome associado a esse número.

— Porque é um celular pré-pago — respondeu Frost.

12
Amy

Um cardeal vermelho com plumagem reluzente cantava em uma árvore, afugentando os rivais com um *xi-xi, tique-tique-tique-tique* alto. Durante as longas semanas de reabilitação após o acidente, Amy havia passado tão pouco tempo ao ar livre que era uma alegria respirar ar fresco e ouvir o canto dos pássaros outra vez. Enquanto o pai ia estacionar o carro, ela aproveitava aqueles poucos momentos sozinha em frente aos portões do cemitério, observando o cardeal atrevido pular de galho em galho enquanto declarava a plenos pulmões sua soberania. Ao longe, um trovão ressoou, e ela sentiu o cheiro forte de chuva iminente no ar. Torceu para que o pai se lembrasse de pegar o guarda-chuva que havia no carro. Ele podia ser um clínico brilhante no hospital, mas em questões do dia a dia era tão distraído quanto qualquer outro homem.

Tinha acabado de sentir uma gota de chuva? Olhou para cima. Na última meia hora desde que tinham saído de casa, o céu escurecera até ficar cinza como estanho. Ao olhar para as nuvens que se acumulavam acima dela, Amy perdeu o equilíbrio e teve que se apoiar na bengala.

Não percebeu o homem parado ao seu lado.

— É incrível o barulho que um único pássaro é capaz de fazer — disse ele.

Ela se virou, assustada com a aparição repentina, embora o homem parecesse completamente inofensivo. Tinha cinquenta e muitos anos e estava vestido adequadamente para o clima, com uma capa de chuva. A capa era um pouco grande para ele, como se tivesse sido passada adiante por outra pessoa, de ombros mais largos. Seu rosto era magro e pálido, os olhos, de um tom de cinza comum, mas algo nele parecia familiar; ela simplesmente não conseguia se lembrar de como ou onde eles poderiam ter se conhecido. O acidente de março havia apagado partes de sua memória, e talvez aquele homem estivesse em um dos fragmentos perdidos. Ele olhou para ela por um tempo um pouco longo demais e então, como se tivesse percebido que isso a deixara desconfortável, voltou o olhar para o cardeal empoleirado no galho acima deles.

— Ele está marcando território — disse o homem. — O ninho deve estar aqui perto. Ele provavelmente já tem filhotes para proteger.

— Eu não sei muito sobre pássaros — admitiu ela. — Só gosto de admirá-los.

— Não é assim com todo mundo? — Ele olhou para o vestido dela, preto, recatado e simples. — Você está aqui para um velório?

— Sim, de Sofia Suarez. O senhor está aqui por causa dela também?

— Não. Vim ver alguém que conheci muito tempo atrás.

— Ah. — Ela não sabia se ele estava se referindo a alguém vivo ou morto, e não teve coragem de perguntar.

— Só queria que tivéssemos passado mais tempo juntos — disse ele calmamente e, pela tristeza em sua voz, ela soube que era alguém que havia morrido.

— E o senhor ainda vem visitar o túmulo? Isso é muito bonito.

Ela sorriu para ele, que sorriu de volta. Parecia que algo havia mudado entre os dois. Como se o ar tivesse ficado subitamente carregado de estática.

— Eu conheço o senhor? — perguntou ela por fim.

— Pareço familiar?

— Não tenho certeza. Sofri um acidente em março e, desde então, tenho dificuldade de me lembrar das coisas. Nomes. Datas.

— Então é por isso que você precisa da bengala.

— Muito feia, não é? Eu deveria ter escolhido uma mais legal e estilosa. Mas não vou precisar dela por muito mais tempo, de qualquer maneira.

— Como foi? O acidente.

— Um motorista maluco me atropelou na faixa de pedestres. Eu estava saindo da faculdade e... — Ela fez uma pausa. — É de lá que eu conheço o senhor? Da Northeastern?

Uma pausa.

— É possível que a gente tenha se esbarrado por lá.

— No Departamento de História da Arte, talvez?

— É o que você estuda?

— Eu *deveria* ter me formado este mês, mas passei dois meses na reabilitação, tentando me recuperar. Ainda estou me achando muito desajeitada.

— Você me parece muito bem — disse ele. — Melhor do que bem, mesmo com a bengala.

O olhar dele ficou subitamente tão intenso que a perturbou e ela se virou. Viu o pai vindo do estacionamento na direção deles, carregando o guarda-chuva. Com um pequeno salto, ele pulou para a calçada.

— Ainda bem que você se lembrou — disse ela. — Vai começar a chover a qualquer momento.

— Quem era aquele homem com quem você estava conversando?

Ela se virou para apresentar seu novo conhecido, mas o homem não estava mais lá. Intrigada, olhou em volta e o viu de relance, entrando pelo portão do cemitério.

— Que estranho.

— Alguém que você conhece?

— Não tenho certeza. Ele disse que me conhece da Northeastern. Talvez seja um dos professores.

Ele pegou o braço dela, e os dois caminharam em direção ao portão.

— Sua mãe ligou em pânico — disse ele. — O fornecedor ainda não apareceu lá em casa.

— Ah, você sabe como ela é. Consegue preparar quinhentos sanduíches sozinha, se precisar.

Ele deu uma olhada no relógio.

— São quase dez horas. Não queremos nos atrasar para o nosso compromisso com Sofia.

Para o nosso compromisso com Sofia, que nunca saberia que eles estavam lá. Ainda assim, de alguma forma, importava que *estivessem* lá. Que naquele dia triste, aqueles que a conheciam ficassem ao lado de seu túmulo e lamentassem sua morte.

— Você acha que consegue ir caminhando? — perguntou o pai. — Pode ser um pouco complicado passar pela grama.

— Consigo, pai — disse ela, embora o ar úmido fizesse sua perna doer.

Provavelmente seria para sempre assim. Mesmo depois que uma perna quebrada se curava, a memória da fratura permanecia cristalizada no osso e, a cada mudança no clima, a dor voltava a incomodar. Mas Amy não reclamou. Guardou essa dor para si mesma enquanto ela e o pai entravam de braços dados pelo portão do cemitério.

13
Jane

Havia previsão de tempestade, e Jane não conseguia parar de olhar para o céu a cada poucos minutos enquanto nuvens escuras avançavam em direção ao cemitério. Tinha lido que os dois lugares onde havia maior risco de alguém ser atingido por um raio eram no topo de uma colina ou debaixo de uma árvore, e era exatamente onde ela e Frost estavam agora, em uma colina, sob os extensos galhos de um bordo japonês. Dali, podiam observar os enlutados reunidos em torno do túmulo aberto de Sofia Suarez. Meses antes, quando havia enterrado o marido, Tony, naquele mesmo cemitério, será que Sofia suspeitava que se juntaria a ele tão cedo? Quando visitava seu túmulo e contemplava aqueles gramados suavemente ondulados, os arbustos bem cuidados, imaginava que ela mesma passaria a eternidade naquele lugar?

O estrondo distante de um trovão fez com que Jane olhasse mais uma vez para as nuvens. O sepultamento terminou e não havia motivo para Jane e Frost permanecerem ali por muito mais tempo. Tinham ficado atentos a qualquer pessoa que aparecesse por lá não para se despedir de Sofia, mas para desfrutar de seu triunfo ou se deleitar com a visão dos enlutados. Jane, no entanto, vira apenas tristeza genuína nos rostos, muitos dos quais ela reconheceu: o Dr. Antrim; as enfermeiras do hospital; os vizinhos de Sofia, a Sra. Leong e Jamal Bird com a mãe. Poucos adolescentes se dariam o trabalho de comparecer ao velório de uma vizinha de meia-idade, mas lá estava Jamal, vestido soturnamente de preto, exceto pelos tênis Nike azuis.

— Está começando a chover. Vamos encerrar por hoje? — sugeriu Frost.

— Espere. O Dr. Antrim está vindo para cá.

Antrim acenou enquanto caminhava até eles, acompanhado por uma jovem magra que andava apoiada em uma bengala.

— Eu estava querendo falar com vocês — disse ele. — Queríamos saber se há alguma novidade sobre o caso.

— Estamos fazendo progresso — era só o que Jane podia dizer.

— Vocês têm alguma ideia de quem...

— Infelizmente, ainda não. — Ela olhou para a jovem parada ao lado de Antrim, a ponta da bengala afundada na grama úmida. O cabelo preto, com um corte moderno, contrastava com a pele pálida. Era a palidez fantasmagórica de alguém que não saía de casa havia muito tempo. — Essa é sua filha, Amy?

— É. — Antrim sorriu. — Ela finalmente está de pé outra vez. Embora esta grama não seja uma superfície muito fácil para ela andar.

— Eu tinha que vir — disse Amy. — Sofia cuidou tão bem de mim no hospital, e eu nunca consegui agradecer a ela de verdade.

— Ela passou duas longas semanas no hospital — explicou Antrim, sorrindo para a filha. — Amy ficou em estado grave por alguns dias, mas é uma guerreira. Pode não parecer agora, mas ela é. — Ele se virou para Jane. — Nunca pegaram o motorista que a atropelou, e já tem semanas que não recebemos uma atualização da polícia. Talvez você possa...

— Pai — censurou Amy.

— Bem, ela pode verificar, não pode?

— Vou ligar para o detetive responsável pela investigação e ver se houve algum progresso — prometeu Jane. — Mas depois de tanto tempo, eu não teria muitas esperanças.

O trovão soou mais perto.

— Vai chover — disse Amy. — E a mamãe está esperando por nós.

— É verdade. Ela provavelmente está se perguntando onde nós todos nos metemos. — Ele abriu um guarda-chuva e o segurou sobre a cabeça da filha. — Espero que vocês dois venham também — disse ele a Jane e Frost.

— Aonde? — perguntou Jane.

— À nossa casa. Estamos oferecendo uma recepção para todos que conheciam Sofia. Minha mulher providenciou o serviço de bufê, o que significa que vai haver comida para um batalhão. Então, por favor, venham.

Algo de repente chamou a atenção de Jane. Uma figura solitária à distância. Um homem parado entre as lápides, observando-os.

— Dr. Antrim — disse ela. — O senhor conhece aquele homem?

Ele se virou para olhar na direção que ela estava apontando.

— Não. Eu deveria conhecer?

— Ele parece muito interessado em nós.

Amy se virou para olhar também.

— Ah, aquele homem. Nós conversamos mais cedo, do lado de fora do portão. Achei que talvez o conhecesse da universidade, mas agora não tenho tanta certeza.

— O que ele disse a você?

— Perguntou se eu estava aqui para um velório.
— Ele perguntou especificamente sobre o velório de Sofia?
— Acho que não... quero dizer, não me lembro.
— Com licença — disse Jane. — Vamos bater um papo com ele.

Ela e Frost caminharam na direção do homem, em um ritmo comedido para não assustá-lo. Mas ele se virou e começou a se afastar.

— Com licença — chamou Jane. — Nós gostaríamos de falar com o senhor.

O homem acelerou o passo.

— Ah, merda. Acho que ele está fugindo — disse Frost.

Os dois saíram correndo atrás do homem, passando por lápides e anjos de mármore. Pingos de chuva atingiam o rosto de Jane e gotejavam em seus olhos, transformando a paisagem em um borrão verde. Ela piscou até conseguir enxergar o homem com clareza de novo. Ele estava correndo o mais rápido que podia agora, contornando um mausoléu coberto de hera e disparando por um caminho que cortava o bosque.

Ofegante e com o coração acelerado, Jane o seguiu bosque adentro, mas seu sapato de repente escorregou nas folhas molhadas. Como uma patinadora artística fora de controle em uma pista de gelo, ela derrapou, perdeu o equilíbrio e caiu, aterrissando com tanta força sobre o traseiro que sentiu o impacto na coluna.

Frost passou correndo por ela sem diminuir a velocidade.

Com uma dor aguda no cóccix e a parte de trás da calça enlameada, Jane se levantou e correu atrás do parceiro. Quando o alcançou, ele havia parado e examinava freneticamente o bosque. O caminho à frente deles estava deserto, a trilha, ladeada por arbustos densos. O homem havia desaparecido.

Outro estrondo de trovão, dessa vez mais perto, e mais uma vez lá estavam eles, no pior lugar para estar quando um raio cai: debaixo de uma árvore.

— Como diabos nós o perdemos? — reclamou Jane.

— Ele teve uma vantagem inicial muito grande. Deve ter saído da trilha em algum ponto. — Frost olhou para ela. — Você está bem?

— Estou. — Ela limpou a terra da calça. — Merda, acabei de comprar essa calça.

Um galho estalou, alto como um tiro de rifle.

Jane se virou rapidamente na direção do som e viu uma espessa parede de rododendros. Trocou um olhar com Frost e, sem dizer uma palavra, ambos sacaram as armas. Ela não sabia quem era aquele homem ou por que havia fugido deles, mas uma pessoa só corria quando estava com medo. Ou quando era culpada.

Jane apostava na culpa.

Avistou uma abertura na parede de arbustos e abriu caminho, apenas para se ver presa em um matagal sufocante enquanto o trovão ribombava e a chuva batia nas folhas, produzindo um som semelhante ao de uma metralhadora. Ela continuou avançando, adentrando a selva úmida e piscando para afastar as gotas de chuva. Uma nuvem de mosquitos irrompeu do solo e enxameou em volta de seu rosto. Ela os dispersou enquanto continuava a avançar às cegas.

Do outro lado dos arbustos veio o estalo de outro galho se quebrando. E um ruído metálico.

Jane mergulhou no último emaranhado de galhos e passou para o outro lado, com a arma em punho. Deu de cara com um homem segurando um cortador de sebes. Ele olhou para ela com olhos arregalados de medo. Largou o cortador e ergueu as mãos acima da cabeça. De relance, Jane viu a capa de chuva, as galochas e a pilha de galhos cortados na traseira da caminhonete.

O jardineiro. Eu quase atirei no jardineiro.

— Desculpe — disse ela, e guardou a arma no coldre. — Somos da polícia. Está tudo bem. Estamos...

— Rizzoli! — gritou Frost. — Ele está ali!

Ela se virou e viu um lampejo cinza quando o homem que eles estavam perseguindo saiu correndo pelo portão do cemitério. Ele já estava fora do alcance deles, longe demais para ser alcançado.

— Hum... posso abaixar as mãos agora? — perguntou o jardineiro, com os braços ainda acima da cabeça.

— Pode — respondeu Jane. — E talvez possa nos ajudar. Aquele homem que acabou de sair correndo pelo portão, sabe quem ele é?

— Acho que não.

— Já o viu antes?

— Não consegui ver o rosto dele direito...

Jane suspirou e se virou para Frost.

— De volta à estaca zero.

— ... mas talvez ele apareça no vídeo.

A atenção de Jane se voltou de imediato para o jardineiro.

— Que vídeo?

— É uma pena precisarmos de câmeras assim, mas este é o mundo de hoje. Ninguém mais respeita a propriedade privada, não como quando eu era criança — disse o diretor do cemitério, Gerald Haas, que com certeza tinha idade suficiente para lembrar como era o mundo, ou como ele achava que era. O homem se sentou cautelosamente na cadeira e ligou o computador. Assim como a sala de recepção do necrotério, o escritório do diretor era decorado de maneira discreta e elegante, em tons pastel suaves e com dizeres emoldurados nas paredes.

O que importa não é a duração da vida, mas a profundidade dela. — Ralph Waldo Emerson

Pois a vida e a morte são uma só, tal como o rio e o mar. —
Kahlil Gibran

Também pendurado na parede havia um mapa da extensa propriedade de 100 hectares, cujos caminhos tinham nomes de flores e árvores: Caminho da Lavanda. Rua do Hibisco. Lago Magnólia. Como se o terreno estivesse repleto de plantas, e não de restos mortais de pessoas.

Com mãos trêmulas e artríticas, Haas manobrava o mouse do computador com dificuldade, e cada movimento, cada clique, demorava uma eternidade. Jane pensou nos dedos ágeis de Jamal Bird digitando com a velocidade vertiginosa da juventude e teve que se esforçar para ser paciente enquanto observava a mão nodosa de Haas rolar e clicar, rolar e clicar.

— Posso ajudá-lo, senhor? — perguntou Frost, educado como sempre e sem nenhum vestígio da frustração que Jane sentia.

— Não, não. Conheço esse sistema. Só demoro um pouco para lembrar como fazer isso...

Rolar. Mover o ponteiro do mouse. Clicar.

— Ah. Aqui.

Uma imagem nublada pelas gotas de chuva surgiu na tela do computador. Era a área de desembarque de passageiros na entrada do cemitério.

— Essa é a câmera de segurança do nosso portão principal, na parte sul — explicou Haas. — Está instalada logo acima do arco e deve ter registrado todos que entraram e saíram hoje de manhã.

— E a entrada norte? — perguntou Jane, apontando para o mapa na parede. — Tem uma câmera lá também?

— Tem, mas é uma entrada usada apenas pelos nossos funcionários. Esse portão fica trancado o tempo todo, e é necessário um código para abri-lo. Portanto, um visitante não poderia ter entrado por lá.

— Então vamos assistir ao vídeo da entrada principal — sugeriu Jane. — Já que sabemos que foi por lá que ele saiu.

— Até que horas vocês querem que eu volte?

— De acordo com nossa testemunha, o homem entrou no cemitério pouco antes do início do velório. Então, por favor, volte até as nove e meia.

Mais uma vez a mão nodosa pegou o mouse. Na profissão de Haas não havia necessidade de ser rápido. Os mortos são pacientes.

Rolar. Mover o ponteiro do mouse. Clicar.

— Pronto — disse ele. — Nove e meia.

No vídeo, a chuva ainda não havia começado a cair e o asfalto ainda estava seco. Exceto por um pássaro que passou voando, nada se movia no enquadramento.

— Cinquenta anos atrás, quando eu era menino, nós, crianças, tínhamos respeito pelos mortos. Nunca sonharíamos em grafitar o muro de um cemitério ou derrubar lápides. Foi por isso que tivemos que instalar essas câmeras. Não é à toa que o mundo está perdido.

O lamento de todas as gerações, pensou Jane. *O mundo está perdido.* Era o que a avó dela costumava dizer. Era o que o pai dela ainda dizia. E um dia ela provavelmente diria o mesmo à própria filha, Regina.

Algo chamou sua atenção quando, às 9:35, um sedã prateado parou junto ao meio-fio. Um casal de idosos desceu e passou lentamente pelo portão, de mãos dadas.

— São só os Santoro — explicou Haas. — A filha deles os traz aqui toda semana para visitarem o filho. O túmulo dele fica na aleia Lilás. Observem, a filha foi estacionar o carro, mas daqui a pouco vai aparecer com as flores.

Momentos depois, como Haas havia previsto, uma mulher apareceu carregando um vaso de rosas e seguiu os pais pelo portão.

— Essas são as histórias mais tristes — comentou Haas. — Quero dizer, toda morte é trágica, mas perder um filho...
— Como o filho deles morreu? — perguntou Frost.
— Eles não falam sobre isso, mas ouvi dizer que foi uma overdose. Foi há muitos anos, quando ele tinha uns trinta e poucos. E mesmo depois de tanto tempo, eles ainda vêm uma vez por semana, sem falta. Sempre deixamos o carrinho de golfe pronto para levá-los até o túmulo.

Às 9:40, duas figuras conhecidas apareceram: Jamal e a mãe. Então, minutos depois, várias enfermeiras do Hospital Pilgrim chegaram juntas.

— Também recebemos alguns turistas — disse Haas.
— Tem alguém famoso enterrado aqui? — indagou Frost.
— Não, eles vêm ver as plantas. Este cemitério tem quase cem anos e há alguns espécimes de árvores maduras aqui que não se encontra em nenhum outro lugar de Boston. Já tiveram a oportunidade de conhecer os nossos jardins?
— Sim, um tanto perto demais até — respondeu Jane, pensando em sua batalha contra os rododendros. E em sua calça manchada de terra.
— Os turistas que vêm ver o jardim costumam aparecer à tarde, mas com esse tempo chuvoso, a maioria provavelmente não vai vir. As pessoas que gostam de jardins costumam ser muito respeitosas, por isso fico feliz em recebê-las. Temos orgulho de ser um lugar onde todos são bem-vindos, desde que saibam se comportar.

Na tela, um Mercedes azul parou junto ao meio-fio e uma mulher magra com cabelo preto curto saiu cautelosamente do lado do carona, segurando uma bengala. Amy Antrim. Enquanto seu pai se afastava para estacionar o carro, ela esperou perto da entrada, a cabeça inclinada na direção de uma árvore.

Foi então que o homem apareceu. Ele se aproximou tão de repente que Amy não pareceu notá-lo até que ele estava bem ao lado dela.

— Nosso homem de capa de chuva — disse Frost.

Amy e o homem estavam conversando agora, e o que quer que ele lhe tenha dito não pareceu assustá-la. Ele estava de costas para a câmera, então o único rosto que conseguiam ver era o de Amy, que sorria. Ela não parecia se importar com o fato de ele estar tão perto, inclinando-se para a frente, como se estivesse prestes a atacá-la. De repente, ele se virou e foi embora, mantendo a cabeça baixa ao passar pelo portão e entrar no cemitério. A única coisa que conseguiram ver na câmera foi o topo da cabeça, o cabelo ralo em um tom de castanho comum.

Em seguida, o Dr. Antrim surgiu, carregando um guarda-chuva. Teria sido a chegada dele que afugentara o homem? Se Antrim não tivesse chegado, o que poderia ter acontecido?

— O que aconteceu entre esses dois? — perguntou Jane. — O que diabos foi aquilo?

— Foi como se ele estivesse esperando por ela. Como se soubesse que ela ia aparecer — comentou Frost.

Naquele momento, o celular de Frost sinalizou a chegada de uma mensagem de texto. Enquanto ele o tirava do bolso, Jane retrocedeu na gravação até a primeira aparição do homem. Será que ele realmente estava esperando por Amy ou eles estavam vendo coisa demais em uma interação casual e inofensiva? E por que Amy Antrim em particular?

— Ora, *isso* é interessante — disse Frost, olhando para o celular.

— O quê?

— Conseguimos os dados do celular pré-pago.

— Já sabemos quem é o dono?

— Não. Mas temos o registro de chamadas. O celular pré-pago recebeu uma ligação de Sofia Suarez...

— Isso nós já sabíamos.

— E fez duas ligações. Ambas na semana passada e para a mesma residência em Brookline. — Ele estendeu o celular para ela. — Olha de quem é o nome na conta.

Ela olhou para o nome na tela. *Michael Antrim, médico.*

14

Amy Antrim estava sentada no escritório do pai, a bengala apoiada na poltrona, o vestido preto simples contrastando com sua pele pálida. Embora já tivessem se passado meses desde o acidente, ela ainda parecia tão frágil quanto uma boneca de porcelana. Lá fora, o vento soprava gotas de chuva contra a janela e as manchas de água no vidro projetavam sombras cinzentas e distorcidas em seu rosto.

— Recebemos ligações indesejadas o tempo todo — disse ela. — As pessoas estão sempre tentando nos vender coisas. Mas meu pai insiste em manter o número dele na lista, caso um paciente precise contatá-lo. Ele é generoso nesse nível, mesmo que a gente tenha que aturar essas ligações incômodas.

— A primeira ligação durou dois minutos, a outra, cerca de trinta segundos — explicou Frost. — Ambas foram feitas à noite, enquanto seu pai estava no trabalho. Sua mãe disse que não se lembra de nenhuma ligação incomum, então estávamos nos perguntando se não foi você quem atendeu.

— Minha mãe costuma atender primeiro, já que eu não tenho me movido tão rápido nos últimos tempos. Talvez as ligações tenham caído na secretária eletrônica. — Amy olhou para Jane e

Frost. — Essas ligações têm alguma coisa a ver com aquele homem do cemitério?

— Não temos certeza — respondeu Jane.

— Porque achei que vocês tivessem vindo me perguntar sobre isso, sobre aquele homem. Ele me pareceu bem simpático na hora. Eu *deveria* ter ficado com medo dele?

— Também não sabemos. — Jane olhou para as mãos magras de Amy, a pele tão translúcida que deixava entrever as veias azuladas. Será que aquelas mãos seriam fortes o suficiente para se defender de um agressor? Amy parecia frágil a ponto de ser derrubada por uma simples rajada de vento, que dirá por um homem com a intenção de machucá-la. Era como a gazela solitária quase desgarrada do rebanho, o animal vulnerável que os predadores capturavam primeiro.

— Vamos conversar sobre esse homem — sugeriu Frost. — Conte-nos de novo o que ele disse a você.

— Na verdade, não conversamos sobre nada importante. Falamos sobre o cardeal vermelho na árvore e como ele devia estar defendendo o próprio ninho. Ele percebeu que eu estava vestida de preto e me perguntou se eu estava lá para um velório. Perguntei a ele se já nos conhecíamos, porque tive a sensação de que o conhecia de algum lugar.

— Então você o reconheceu?

Amy pensou por um momento, a testa delicadamente franzida.

— Eu não tenho certeza.

— Não tem certeza?

Ela deu de ombros, impotente.

— Tinha alguma coisa familiar nele. Pensei que talvez o tivesse visto na universidade, mas não foi no Departamento de História da Arte. Talvez em algum outro lugar do campus. Talvez na biblioteca. Passei tanto tempo naquela biblioteca, trabalhando na minha monografia... Pelo menos era o que eu estava fazendo antes de *isso* acontecer. — Ela massageou a perna em recuperação, algo que parecia ter se tornado um hábito. — Não vejo a hora de me livrar dessa bengala horrorosa e voltar à minha vida normal.

— Sobre o acidente — disse Jane. — Como aconteceu?

— Foi só azar. Eu estava no lugar errado, na hora errada.

— Do que mais você se lembra?

— Eu me lembro de sair da biblioteca e estar caindo uma neve misturada com chuva. Eu não tinha me vestido para aquilo. Estava usando umas sapatilhas idiotas que logo ficaram encharcadas enquanto eu andava pelo campus. Cheguei na faixa de pedestres e aí... — Ela fez uma pausa, franzindo a testa.

— E aí?

— Eu me lembro de ficar parada, esperando o sinal de pedestres abrir.

— Isso foi na Huntington Avenue?

— Foi. Eu devo ter colocado o pé na rua e o carro me atingiu. Depois disso, só me lembro de acordar na UTI. Sofia estava lá, olhando para mim. A polícia disse que o carro me atropelou ali mesmo na faixa de pedestres, depois fugiu. Ainda não pegaram o motorista.

Jane olhou para Frost e se perguntou se ele estava pensando a mesma coisa que ela. *Será* que tinha sido um acidente? Ou alguma outra coisa?

A porta se abriu, e a mãe de Amy, Julianne, entrou carregando uma bandeja com xícaras de chá e doces.

— Lamento interromper, mas Amy mal almoçou. E pensei que talvez vocês também quisessem comer alguma coisa. Aceitam um chá?

Frost se animou ao ver o prato com quadradinhos de doce de limão na bandeja.

— Parecem deliciosos, Sra. Antrim. Obrigado.

— Todo mundo já foi para o hospital — disse Julianne. — Mas tem muita comida na sala de jantar, se quiserem alguma outra coisa. Eu tenho mania de encomendar mais comida do que as pessoas conseguem comer.

— Velhos hábitos — disse Amy com um sorriso. — Minha mãe trabalhava em restaurante.

— E o pior pesadelo de todo cozinheiro é não ter comida suficiente — acrescentou Julianne enquanto servia o chá. — Nunca vou deixar de me preocupar se fiz comida suficiente para todo mundo. — Julianne distribuiu xícaras de chá com a eficiência de uma anfitriã experiente, depois se acomodou na poltrona ao lado de Amy. Embora houvesse vinte anos de diferença entre elas, mãe e filha tinham o mesmo corpo esbelto, o mesmo cabelo preto cortado de maneira idêntica. — Então do que se trata? Quem era o homem no cemitério?

— Um homem que pareceu demonstrar um interesse especial por Amy — respondeu Jane. — Estamos querendo saber se é algo que precisamos investigar.

Julianne olhou para a filha.

— Você não o reconheceu?

— Eu achei que talvez o conhecesse de algum lugar. Ou talvez ele estivesse apenas tentando ser simpático. Mas agora que todo mundo está fazendo perguntas sobre isso...

— Como ele era? — interrompeu-a Julianne.

Amy pensou por um momento.

— Acho que ele tinha mais ou menos a idade do meu pai.

Frost anotou isso.

— Então, quase sessenta anos. E o cabelo dele?

— Eu diria castanho-claro, mas ele não tinha muito cabelo. Era um pouco calvo no topo da cabeça. — Ela olhou para Julianne e disse com um sorriso: — Igual ao meu pai.

— E o rosto dele? — perguntou Julianne.

— Era... estreito. Comum. Sei que isso não ajuda muito, mas é só o que sei dizer sobre ele. Parecia triste por estar visitando alguém no cemitério. Uma pessoa que ele disse que conheceu muito tempo atrás. Talvez por isso quisesse tanto conversar com alguém. E por acaso eu estava lá.

— Ou será que ele queria conversar com você, especificamente? — perguntou Jane.

— Vocês acham que esse homem estava de olho na minha filha? — indagou Julianne.

— Não sei, Sra. Antrim.

Julianne se endireitou na poltrona, uma mãe determinada a defender sua cria.

— Mike me disse que ele apareceu nas imagens das câmeras de segurança. Me deixem ver esse homem.

Frost pegou o celular e abriu o arquivo de vídeo.

— A câmera não captou uma boa imagem do rosto dele, infelizmente. Mas aqui está o que temos.

Julianne pegou o celular e assistiu ao vídeo da conversa da filha com o homem não identificado. A interação foi breve, pouco mais de dois minutos, mas certamente era óbvio para ela, assim como para Jane, que o homem estava concentrado de maneira um tanto intensa em Amy. Aquilo tinha sido mais do que uma conversa casual entre estranhos.

— Sua filha acha que talvez o conheça de algum lugar — disse Jane. — E a senhora? Por acaso o reconhece?

Julianne não disse nada, continuou apenas olhando para o vídeo com a testa franzida.

— Sra. Antrim?

Julianne levantou lentamente a cabeça.

— Não. Nunca vi. Mas a maneira como ele se aproxima de Amy é quase como se estivesse *esperando* por ela.

— É uma interpretação possível.

— E então, assim que meu marido se aproxima, ele foge. Como se não quisesse ser pego. Como se soubesse que não deveria estar ali. — Ela olhou para a filha. — Ele não falou qual era o nome dele?

— Não, e eu não falei o meu. Sério, mãe, foi só um acontecimento aleatório. Nós dois estávamos na entrada do cemitério na mesma hora.

Um acontecimento aleatório, pensou Jane. *Como o acidente dela.*

— Mas, olhando esse vídeo — insistiu Julianne —, parece que ele estava *esperando* por você.

— Como ele saberia que eu ia estar lá hoje? — perguntou Amy.

— O anúncio do velório de Sofia saiu no jornal — respondeu Jane. — Era uma informação de conhecimento público.

Houve um longo silêncio enquanto Julianne considerava o que aquilo poderia significar.

— Vocês acham que isso tem alguma coisa a ver com o assassinato?

— Todo caso de homicídio atrai atenção — respondeu Jane. — Às vezes a atenção de pessoas estranhas. Pessoas que vão ao velório da vítima por curiosidade ou porque se sentem atraídas pela tragédia. E de vez em quando o próprio assassino aparece. Para se gabar, para fazer algum tipo de jogo ou ver em primeira mão o estrago que causou.

— Meu deus. E agora ele está de olho na Amy?

— Não sabemos. É muito cedo para nos preocuparmos com isso.

— Muito *cedo*? — A voz de Julianne se elevou. — Eu nunca acho que seja cedo demais para imaginar o pior quando se trata dos nossos filhos.

Amy se inclinou para o lado e pegou a mão de Julianne, a filha confortando a mãe, e dirigiu a Jane um sorriso de desculpas.

— Minha mãe se preocupa com qualquer coisinha.

— Não consigo evitar — disse Julianne. — Desde o dia em que ela nasceu...

— Ah, não. Você vai contar essa história de novo?

— Que história? — perguntou Frost.

— Sobre como eu quase morri quando era bebê.

— Bem, é verdade — comentou Julianne. — Ela nasceu quase um mês antes do previsto. — Julianne apontou para a estante, para a fotografia de Amy quando bebê, de cabelos pretos, tão incrivelmente pequena que parecia uma boneca aninhada nos braços da mãe. — Foi em um pequeno hospital em Vermont, e eles não tinham certeza se ela ia sobreviver. Mas minha filha sobreviveu. Por um milagre, talvez, mas Amy sobreviveu. — Ela olhou para Jane. — Sei como é quase perder um filho. Então, não, não é cedo demais para ficar preocupada.

Isso Jane entendia. Ter um filho faz com que uma pessoa desenvolva novas terminações nervosas, sensíveis aos menores sinais de perigo, a qualquer coisa que pareça errada. Era isso que Julianne estava sentindo naquele momento, e Jane também, embora não houvesse nenhuma evidência de uma ameaça real. Apenas um homem com capa de chuva que se mostrara um pouco simpático demais. Que estava à espreita exatamente na hora e no lugar onde os amigos de uma mulher assassinada se reuniriam.

Não era o suficiente para fazer um policial dizer *isso é importante, significa alguma coisa*. Mas uma mãe não precisa de provas concretas para saber quando há algo de errado.

— Se você vir esse homem de novo, Amy, me ligue. A qualquer hora do dia ou da noite.

Jane ofereceu um cartão de visita com o número de seu celular. Amy olhou para o cartão como se estivesse envenenado, como se aceitá-lo significasse admitir para si mesma que o perigo era real.

Então a mãe dela pegou o cartão.

— Vamos ligar, sim — garantiu ela.

Foi Julianne quem os acompanhou para fora do escritório e os conduziu pela porta da frente. Na varanda, ela fechou a porta depois que eles saíram, para que a filha não ouvisse o que ela ia dizer em seguida.

— Eu sei que vocês não querem assustar Amy, mas vocês *me* assustaram.

— Talvez não haja nada com que se preocupar — respondeu Jane. — Nós só queremos que a senhora e o Dr. Antrim fiquem de olhos bem abertos. E se receberem mais ligações daquele número, perguntem o nome de quem está ligando.

— Pode deixar.

Jane e Frost começaram a descer os degraus da varanda e, de repente, Jane parou e olhou para Julianne.

— O Dr. Antrim não é o pai biológico de Amy, é?

Julianne fez uma pausa, claramente surpresa com a pergunta.

— Não. Eu me casei com Mike quando Amy tinha dez anos.

— Posso perguntar quem é o pai dela?

— Por que você quer saber?

— Ela disse que o homem do cemitério parecia familiar, e fiquei me perguntando se...

— Eu o deixei quando Amy tinha oito anos. Acredite em mim, aquele homem no vídeo não era ele.

— Só por curiosidade, onde está o pai dela agora?

— Eu não sei. — A boca de Julianne se torceu de desgosto, e ela desviou o olhar. — E não me importo.

15

Jane tomou um gole de cerveja enquanto estava sentada à mesa da cozinha, lendo o relatório da polícia de Boston sobre o atropelamento de Amy Antrim. O relatório policial de um acidente era um documento muito mais curto do que as páginas e mais páginas que um caso de homicídio costumava gerar, e Jane absorveu rapidamente o essencial. Dois meses antes, aproximadamente às 20:38 de uma sexta-feira, uma testemunha do sexo masculino vira Amy Antrim atravessar na faixa de pedestres da Huntington Avenue, bem em frente à Northeastern University. Ela tinha dado apenas um ou dois passos quando foi atropelada por um sedã preto que se dirigia para oeste. A testemunha afirmou que o veículo trafegava em alta velocidade, talvez a oitenta quilômetros por hora. Depois de atropelar Amy, o motorista não diminuiu a velocidade; em vez disso, acelerou na direção da rampa de acesso da Massachusetts Turnpike.

Um dia depois, um Mazda preto que correspondia à descrição da testemunha e fora capturado em vídeo por quatro câmeras de segurança distintas nas proximidades do local do acidente foi encontrado abandonado nos arredores de Worcester, a pouco mais de setenta quilômetros de distância. Os danos no para-choque dianteiro e o sangue, que correspondia ao da vítima, confirmaram que se tratava do veículo que atropelara Amy. O proprietário do Mazda tinha feito um boletim de ocorrência relatando o roubo do veículo dois dias antes do acidente. O ladrão ainda não tinha sido identificado.

E provavelmente nunca seria, pensou Jane. Ela tomou outro gole de cerveja e se recostou na cadeira para relaxar os ombros tensos. Naquela noite era a vez de Gabriel dar banho em Regina e, a julgar pelos gritos animados vindos do banheiro, eles estavam se divertindo tanto que Jane ficou tentada a fechar o laptop e se juntar a eles. Ou pelo menos levar algumas toalhas extras para enxugar a água antes que encharcasse o piso de madeira. Será que estava perdendo tempo revisando um acidente que provavelmente não tinha nada a ver com o assassinato de Sofia Suarez? Talvez tivesse sido apenas azar Amy ter atravessado a faixa de pedestres naquele exato momento. Talvez o homem de capa de chuva cinza que puxara conversa com Amy no cemitério fosse apenas mais um acontecimento aleatório que nada tinha a ver com o assassinato de Sofia Suarez.

Tantos detalhes perturbadores. Tantas maneiras de perder de vista o assassino.

A hora do banho acabou; ela ouviu a banheira sendo esvaziada e de repente Regina, de quatro anos, entrou correndo na cozinha completamente nua, com a pele úmida e rosada. Gabriel veio logo atrás dela e, a julgar pela camisa encharcada, fora atingido em cheio pelos respingos da filha.

— Ei, meu amor — disse ele, rindo e tentando encurralar a filha com uma toalha. — Vamos nos preparar para dormir. A mamãe tem que trabalhar.

— A mamãe *sempre* tem que trabalhar.

— É porque ela tem um trabalho importante.

— Mas não tão importante quanto você! — disse Jane, e colocou a filha molhada no colo, onde Regina ficou sentada se contorcendo, escorregadia como uma foca. Gabriel entregou-lhe a toalha, e Jane embrulhou a filha, que ficou parecendo uma pequena *enchilada* com recheio de Regina.

— Algum avanço? — perguntou Gabriel enquanto abria uma cerveja.

— Está mais para beco sem saída. Muitos e muitos becos sem saída.

Ele se encostou na bancada da cozinha e tomou um gole da garrafa.

— Então, mais um dia como qualquer outro.

— Parece que todas essas coisas *deveriam* estar relacionadas ao caso, mas não consigo enxergar como.

— Talvez não estejam relacionadas. É normal que humanos enxerguem padrões em coisas aleatórias. Assim como quando olhamos para a superfície de Marte, vemos a posição aleatória das montanhas e dos vales e achamos que formam um rosto.

— Mas estou com uma *sensação* forte neste caso.

Ele abriu um de seus sorrisos impassíveis que a deixavam maluca. Como sempre, ele era o Sr. Agente Especial Calma e Lógica, que não acreditava em sensações, apenas em fatos. Que uma vez dissera a ela que quando um policial confia em seus instintos, muitas vezes isso o impede de enxergar a verdade.

Depois que Gabriel convenceu Regina a ir para a cama, Jane voltou ao relatório do acidente, que ainda a incomodava. Qual era o problema com Amy, o acidente e o homem no cemitério? Ela procurou as informações de contato do policial que estivera no local e pegou o celular.

— Packard — atendeu ele.

Jane ouviu o burburinho da conversa ao fundo e uma mulher gritando: *Número oitenta e dois! Pedido número oito dois!* Ele estava no intervalo do jantar e, para um policial faminto, a hora das refeições era sagrada. Ela ia ser breve.

— Aqui é a detetive Rizzoli, estou investigando uma ocorrência de atropelamento à qual você respondeu em março. Foi na Huntington Avenue. O nome da vítima é Amy Antrim.

— Ah, sim — respondeu ele, falando com a boca cheia. — Eu me lembro desse caso.

— Vocês identificaram o motorista?

— Não. O desgraçado a atropelou e simplesmente deixou a coitada sangrando na rua. Ela ficou em estado grave. Eu não tinha certeza se ia sobreviver.

— Bem, eu vi Amy ontem e ela está bem. Ainda usa uma bengala, mas provavelmente não por muito mais tempo.

— Fico feliz em saber que ela sobreviveu. Eu soube que ela teve uma ruptura de baço e que a mãe estava fora de si porque a menina precisava de muitas transfusões, e ela tinha um tipo muito raro de sangue.

— Não estou vendo muitos detalhes aqui nas suas transcrições do interrogatório.

— É porque eu só consegui falar com ela alguns dias depois da cirurgia, e ela não se lembrava do acidente. Não se lembrava nem de ter pisado na faixa de pedestres. Amnésia retrógrada, segundo o médico.

— Ela não se lembrava de nada sobre o motorista?

— Não. Mas teve uma testemunha que viu tudo. Um sem-teto que estava parado logo atrás dela na calçada. Ele disse que o sinal de pedestres ficou verde, ela pisou na faixa e escorregou no gelo. Ele estava prestes a ajudá-la quando o carro veio pela rua a toda a velocidade.

— Você confia na palavra de um sem-teto?

— Foi tudo filmado por uma câmera de segurança. Tudo o que ele disse foi confirmado. — Houve mais barulho de mastigação e ao fundo uma voz gritou: *Número noventa e cinco! Whopper Junior com batata frita!*

— Você a interrogou novamente?

— Não foi necessário. E àquela altura nós já havíamos encontrado o veículo, abandonado em Worcester. Infelizmente, havia sido roubado alguns dias antes e nunca conseguimos identificar o ladrão.

— Impressões digitais?

— Muitas não identificadas, e nenhum resultado no banco de dados da polícia.

— E o veículo, onde foi roubado?

— Estacionaram na rua em frente à residência do proprietário, em Roxbury. Quando foi recuperado, estava praticamente destruído, e não apenas por causa do acidente. Pelo estado do chassi inferior, parecia que alguém tinha levado aquele carro para dar um passeio na floresta. Mas me diga: por que a Divisão de Homicídios está interessada nesse caso?

— Eu falei em homicídio?

— Não, mas você é a detetive Rizzoli. Todo mundo sabe quem você é.

E isso é bom ou ruim? O celular de Jane emitiu um bipe, ela olhou para a tela e viu que havia uma ligação em espera, de Sacramento, na Califórnia.

— ... aquele caso de Chinatown que você resolveu foi, tipo, *lendário* — dizia Packard. — Quantos policiais podem se gabar de ter capturado um ninja?

— Preciso atender a outra ligação — interrompeu ela. — Se lembrar de mais alguma coisa, me ligue.

— Pode deixar. Foi bom conversar com você, detetive.

Jane atendeu a outra chamada.

— Detetive Rizzoli.

— Aqui é Katie Bouchard — disse uma voz de mulher.

Jane levou alguns segundos para se lembrar do nome. *Os telefonemas de Sofia. O número em Sacramento.*

— Você é amiga de Sofia. Da Califórnia.

— Meu marido me disse que você ligou há alguns dias. Lamento não ter retornado sua ligação antes, mas acabei de chegar da Austrália, ontem.

— Ele explicou por que liguei?

— Sim, e eu não consegui acreditar. Então é verdade. Sofia foi mesmo assassinada?

— Infelizmente, sim.

— Vocês já prenderam a pessoa que fez isso?

— Não. Por isso que preciso falar com você.

— Gostaria de poder ajudar, mas faz anos que não a vejo.

— Quando foi a última vez que se viram?

— Foi em uma conferência de enfermagem em Dallas, há mais ou menos cinco anos. Não nos víamos desde o casamento dela com Tony, então tínhamos muito o que conversar. Saímos para jantar, só nós duas, e Sofia parecia muito feliz. Falou sobre o cruzeiro que ela e Tony tinham feito para o Alasca. Sobre como eles planejavam comprar um trailer um dia e viajar pelo país. Então, em dezembro passado, recebi um cartão dela informando sobre a morte de Tony. Ah, foi horrível. E agora isso. — Ela suspirou. — É tão injusto alguém ser vítima de tantos infortúnios, ainda mais Sofia. Ela era uma pessoa tão *boa*.

Nesse ponto todos concordavam: Sofia Suarez não merecia um destino tão terrível. Não era algo que se podia dizer sobre todas as vítimas; mais de uma vez em sua carreira, Jane se pegara pensando: foi merecido.

— Tem alguma ideia de por que ela entrou em contato com você? — perguntou Jane.

— Não. Trabalho como enfermeira para uma empresa de turismo e naquele mês estava com um grupo no Peru.

— Parece um trabalho muito legal.

— E é. Até você ter que lidar com octogenários com náusea por causa da altitude vomitando por todo o ônibus.

Ah. Esquece.

— Quando voltei para casa, algumas semanas depois, meu marido me disse que Sofia havia deixado uma mensagem de voz. Tentei ligar de volta, mas ela não atendeu. Acho que àquela altura ela já estava...

Ela não precisou terminar a frase. Ambas sabiam por que Sofia não tinha ligado de volta.

— A senhora se lembra do conteúdo da mensagem?

— Infelizmente, eu já apaguei. Ela disse que queria falar comigo sobre um caso que tratamos no Maine.

— Qual caso?

— Não faço ideia. Nós trabalhamos juntas durante anos e cuidamos de cerca de mil pacientes no pós-operatório. Não faço ideia de por que ela me ligaria para fazer perguntas sobre um deles depois de todos esses anos. — Katie ficou em silêncio por um momento. — Você acha que isso tem alguma coisa a ver com o que aconteceu com ela?

— Não sei — respondeu Jane. Duas palavras que vinha dizendo com bastante frequência nos últimos tempos.

Ela desligou, frustrada com mais aquela ponta solta. Havia tantas naquele caso, e por mais que quisesse, Jane não conseguia juntá-las para formar um todo coeso. Talvez aquilo fosse como o rosto na superfície de Marte do qual Gabriel tinha falado, apenas montanhas e sombras aleatórias que, movida por uma ilusão, ela havia reunido em um padrão que não existia.

Jane desligou o laptop e o fechou. Coisas comuns eram assim, e o roubo a residências era um dos crimes mais comuns de todos. Não era difícil imaginar a sequência mais provável de acontecimentos: o ladrão invadindo a casa; o retorno repentino da proprietária; o ladrão em pânico atacando-a com o mesmo martelo que tinha usado para quebrar o vidro da porta. Sim, tudo era perfeitamente lógico, exceto pelo caco de vidro que ela havia encontrado na cerca, vidro que a perícia tinha confirmado que viera da vidraça quebrada da porta da cozinha. Será que ele tinha sido chutado quando o assassino fugira em pânico? Ou teria sido projetado na cerca porque a vidraça fora quebrada por dentro?

Duas possibilidades diferentes. Duas conclusões muito diferentes.

16
Amy

Por mais que tentasse se lembrar do rosto dele, a imagem continuava escapando, como um reflexo que se dissolve quando você mergulha a mão na água. Estava lá e em seguida desaparecia. Aparecia e desaparecia de novo. Ela sabia que aquele rosto estava escondido em algum lugar nas profundezas de sua memória, mas simplesmente não conseguia alcançá-lo. Em vez disso, quando fechava os olhos e pensava nele, via centáureas. Centáureas azuis desbotadas em um papel de parede manchado de mofo e amarelado devido aos anos de exposição à fumaça de cigarro.

Mesmo depois de tanto tempo, ela ainda conseguia se lembrar daquele quarto, pouco maior que um armário, com uma única janelinha. Uma janela que poderia muito bem nem existir, porque a casa fora construída junto à encosta de um morro, o que bloqueava toda a luz do sol. Seu quarto era uma pequena caverna sombria que a mãe se esforçava para enfeitar e tornar alegre. Julianne havia pendurado cortinas que ela mesma costurara com sobras de renda compradas em liquidação. Na mesma venda de garagem, ela também havia comprado um quadro de rosas que pendurara na parede acima da cabeceira da cama de Amy. Era uma pintura amadora — mesmo aos oito anos de idade, Amy conseguia perceber a diferença entre o trabalho de um verdadeiro artista e aquela tentativa de fazer uma obra, um borrão assinado por alguém chamado Eugene. Mas Julianne continuava pensando em maneiras de alegrar a vida delas naquela casa apertada, onde as paredes exalavam os odores acumulados deixados por inúmeros inquilinos anteriores. Sua mãe sempre tentava tirar o melhor de tudo.

Mas nunca era bom o suficiente para *ele*.

Ela havia suprimido as lembranças daqueles dias por muito tempo, e agora não conseguia mais evocar a imagem do rosto dele, mas ainda conseguia se lembrar da voz, do rugido rouco e raivoso, gritando na cozinha. Sempre que ele estava de mau humor, a mãe mandava Amy para o quarto e pedia que ela trancasse a porta. Julianne, então, lidava com a raiva dele sozinha, como sempre. O que em geral significava súplicas silenciosas e às vezes um olho roxo.

"Se eu perder, você também perde", era o que ele sempre gritava para ela. Amy não entendia por que aquelas palavras tinham tanto poder sobre a mãe, mas inevitavelmente arrasavam Julianne e a faziam ficar em silêncio.

Se eu perder, você também perde.

Mas era a mãe dela quem ficava coberta de hematomas, quem sentia a força de seus punhos. Quem saía todo dia às cinco da manhã para trabalhar no pequeno restaurante local, onde esquentava a chapa e preparava o café antes que os fazendeiros e caminhoneiros chegassem para tomar o café da manhã. Era ela quem se arrastava para casa todas as tardes para preparar o jantar e ajudar Amy com o dever de casa antes que ele chegasse. Depois as duas ficavam assistindo a ele se embebedar. *Os valores da família*, ele costumava dizer, e jogava isso na cara de Julianne sempre que ela tentava deixá-lo. *Os valores da família* eram uma ameaça, o porrete usado para mantê-las presas para sempre a ele naquele conflito.

Na maioria das vezes, o conflito acontecia em outros cômodos, longe das vistas de Amy. Mas ela podia ouvi-lo através da parede enquanto estava deitada na cama, olhando para o papel de parede com centáureas azuis.

Mesmo agora, a centenas de quilômetros daquela casa na encosta da montanha, ela ainda podia ouvir aquelas vozes em sua cabeça, a dele ficando cada vez mais alta, e a de Julianne diminuindo até ficar em silêncio. *Os valores da família* significavam manter a cabeça baixa e nunca levantar a voz. Significavam que o jantar tinha que estar na mesa às seis e o salário devia ser entregue a ele a cada quinze dias, às sextas-feiras.

Significavam guardar segredos que poderiam ser usados contra você a qualquer momento.

Será que aquele barraco miserável ainda estava de pé? Alguma garota dormia agora em seu antigo quarto, ou será que a casa havia sido demolida e os fantasmas que a assombravam estavam debaixo da terra, onde era seu lugar? Os fantasmas daquelas centáureas nunca iam desaparecer; estavam ali, em sua mente, ainda tão vívidos que Amy conseguia ver as pétalas manchadas de nicotina, mas por que ela não conseguia se lembrar do rosto dele? Para onde teria ido essa lembrança?

A única coisa de que se lembrava era da voz dele gritando da cozinha, jurando que nunca as deixaria ir, nunca desistiria delas. Não importava para quão longe ou quão rápido corressem, ele dizia, sempre as encontraria.

Será possível? Ele está vindo atrás de nós agora?

17
Angela

Sempre adorei comprar ingredientes para jantares. Enquanto conduzo meu carrinho pelo supermercado, imagino os convidados sentados ao redor da minha mesa, saboreando a refeição que preparei com tanto amor. Não que esse seja um jantar para um grupo particularmente grande: serão apenas Jane e sua família e o simpático Barry Frost com sua irritante mulher, Alice, além de Maura e — espero — o amigo de Maura, padre Daniel Brophy. Antigamente, ver os dois juntos teria me incomodado; afinal, fui criada como uma boa católica. Mas nossa mentalidade muda. Na minha idade, nenhuma das velhas regras parece mais imutável, certamente não em se tratando de amor. Vou preparar uma refeição para sete pessoas, para o caso de ele ir. Sete e meia, se contarmos a pequena Regina. Não é muito maior do que as refeições para cinco que eu costumava preparar todas as noites quando meus filhos eram pequenos, quando cozinhar era um dever e tudo se resumia a colocar algo comestível na mesa.

Essa refeição vai ser mais do que comestível. Quero que pareça um banquete.

No setor de carnes, pego o belo pernil de cordeiro, que meu açougueiro embrulha cuidadosamente em um papel para mim. Vou cobri-lo com dentes de alho e assá-lo até a carne ficar rosada e suculenta. É uma pena que Alice Frost esteja fazendo alguma dieta qualquer e provavelmente nem vá tocar nele. Ela não sabe o que está perdendo. Ando pela seção de hortifrúti, onde pego alfaces tenras, cebolas amarelas, batatas e vagem. E aspargos, que são para mim. Está na época de comprar aspargos frescos, e fico feliz em vê-los, porque isso significa que o verão está chegando.

Empurro meu carrinho para um lado e para o outro pelos corredores, em busca de azeite e macarrão, café em grãos e vinho. Seis garrafas, pelo menos. Mais uma vez, parte das coisas é apenas para mim. Com o carrinho quase cheio, vou para a seção de sobremesas congeladas. Nunca é demais ter um ou dois potes de sorvete de reserva. Viro a esquina, entro no corredor dos freezers e paro abruptamente quando vejo quem está parada ali, olhando para os produtos em oferta.

Tricia Talley. Então ela não foi sequestrada nem assassinada, no fim das contas, mas está viva e aparentemente comprando sorvete.

— Tricia!

Ela me encara com um olhar vazio de adolescente. Ou está tão distraída que não me reconhece ou simplesmente não dá a mínima.

— Sou eu. Angela Rizzoli.

— Ah, é. Oi.

— Faz um tempo que não vejo você por aqui.

Como é um dia quente, ela está usando short jeans e uma camiseta grande que escorrega de um dos ombros, deixando-o à mostra. O ombro magro se encolhe em uma saudação indiferente enquanto empurro meu carrinho para mais perto.

— O que está acontecendo, Tricia? Falei com sua mãe, e ela está muito preocupada com você.

Sua expressão endurece. Ela se volta para o freezer, olhando irritada para as prateleiras.

— Ao menos ligue para ela — sugiro. — Diga que você está bem. Não acha que ela merece pelo menos isso?

— A senhora não sabe nada sobre ela.

— Ela é sua mãe. Isso é motivo suficiente para ligar para ela.

— Não depois do que ela fez.

— O quê? O que foi que Jackie fez?

Tricia se afasta do freezer.

— Acho que não quero nada — murmura ela, e vai embora.

Eu fico observando enquanto ela se afasta, perplexa com o que acabou de acontecer. Conheço essa garota desde bebê. Lembro-me de levar um macacão rosa e um pacote de fraldas quando ela nasceu. Quando ela era escoteira, eu comprava biscoitos de menta dela todos os anos e fiz uma doação para sua viagem escolar a Washington, D.C. Mas essa não é a mesma garota doce que conheci. Essa Tricia é uma adolescente revoltada e ressentida, o pesadelo de toda mãe.

Pobre Jackie.

Na mesma tarde, depois de guardar as compras, vou até a casa de Jackie. Ela vai ficar aliviada ao saber que vi sua filha sã e salva. Quando Jackie atende a porta, vejo a tensão em seu rosto, as olheiras profundas, o cabelo despenteado. Ela andou chorando, e isso só me deixa com mais raiva de Tricia. Graças a Deus nunca tive que passar por nada assim com a minha Janie.

— Ah, querida — digo enquanto entro na casa dela. — Parece que você precisa de boas notícias.

— Realmente não estou com disposição para receber visitas neste momento.

— Mas, quando ouvir o que tenho a dizer, você vai se sentir melhor. Garanto.

Vamos direto para a cozinha. Para as mulheres, é um destino automático, o primeiro lugar para onde nos dirigimos para tomar um chá e nos consolarmos. Não tenho certeza se Jackie ainda usa a sala de estar hoje em dia, porque tudo lá parece congelado no mesmo lugar, como em um museu, como se alguém tivesse coberto tudo com cera para manter o ambiente apresentável caso algum convidado importante aparecesse. Eu não sou essa convidada. Sou apenas uma amiga — ou pensei que fosse, mas ela não parece feliz em me ver e está claro que gostaria que eu fosse embora. Alguma coisa mudou.

Sim, penso ao entrar na cozinha. Algo definitivamente mudou. O lugar está ainda mais bagunçado do que da última vez que estive na casa dela. Há pratos sujos empilhados na pia e, a julgar pelos restos de comida incrustados, estão lá há pelo menos um dia. Alguns cacos de vidro brilham no chão perto da geladeira. Quem deixa cacos de vidro no chão? Jackie não me oferece chá nem café — mais uma coisa que não é típica dela. Nós nos sentamos à mesa, mas ela não olha para mim, como se estivesse com medo. Ou com vergonha de sua aparência abatida.

— Me conte o que está acontecendo — peço.

Ela dá de ombros.

— Problemas conjugais. É complicado.

— Vocês dois brigaram, né?

— Brigamos.

— Então quem quebrou o copo, você ou Rick? — Aponto para os cacos no chão.

— Ah, Rick. Ele jogou e... — Ela começa a fungar, tentando conter as lágrimas.

— Ele não bateu em você, bateu? Porque, se ele fez isso, eu vou...

— Não, ele não me bateu.
— Mas está jogando coisas por aí.
— Angie, não faça as coisas parecerem piores do que estão.
— Elas já parecem ruins o suficiente do jeito que estão.
— Nós brigamos. Ele saiu para esfriar a cabeça. Só isso. É só isso que vou dizer.
— Ele vai voltar?
— Não sei. — Suas fungadas ficam cada vez mais desesperadas.
— Talvez ele não volte. Só tenho medo de ele fazer algo estúpido.
— Com você?
— Não! Pare de falar assim! — Ela se levanta de repente. Preciso me deitar. Então, se você não se importa...
— Ainda não te contei o que aconteceu hoje.
— Angie, realmente não estou com vontade de conversar agora. — Ela começa a sair da cozinha.
— É sobre Tricia. Eu a vi no supermercado há pouco tempo. Ela estava sã e salva, procurando um sorvete.

Jackie para na porta e se vira para olhar para mim. O que vejo em seu rosto me deixa confusa. Apesar de eu lhe ter dado boas notícias, ela parece assustada.

— Você... você falou com ela?
— Eu tentei, mas você sabe. Adolescentes.
— O que ela disse?
— Ela parece muito chateada com você.
— Eu sei.
— O que aconteceu entre vocês duas? Ela disse que foi algo que você fez.
— Ela não te contou, contou?
— Não.

Jackie suspira, parecendo aliviada.

— Não posso falar sobre isso. Por favor, você pode me dar um pouco de privacidade? É um assunto que temos que resolver entre nós.

Saio da casa dela me sentindo desnorteada. Enquanto me afasto, percebo que ela me observa, o rosto abatido emoldurado pela janela. Não sei o que destruiu aquela família, e é evidente que nenhum dos três vai me contar. Pelo menos agora sei que não se trata de uma adolescente sequestrada. Em vez disso, trata-se de uma adolescente furiosa e de um casamento prestes a desmoronar.

Mais um dia comum no bairro.

18
Maura

Ao olhar para as teclas, Maura sentiu o batimento cardíaco se acelerar, acompanhando o ritmo *allegro* da orquestra, cada nota e cada compasso em contagem regressiva para o seu solo. Conhecia sua parte tão bem que poderia tocá-la de olhos fechados, mas ainda assim suas mãos tremiam, seus nervos ficavam cada vez mais tensos à medida que um diálogo se desenrolava entre as cordas e os instrumentos de sopro. Agora os fagotes tinham se juntado a eles e as flautas vibravam: tinha chegado a hora.

Ela começou seu solo. As notas estavam gravadas em sua memória muscular, tão familiares para ela agora quanto a própria respiração, e seus dedos se moviam sem esforço pela cadência, desacelerando a execução para a passagem *dolce* e em seguida se lançando no trinado final. Foi a deixa para os instrumentos de corda empunharem seus arcos para o *tutti*. Só então, quando o restante da orquestra assumiu o comando, ela pôde tirar as mãos das teclas. Respirou fundo e sentiu os ombros relaxarem. *Consegui. Toquei a peça inteira sem errar uma única nota.*

Então o ensaio desandou. Entre as cordas, notas colidiram em uma confusão discordante, desequilibrando os instrumentos de sopro. No auge dessa escaramuça dissonante, a batuta do maestro começou a bater freneticamente na estante da partitura.

— Parem! Parem! — gritou o maestro. O fagote tocou uma última vez e a orquestra ficou em silêncio. — Segundos violinos? O que aconteceu? — Ele olhou para as cordas e franziu o cenho.

Mike Antrim ergueu o arco com relutância.

— Foi culpa minha, Claude. Eu me perdi. Esqueci em qual compasso estávamos.

— Mike, faltam só duas semanas para o concerto.

— Eu sei, eu sei. Não vai acontecer de novo, prometo.

O maestro gesticulou na direção de Maura.

— Nossa pianista está fazendo um excelente trabalho, então vamos tentar nos manter à altura do desempenho dela, está bem? Vamos voltar cinco compassos antes do *tutti*. Piano, conduza-nos com o trinado, por favor.

Quando levantou as mãos acima das teclas, Maura viu Mike Antrim olhar para ela, com o rosto vermelho, murmurando a palavra *desculpa*.

Ele ainda parecia envergonhado quando o ensaio terminou, meia hora depois. Enquanto os outros músicos arrumavam as estantes de partitura e os instrumentos, ele foi até o piano, onde Maura reunia suas partituras.

— Bem, aquilo foi realmente constrangedor. Pelo menos para mim — disse ele. — Você faz isso parecer tão fácil...

— Longe disso. — Ela riu. — Pratiquei muito nos últimos dois meses.

— Dá para perceber. Eu deveria estar praticando mais, mas ando distraído. — Ele fez uma pausa e olhou para o estojo do violino que segurava, como se tentasse decidir a melhor maneira de abordar o assunto que o estava incomodando. — Você está com pressa? Porque eu queria saber se podemos conversar sobre a investigação.

— Sobre o caso Suarez?

— Sim. Fiquei em choque com o que aconteceu, não apenas porque a conhecia. E agora a detetive Rizzoli levantou a possibilidade de o assassino estar atrás da minha filha.

— Eu não sabia disso.

— Aconteceu no enterro de Sofia. Um homem no cemitério parecia muito interessado em Amy. E isso está nos preocupando.

Os outros músicos já estavam saindo do auditório, mas Antrim não fez nenhum movimento para ir embora. A porta se fechou com um estrondo, o som ecoando pelo prédio vazio. Apenas Maura e Antrim permaneciam no palco, de pé, entre as cadeiras vazias.

— A detetive Rizzoli não nos disse mais nada desde então — continuou Antrim. — Julianne anda tão preocupada que não consegue dormir. Amy também. Preciso saber se tem alguma coisa que deveríamos fazer. Se precisamos realmente nos preocupar com isso.

— Tenho certeza de que Jane diria a vocês se houvesse motivo para preocupação.

— Eu tenho a impressão de que ela não gosta muito de abrir o jogo. Você a conhece bem, não é?

— Bem o suficiente para saber que você pode confiar nela.

— Para nos dizer a verdade?

Maura guardou a partitura na pasta e olhou para Antrim.

— Ela é a pessoa mais íntegra que eu conheço — disse ela, e era verdade. Muitas vezes as pessoas evitavam ser francas porque temiam as consequências, mas isso nunca impediu Jane de falar a verdade, por mais dolorosa que fosse.

— Você acha que poderia falar com ela? Dizer a ela o quanto estamos preocupados?

— Vou jantar com ela amanhã à noite. Posso perguntar se tem alguma coisa que ela gostaria de compartilhar com vocês.

Eles saíram do prédio, e lá fora o ar noturno estava tão saturado de umidade que dava a sensação de estar entrando em uma banheira quente. Maura respirou fundo e olhou para uma nuvem de mariposas que voavam, aglomeradas e frenéticas, em torno do poste de luz. Os carros deles eram os únicos que ainda restavam no estacionamento; o Lexus de Maura estava estacionado a meia dúzia de vagas de distância do Mercedes de Antrim. Ela destrancou o carro e estava prestes a entrar quando ele fez uma pergunta.

— O que mais você pode me dizer sobre a detetive Rizzoli?

Ela se virou para ele.

— Em que aspecto?

— Profissionalmente. Podemos contar com ela para investigar cada detalhe?

Maura olhou para ele por cima do carro, coberto por uma película brilhante de umidade.

— Trabalho com muitos detetives, Mike, e nunca conheci alguém melhor. Jane é inteligente e minuciosa. Pode-se dizer até que é implacável.

— Implacável é bom.

— No trabalho, ela definitivamente é. — Maura fez uma pausa, tentando ler a expressão dele sob as luzes do estacionamento. — Por que está perguntando isso? Tem alguma dúvida de que Jane esteja à altura da investigação?

— Eu, não. É a minha mulher. Julianne tem uma ideia antiquada a respeito de como um detetive de homicídios *deveria* ser e...

— Deixe-me adivinhar. Não deveria ser uma mulher.

Antrim riu, sem jeito.

— Eu sei, nos dias de hoje parece loucura alguém pensar assim, não é? Mas Julianne está assustada. Ela não admite, mas no fundo acha que é preciso um homem para proteger uma família. Ontem à noite acordei e ela não estava na cama. E sim de pé junto à janela, observando a rua para ver se tinha alguém espreitando lá fora.

— Bom, pode dizer a Julianne que você e sua família não poderiam estar em melhores mãos. É sério.

Ele sorriu.

— Obrigado. Vou dizer.

Ela entrou em seu Lexus e tinha acabado de ligar o motor quando Antrim bateu em sua janela. Maura abaixou o vidro.

— Você está sabendo da festa que vamos dar depois do concerto? — perguntou ele.

— Vocês vão dar uma festa?

— Vamos, eu achei que talvez você tivesse perdido o anúncio, porque chegou tarde no ensaio hoje. Julianne e eu vamos dar uma festa para todos os músicos e seus convidados. Um coquetel com comida suficiente para alimentar uma filarmônica. Então, fique à vontade para levar um acompanhante.

— Parece divertido. Depois desse concerto, com certeza vou precisar de uns drinques para relaxar.

— Ótimo. Vejo você no ensaio da semana que vem. Supondo que eu não seja expulso da seção de violinos. Ah, Maura?

— Sim?

— Você foi brilhante esta noite. É uma pena que tenha escolhido cadáveres em vez de Chopin.

Ela riu.

— Vou guardar isso para a minha próxima vida.

Maura tinha sido a primeira a chegar e agora estava na cozinha de Angela Rizzoli, bebendo uma taça de vinho e sentindo-se inútil enquanto sua anfitriã andava de um lado para o outro com a habilidade de uma cozinheira experiente, passando da geladeira para a pia, da tábua de cortar para o fogão, onde havia panelas borbulhando em todas as quatro bocas. Aquela era a desvantagem de ser obsessiva com a pontualidade; significava ficar na cozinha da sua anfitriã jogando conversa fora, algo em que Maura nunca fora boa. Felizmente, Angela falava o suficiente pelas duas.

— Desde que Frankie se mudou para Washington e Vince ficou ocupado com a irmã na Califórnia, não tenho mais ninguém para quem cozinhar — disse Angela. — Todos esses anos cozinhando para toda a família. Natal, Páscoa e Ação de Graças, e agora é só jantar para uma pessoa. Estou sentindo falta, sabe?

A julgar por todas as panelas no fogão, ninguém mais ia sentir falta de nada naquela noite.

— Tem certeza de que não posso ajudar? — perguntou Maura. — Talvez lavar a alface?

— Ah, não, Maura, você não precisa fazer nada. Eu tenho tudo sob controle.

— Mas tem muita coisa acontecendo ao mesmo tempo... Me dê algo para fazer.

— O molho. Você pode mexer o molho marinara. Os aventais ficam na gaveta de baixo. Não quero que você suje a sua linda blusa.

Aliviada por finalmente ter algo com que se ocupar, por mais estúpida que fosse a tarefa, Maura amarrou um avental com as palavras *Cucina Angela* bordadas e começou a mexer o molho.

— Sabe, eu realmente esperava que ele viesse hoje à noite — disse Angela. — O seu amigo.

Amigo. Um eufemismo para o homem com quem Maura dividia a cama.

— Daniel queria vir — disse Maura. — Mas uma pessoa faleceu, e ele precisava estar com a família do falecido hoje à noite.

— Acho que faz parte do trabalho dele, não é? Nunca se sabe quando as pessoas vão precisar de você.

O trabalho dele. Outro eufemismo, outra maneira de contornar a realidade incômoda da vocação religiosa de Daniel. Maura permaneceu em silêncio enquanto mexia o marinara.

— A vida é complicada, não é? — continuou Angela. — Todas as reviravoltas inesperadas. Nunca sabemos por quem vamos nos apaixonar.

Maura continuou mexendo o molho, o rosto envolto em uma nuvem de vapor.

— Fui criada como uma boa católica. E olhe para mim agora — disse Angela. — Estou prestes a me divorciar. Estou morando com meu namorado. — Ela suspirou. — Só quero dizer que entendo, Maura. Entendo completamente.

Por fim, Maura se virou para encará-la. Elas nunca tinham falado sobre o relacionamento dela com Daniel, e aquela conversa em meio às panelas no fogão a pegara de surpresa. O rosto de Angela estava vermelho por causa do calor e o vapor tinha frisado seu cabelo, mas seu olhar era firme e inabalável. E gentil.

— Não escolhemos quem amamos — disse Maura.

— Não é? Agora me deixe servir um pouco mais de vinho para você.

— Mãe? — uma voz chamou da porta da frente. — Chegamos!

Passos ecoaram pelo corredor e Regina, de quatro anos, entrou correndo na cozinha.

— Vovó! — gritou ela, e se atirou nos braços de Angela.

— Ei, ei, ei! — disse Barry Frost enquanto entrava na cozinha carregando um pacote com seis cervejas. — Parece que é aqui que está a ação!

E então todos se aglomeraram na minúscula cozinha. Gabriel entrou carregando duas garrafas de vinho. A mulher de Frost, Alice, trouxe um buquê de rosas e começou imediatamente a procurar um vaso embaixo da pia. Era típico dela, ir direto ao ponto. A cozinha agora estava tão cheia que mal havia espaço para Angela trabalhar, mas ela parecia estar adorando o caos. Tinha criado três filhos naquela casa, preparara milhares de refeições naquela cozinha e sorriu quando as rolhas de vinho estouraram e o vapor subiu das panelas no fogão.

— Nossa, Sra. R — disse Frost. — A senhora preparou um verdadeiro banquete!

E era mesmo um banquete: saladas e massa, cordeiro assado e vagem com alho. Quando toda a comida estava sobre a mesa e todos tinham se acomodado em seus lugares, Angela olhou para os convidados com um sorriso exausto, mas feliz.

— Minha nossa, como eu estava sentindo falta disso — disse ela.

— Do quê, mãe? — perguntou Jane. — De se esfalfar o dia todo na cozinha?

— De receber a minha família.

Embora eles não fossem realmente uma família, pensou Maura, naquela noite parecia que eram. Ela olhou ao redor da mesa e viu o rosto de pessoas que conhecia havia anos, pessoas que sabiam de suas imperfeições e de suas escolhas às vezes infelizes, mas ainda assim a aceitavam. Em todos os aspectos que importavam, eles *eram* sua família.

Bem, com uma exceção.

— Ouvi dizer que você vai ser a solista do concerto — disse Alice Frost enquanto passava a salada para Maura. — Barry e eu estamos ansiosos para assistir.

— Vocês vão?

— Ah, sim. Ele não te contou o quanto eu amo música clássica?

— Espero que ele também tenha dito que somos uma orquestra estritamente amadora, então tomara que você não esteja esperando algo no nível Carnegie Hall. Somos apenas médicos que adoram tocar música juntos.

— Você não acha que essas duas habilidades se reforçam? Ensino superior e musicalidade? Acho que é tudo uma questão de melhorar o desenvolvimento do cérebro. Quando eu estava na faculdade de direito, tínhamos nossa própria orquestra. Eu tocava flauta. Éramos amadores, mas muito bons.

A tigela de macarrão coberto com molho marinara era passada pela mesa. Quando chegou a vez de Alice, ela apenas franziu a testa e a empurrou direto para Maura. Claro que a desfeita não passou despercebida por Angela, cujos lábios se contraíram de irritação. Maura serviu-se deliberadamente de uma generosa porção de massa.

— Essa refeição está *perfeita*, Sra. Rizzoli — elogiou Frost.

— Fico *realmente* feliz quando meus convidados têm apetite, Barry — disse Angela, lançando um olhar não tão sutil para Alice, que estava ocupada catando meticulosamente os *croutons*, como se fossem vermes infestando sua salada.

Frost cortou uma fatia de carne rosada.

— Incrível, como sempre! Fazia tempo que eu não comia seu pernil de cordeiro.

— Imagino que você não coma coisas assim com muita frequência em casa — disse Angela, lançando outro olhar de soslaio para Alice.

— Como está Vince na Califórnia? — perguntou Maura, mudando rapidamente de assunto. — Ele vai voltar para casa logo?

Angela suspirou.

— Ah, está tudo indefinido ainda. A irmã dele teve algumas complicações depois da cirurgia no quadril e, na idade dela, os ossos não cicatrizam tão rápido.

— Ela tem sorte de ter um irmão dedicado como ele.

— Mas eu acho que ela não dá o devido valor a isso. Reclama de tudo. Da comida que ele prepara, de como ele dirige, do ronco dele. Os dois sempre tiveram um relacionamento complicado.

Qual relacionamento não é?, pensou Maura enquanto olhava ao redor da mesa. Angela, criada como católica, estava agora à beira do divórcio. Barry e Alice tinham acabado de superar uma crise conjugal, depois que Alice teve um caso com um colega da faculdade de Direito. *E Daniel e eu.* Talvez o relacionamento mais complicado de todos.

— Então, Sra. R — disse Frost. — E aquela garota do bairro que desapareceu?

O rosto de Angela se iluminou.

— Que bom que você perguntou.

— Não acho — disse Jane.

— Para responder à sua pergunta, Barry, esse mistério específico já foi resolvido. Eu vi Tricia no supermercado e ela está bem.

— Como eu já sabia desde o início — comentou Jane. — Ela simplesmente fugiu de casa. De novo.

— Mas isso não merece uma investigação mais aprofundada? — interveio Alice, oferecendo sua opinião não solicitada. — Tem alguma coisa acontecendo naquela casa? É o pai? Vocês sabem que, em se tratando de abuso sexual, em vinte e cinco por cento dos casos, o pai é o abusador. — Alice olhou em volta, pronta para refutar os argumentos de qualquer um que ousasse contradizê-la.

Ninguém ousou. Ninguém queria discutir com Alice Frost, não importava o assunto.

— Mas agora temos outro mistério que precisa ser resolvido — disse Angela. — Os Green.

— Quem são eles? — perguntou Alice.

— Umas pessoas estranhas que moram do outro lado da rua.

— Por que eles são estranhos?

— Estão escondendo alguma coisa — respondeu Angela. Ela baixou a voz, como se o segredo não pudesse sair daquela sala. — E ele tem uma *arma*.

Gabriel, que estava limpando os dedos engordurados de Regina, ergueu os olhos.

— Você viu a arma dele?

— Jane não te contou? Vi a arma na cintura do homem quando ele se abaixou. Estava escondida debaixo da camisa, o que se configura como porte velado, certo? E ele parece o tipo de homem que sabe exatamente como usá-la.

— Onde você o viu com a arma?

— Ele estava na sacada que dá para o quintal.

Houve um silêncio enquanto todos em volta da mesa processavam esse detalhe.

— Mãe, você estava *espionando* o homem — disse Jane.

— Não, por acaso eu estava no quintal de Jonas quando ouvi marteladas na casa ao lado. Só dei uma espiada por cima da cerca para ver o que estava acontecendo.

— Uma pessoa tem direito à privacidade no próprio quintal — disse Alice.

Ela estava certa, claro, mas ninguém queria ouvir isso vindo de Alice, a advogada.

— O que você estava fazendo no quintal de Jonas? — perguntou Jane.

— Moro nesta rua há quarenta anos e tento ficar de olho nas coisas, só isso. Não dá para evitar que coisas ruins aconteçam se ninguém ficar atento a detalhes como esse.

— Ela tem razão — disse Frost.

Angela olhou para Jane.

— Você já verificou se ele tem porte de arma?

— Ainda não tive tempo, mãe.

— Porque é tudo muito suspeito.

— Felizmente, *parecer* suspeito não é crime — disse Alice, incapaz de conter o impulso de comentar as coisas de seu ponto de vista de advogada.

— Venham, todos vocês. Vou mostrar a casa deles — disse Angela. Ela jogou o guardanapo sobre a mesa e se levantou. — E aí talvez entendam do que estou falando.

Frost se levantou obedientemente para segui-la e, um segundo depois, Alice fez o mesmo. E foi o suficiente para que a migração começasse. Maura pousou a taça de vinho na mesa e seguiu os outros, nem que fosse apenas por educação.

Todos se reuniram na janela da sala e olharam para o outro lado da rua. Era um bairro de classe média, com casas modestas em lotes modestos, um lugar onde antigamente um homem podia criar três filhos apenas com o seu salário. Jane tinha crescido ali, e Maura a imaginou andando de bicicleta naquela rua e jogando basquete com os irmãos na entrada da garagem. Ela olhou para Jane e viu a expressão ferozmente determinada, o queixo quadrado que Jane devia ter desde que era criança. Angela tinha o mesmo queixo proeminente e desafiador. Na família Rizzoli, a determinação era obviamente algo transmitido através da linhagem feminina.

— Vou me desculpar depois — Jane sussurrou para Maura.

— Pelo quê?

— Por vocês terem sido recrutados à força pela Agência de Detetives Angela Rizzoli.

— A propósito, eu queria mesmo falar com você. Encontrei Mike Antrim no ensaio ontem à noite. Ele está preocupado, Jane. A família toda está.

— É, imaginei que fossem ficar preocupados.

— Ele quer saber se tem alguma novidade sobre aquele sujeito do cemitério.

Jane suspirou.

— Eu gostaria de ter algo para relatar, mas infelizmente não tenho.

— E o celular pré-pago? Houve outra ligação feita a partir dele ultimamente?

— Nenhuma. O celular está desligado.

— Tudo bem, agora me digam o que vocês estão vendo — pediu Angela, ainda focada na casa do outro lado da rua. Ela entregou a Frost um binóculo.

— O que eu deveria ver? — perguntou ele.

— Diga se vir alguma coisa que pareça estranha naquela casa.

Frost espiou pelo binóculo.

— Não consigo ver nada. As persianas estão fechadas.

— Exatamente! — exclamou Angela. — Porque eles estão escondendo alguma coisa.

— É um direito deles — observou Alice, a voz irritante da autoridade. — Ninguém é obrigado a se expor. Embora o Mister América ali não pareça ter nenhum problema com isso.

— Ah, é só o Jonas — disse Angela. — Ignore-o.

Mas era difícil ignorar o homem de cabelos grisalhos levantando pesos na casa ao lado dos Green. Mais uma vez, ele tinha se instalado bem diante da janela da sala, com o peito nu, para que toda a vizinhança visse enquanto ele fazia musculação.

— Esse homem *não quer* ser ignorado — disse Jane.

— Bem, ele está em ótima forma para um homem da idade dele — comentou Alice.

— Sessenta e dois anos — disse Angela. — Ele era das forças especiais da Marinha.

— E, hum, dá para perceber.

— Esqueçam o Jonas! É nos Green que eu quero que vocês se concentrem.

Só que não havia nada para ver na casa deles. Tudo o que Maura via eram as persianas e a porta de garagem fechadas. Ervas daninhas cresciam nas frestas da entrada de automóveis e, se ela não soubesse que alguém morava ali, teria presumido que o imóvel estava vazio.

— E, olhem, lá está ela de novo — disse Angela enquanto uma van branca passava lentamente. — É a segunda vez esta semana que vejo essa van passar por aqui. Mais uma coisa na qual preciso ficar de olho.

— Então agora você está fiscalizando o trânsito de veículos no bairro? — perguntou Jane.

— Eu sei que essa van não pertence a nenhum dos moradores deste quarteirão.

Angela virou lentamente a cabeça, observando a van passar pela rua e desaparecer de vista. Maura se perguntou quantas horas por dia Angela passava diante daquela janela, de olho na vizinhança. Depois de quatro décadas ali, ela devia conhecer cada carro, cada árvore, cada arbusto. Agora que os filhos tinham crescido e o marido tinha ido embora, seu mundo se reduzira a isso?

A algumas casas de distância, um cortador foi ligado e um homem magro de bermuda começou a aparar a grama. Ao contrário de Jonas, aquele homem parecia não se importar nem um pouco com a própria aparência, usando meias até os joelhos e sandálias enquanto empurrava o cortador.

— Aquele é Larry Leopold. Ele cuida muito bem do jardim — disse Angela. — Lorelei e ele são o tipo de vizinho que todo mundo quer ter. Pessoas simpáticas que cuidam de sua propriedade. Já os Green são diferentes. Nem falam comigo.

Maura viu o movimento de uma persiana na casa dos Green. Alguém dentro daquela casa os observava de volta. Sim, realmente parecia estranho.

Um celular tocou.

— É o meu — disse Frost, voltando para a sala de jantar, onde o havia deixado.

— Então agora vocês entendem qual é o problema — disse Angela.

— Sim. Muito tempo disponível — disse Jane. — Vince realmente precisa voltar para casa.

— Pelo menos *ele* me ouviria.

— Eu ouço, mãe. Só não vejo nenhuma razão para a polícia investigar pessoas cujo único comportamento suspeito é evitar *você*. Que tal deixarmos essas pobres pessoas em paz e voltarmos para a sala de jantar para a sobremesa?

— Lamento dizer que teremos que pular a sobremesa, Sra. R — disse Frost ao voltar para a sala. — Acabei de receber uma ligação, e Jane e eu precisamos ir.

— Para onde? — perguntou Jane.

— Para o lago Jamaica. O laptop de Sofia Suarez foi encontrado.

19
Jane

Eles estacionaram na Perkins Street, logo atrás de uma viatura da polícia, e caminharam pela margem rasa até a beira da água, onde a patrulheira Libby os esperava. O lago Jamaica era o maior reservatório de água doce de Boston, e o circuito de dois quilômetros e meio que o circundava era uma rota popular para corredores. Mas àquela hora, com a luz do dia rapidamente dando lugar ao anoitecer, havia apenas um corredor solitário, e ele estava tão concentrado em manter o ritmo que passou correndo sem nem ao menos olhar para eles.

— Dois meninos de nove anos avistaram o computador hoje à tarde, bem aqui — explicou a policial. — Estavam brincando de pular nas pedras e um deles notou algo brilhante imerso no lago. Ele entrou na água até chegar à altura dos joelhos e o pegou.

— A que distância o computador estava?

— O lago tem quinze metros de profundidade no centro, mas permanece bastante raso a uma boa distância da margem. O computador estava talvez a três ou quatro metros deste local.

— Perto o suficiente para ter sido jogado na água daqui.

— Sim.

— Os meninos viram alguém fazer isso? Notaram alguém por perto?

— Não, mas também não sabemos há quanto tempo o computador estava na água. Pode ter sido jogado dias atrás. Os meninos o entregaram à mãe, que o levou para a subestação de Jamaica Plain. Nosso analista de TI descobriu que o número de série é do laptop que vocês registraram como roubado. Ele disse que o disco rígido foi removido, o que é estranho para um ladrão. Quem rouba um laptop e depois se dá o trabalho de destruí-lo?

— Alguma impressão digital?

Libby balançou a cabeça.

— A água se encarregou de eliminar.

Jane se virou para olhar os carros que passavam pela Perkins Street.

— Descartado direto do carro. Pena que não temos disco rígido para examinar.

— Quem removeu não se importou em preservar nenhum dado. Parece que alguém destruiu o laptop a marteladas.

Jane se voltou para o lago, onde as ondulações brilhavam à última luz do dia.

— Por que todo esse trabalho? Eu me pergunto o que havia no disco rígido.

— Bem, agora nunca vamos saber — disse Frost. — Os dados foram destruídos.

Jane olhou para as pegadas na lama, pegadas deixadas por garotos que tinham escolhido ao acaso aquele local específico, aquele lago específico, para pular nas pedras. Até aquele momento, ela presumira que o ladrão fosse colocar o laptop à venda, na tentativa de obter dinheiro rápido. Em vez disso, tinha sido ali que ele fora parar, destruído e jogado na água, inutilizado. Definitivamente não era o que um ladrão comum faria. *O que havia naquele laptop, Sofia? O que você sabia que era importante o suficiente para levar alguém a matá-la?*

As pegadas dos meninos mal eram visíveis na penumbra do crepúsculo. O homem que estava correndo reapareceu, dando mais uma volta, a respiração ofegante, os tênis batendo no chão ao longo do caminho por trás deles.

— Se quiserem falar com os meninos que o encontraram, tenho o contato deles — informou a policial Libby. — Mas não acho que eles tenham nada de útil a dizer.

Jane balançou a cabeça.

— Não creio que uma criança de nove anos vá resolver esse caso para nós.

— Embora provavelmente fossem achar muito divertido falar com detetives de verdade. Vocês sabem como os meninos são.

Meninos.

Jane olhou para as pegadas quase invisíveis e de repente se lembrou de um par de tênis Nike azuis num quarto bagunçado de adolescente. Um menino que talvez conseguisse obter algumas respostas para suas perguntas. Ela se virou para Frost.

— Sabe os dados do disco rígido?

— O que tem eles?

— Talvez haja uma maneira de recuperá-los.

Ariel, a sereia, ainda estava reclinada em sua cama de concha, cercada pela multidão de admiradores crustáceos habituais, mas o país das maravilhas aquático agora ficava no quarto de Jamal Bird. Jane se inclinou para olhar para Henry, o peixinho-dourado, que a encarou de volta com um olhar tão intenso que ela quase acreditou que, por trás daqueles olhos arregalados, ele estava tentando ler sua mente.

— O peixe parece feliz — Frost disse a Jamal. — Você deve estar cuidando muito bem dele.

— Tive que pesquisar um monte de coisas para ter certeza de que não estava fazendo nada de errado — respondeu Jamal. — Você sabia que peixinhos-dourados conseguem reconhecer rostos? E que dá para ensinar truques a eles?

— E você sabia que eles podem viver até quarenta anos? — perguntou Jane. — Aprendi isso outro dia. — *Com uma certa médica-legista sabichona.*

Jamal encolheu os ombros, indiferente.

— É, eu já sabia disso.

Aparentemente, todo mundo sabia qual era a expectativa de vida de um peixinho-dourado. Todo mundo, exceto Jane.

— Eu não posso ter um cachorro por causa da asma — explicou Jamal. — Mas um peixe, tudo bem. Henry também vai viver mais que um cachorro, é só eu cuidar bem dele.

— Por favor, vocês não vieram aqui para falar de peixe — disse a mãe de Jamal.

A Sra. Bird os observava da porta e, em seu rosto, havia uma máscara impassível de ceticismo. Assim que eles entraram em sua casa, ela pegou o celular, que agora estava em sua mão, pronta para registrar qualquer sinal de ameaça ao filho.

— Estamos aqui porque precisamos da ajuda de Jamal — disse Jane.

— De novo?

— O laptop de Sofia foi encontrado ontem à tarde no lago Jamaica. O disco rígido desapareceu e todos os dados armazenados nele provavelmente foram perdidos.

A sobrancelha da Sra. Bird se ergueu.

— Vocês não acham que meu filho teve alguma coisa a ver com isso, não é?

— Não. De jeito nenhum.

— Então, como ele poderia ajudar?

— Mãe — protestou Jamal.

— Meu amor, você precisa ter cuidado. Pergunte a si mesmo por que a polícia viria até aqui pedir ajuda a um garoto de quinze anos.

— Porque talvez eu saiba coisas que eles não sabem?

— Eles são a polícia.

— Mas provavelmente não sabem nada sobre computadores.

— Na verdade, ele tem razão — admitiu Jane. — Não sabemos.

Jamal girou a cadeira para encarar Jane.

— Me falem o que vocês querem saber.

Ele podia ter apenas quinze anos, mas naquele momento, olhando-o nos olhos, Jane viu um jovem confiante.

— Você disse que Sofia comprou o laptop para fazer pesquisas na internet — começou Jane.

— Foi o que ela me falou.

— Você sabe que tipo de pesquisa?

— Não. Ela só me pediu para configurar o laptop. Instalei alguns softwares e fiz uma nova conta no Gmail para ela. — Ele riu. — Pô, ela ainda usava um e-mail da AOL.

— Então foi você quem criou a conta para ela no Gmail? — perguntou Frost.

— Sim.

— Por acaso sabe o login e a senha dela?

Jamal olhou para ele por um momento, como se tentasse discernir se havia alguma razão oculta para aquela pergunta que poderia colocá-lo em apuros.

— Eu não invadi a conta dela, se é isso que você está querendo saber.

— Não é isso que nós estamos dizendo — garantiu Jane. — Mas *esperamos* que você possa fazer isso para nós agora.

— Invadir a conta da Sofia?

— Você parece o tipo de pessoa que tem boa memória para detalhes. Como nomes de usuário e senhas.

— Talvez. E daí?

— Se pudermos ler os e-mails dela, descobrir com quem ela estava se correspondendo, talvez consigamos pegar o assassino.

Jamal pensou a respeito, avaliando os riscos de confiar neles. De ajudá-los. Por fim, ele respirou fundo e se virou para o teclado.

— A senha dela é "Henry" mais o endereço dela. Eu avisei que não era uma senha muito segura, mas ela disse que era o único jeito de se lembrar.

— Ela usou o nome do peixe como senha?

— Por que não? — Ele digitou, seus dedos se movendo tão rápido que pareciam um borrão. — Pronto. Acessamos.

Simples assim. Jane e Frost se entreolharam, ambos surpresos com a rapidez com que seu problema tinha sido resolvido por um garoto de quinze anos.

— E aqui está a caixa de entrada dela — disse Jamal. — Não tem muita coisa porque fazia só algumas semanas que ela tinha a conta.

Mas aquelas eram as semanas cruciais, pouco antes de ela morrer.

Jamal empurrou a cadeira para o lado, para permitir que Jane e Frost vissem a tela. Jane pegou o mouse e começou a clicar nas mensagens.

Nas três semanas anteriores à sua morte, Sofia Suarez tinha recebido: e-mails do Hospital Pilgrim sobre sua escala de trabalho; uma mensagem do salão de beleza confirmando seu horário; um lembrete sobre a renovação da assinatura de uma revista de enfermagem; dois alertas da Amazon sobre o lançamento de novos romances; e mensagens que claramente eram spam. Muitos e muitos spams. Mas nada de ameaças, nada que parecesse fora do comum.

Então Jane clicou em um e-mail enviado de uma conta do Hotmail. Tinha apenas duas linhas.

Recebi sua carta encaminhada do meu antigo endereço. Quero saber mais. Me ligue.

Jane olhou para o número de telefone na mensagem, um número que ela já tinha visto antes.

— Frost — disse ela.

— É o número que está no registro de chamadas dela — disse Frost. — A ligação que ela fez para o celular pré-pago.

Jane olhou para Jamal.

— Sofia falou alguma coisa sobre esse e-mail?

Ele balançou a cabeça.

— Eu só a ajudava com o computador. Não sei nada sobre nenhum telefonema. Por que vocês não ligam para o número e descobrem quem é?

— Nós tentamos. Ninguém atende.

— Bem, vocês têm o endereço de e-mail. Vou dar uma olhada no cabeçalho.

Ele pressionou algumas teclas, deu alguns cliques com o mouse. Frost franziu a testa ao ver o que tinha aparecido na tela.

— O endereço do IP.

Jamal assentiu.

— Talvez isso dê uma pista sobre a localização do remetente.

Ele acessou um novo site, colou os dados na caixa de pesquisa e suspirou.

— Foi mal. Vai para o Hotmail na Virgínia. Por que vocês não mandam um e-mail para essa conta?

— E se ele não responder? — ponderou Frost.

Jane olhou para o computador, pensando por um momento.

— Ele diz que recebeu uma carta dela, encaminhada de seu antigo endereço. Ou seja, era Sofia quem estava tentando encontrá-lo. Ela provavelmente pesquisou sobre ele na internet.

— Então vamos dar uma olhada no histórico de pesquisa dela — sugeriu Jamal.

— Nós não temos o laptop de Sofia.

— Vocês não precisam dele. Já estão conectados à conta do Gmail dela. — Ele pegou o mouse, fez uma pausa e olhou para Jane. — Só porque sei fazer isso não quer dizer que eu seja um hacker nem nada do tipo, tá? Só sei alguns truques. E juro que essa foi a primeira e única vez que acessei a conta dela.

— Tudo bem, nós acreditamos em você — garantiu Jane.

— E só para vocês saberem — interveio a mãe dele —, estou gravando isso no meu celular. Para deixar claro que vocês estão *pedindo* a ele para fazer isso. Portanto, não coloquem palavras na boca do meu filho mais tarde.

— Nunca faríamos isso — assegurou Frost.

— Como já estamos logados, é só entrar na conta dela no Google. — *Clique.* — Ir em "Dados e privacidade". — *Clique.* — E abrir "Minha atividade". — *Clique.* — E lá tem uma lista das pesquisas que ela fez, ordenadas por data. — Ele se virou e sorriu para Jane e Frost. — De nada.

Jane olhou para a tela.

— Caceta. A polícia de Boston precisa contratar você.

— Eu gravei isso também! — gritou a Sra. Bird da porta.

Jane e Frost se aproximaram enquanto Jamal rolava a tela para baixo, revelando os sites que Sofia havia visitado em suas últimas semanas de vida. Weather.com. *USA Today.* Uma revista on-line de enfermagem. Um artigo sobre a genética dos tipos sanguíneos.

— Pare — pediu Jane, apontando para a tela. — Aqui. Dez de abril. Ela fez uma pesquisa no Google por alguém chamado James Creighton. Era sobre o quê?

— Parece um nome bastante comum — disse Jamal. — Vão aparecer muitos resultados.

— Pesquise mesmo assim. Vamos ver.

Jamal clicou no termo de pesquisa e bufou.

— Dezessete milhões de resultados. Um famoso jogador de hóquei no gelo. Um psicólogo. Um ator. Além de milhares de outros caras no Facebook com esse nome. Qual vocês querem?

— O que ela estava procurando.

— Quantos anos querem gastar nisso?

— Continue navegando pelas atividades de pesquisa dela. Que outros sites ela visitou?

A mão de Jamal estava de volta ao mouse, rolando a tela de resultados até o início de abril, passando por links do *Portland Press Herald* e do *Bangor Daily News*.

— E estamos de volta ao Maine — disse Jane.

— Ela morou lá — comentou Frost.

— Mas isso foi há quinze anos. Por que de repente estaria pesquisando os jornais de lá? — Jane apontou para o link do *Bangor Daily*. — Clique nesse. Vamos ver o que aparece.

Jamal clicou no link, e a tela foi preenchida por um antigo artigo de jornal: EX-MARIDO PROCURADO POR ASSASSINATO DE PROFESSORA DA COLBY COLLEGE.

— O que diabos ela estava procurando? — perguntou Frost. — Isso foi há dezenove anos. Qual a relação disso com todo o restante?

— *Eis* a resposta — disse Jane, e apontou para a tela. Para uma frase no meio do artigo.

... um mandado de prisão para o ex-marido da vítima, James T. Creighton, foi expedido.

— Esse é o homem que ela estava procurando — disse Frost. — Talvez ela o tenha encontrado.

Jane olhou para Frost.

— Ou ele a encontrou.

20

Uma tempestade havia chegado durante a noite, e a chuva açoitava o para-brisa enquanto eles seguiam para o norte. Jane tinha insistido em dirigir porque, quando o tempo ficava ruim, e as estradas, escorregadias, o motorista em quem mais confiava era ela mesma. Não era a primeira vez que ela e Frost tomavam aquele caminho como parte de uma investigação, seguindo pistas para o norte, passando pela ponte Kittery e adentrando o estado do Maine. Eram parceiros havia tanto tempo que àquela altura pareciam um velho casal capaz de passar longos períodos em um silêncio confortável, de forma que durante a primeira hora mal se falaram enquanto os limpadores de para-brisa se deslocavam de um lado para o outro e o vento fustigava o carro.

Já tinha percorrido oitenta quilômetros desde a fronteira interestadual quando Frost finalmente disse:

— Sinto muito pelo sábado à noite.

— O quê?

— O jantar na casa da sua mãe. Você sabe, Alice está fazendo uma daquelas dietas esquisitas. Fiquei preocupado que sua mãe ficasse chateada por ela ter comido tão pouco.

— Como é essa dieta esquisita dela, afinal?

— É de um livro de algum guru da saúde e muda toda semana. Uma semana ela se entope de proteínas. Na outra, só come salada. Esta é a semana da salada. Fiquei torcendo para sua mãe não notar.

— Acredite, ela registra cada garfada que entra na boca de seus convidados. Minha mãe tem uma espécie de calculadora mental, então é capaz de contabilizar até as calorias. — Jane olhou para Frost. — A propósito, como estão as coisas entre você e Alice?

Ele encolheu os ombros.

— Temos dias bons e dias ruins. Mas mais dias bons.

— Ela fala sobre...? Você sabe. Ele.

— Superamos isso. Em qualquer relacionamento você tem que aprender a seguir em frente, sabe? Ela voltou para mim, isso é o que importa. — Ele olhou para a chuva caindo no para-brisa. — Ser solteiro não é minha praia. Eu odiava ficar sozinho e me inscrevia em todos aqueles sites de namoro idiotas. Você lembra.

Sim, Jane se lembrava muito bem, porque ele se lamentava com ela depois de cada rejeição e encontro desastroso. Tinha ouvido sobre todos eles e, embora não gostasse muito de Alice, era óbvio que Frost a amava e se sentia muito infeliz sem ela.

— De qualquer forma, da próxima vez que você falar com a sua mãe, diga que não teve nada a ver com a comida dela. Era só a dieta de Alice.

— Vou dizer — prometeu Jane, mesmo sabendo que, a menos que você estivesse em coma, não havia desculpa aceitável para se recusar a comer uma refeição preparada com amor por Angela.

— Acho que a tempestade está indo embora — disse Frost.

A chuva de fato havia diminuído para uma garoa, mas quando olhou para o céu, Jane viu nuvens escuras se formando ao norte. Para onde eles estavam indo.

— Mas ela vai voltar.

***

Duas horas depois, entraram em uma estrada de terra. A tempestade a havia transformado em uma pista de obstáculos repleta de galhos, e Jane teve que contorná-los para chegar à casa onde Eloise Creighton, professora da Colby College, havia morado. Um veículo com placa oficial do estado do Maine já estava estacionado na entrada da garagem e, quando pararam ao lado dele, a porta do motorista se abriu e um homem, que parecia um urso, saiu. Ele estava na casa dos quarenta anos, vestido adequadamente para o clima com uma capa impermeável, mas a cabeça, com cabelo cortado à escovinha, descoberta. Ficou parado na garoa, esperando pacientemente que eles saíssem do carro.

— Detetive Rizzoli? Sou Joe Thibodeau.

— E este é meu parceiro, detetive Frost — disse Jane, virando-se para a casa. Era uma imponente cabana de madeira com janelas amplas e um telhado íngreme, que combinava perfeitamente com aquele ambiente densamente arborizado. — Uau. Bela casa.

— Sim, a casa dos sonhos, não fosse pela história que vem com ela. — Ele olhou para o céu com ceticismo. — Vamos entrar antes que comece a chover outra vez.

— Você disse que tem gente morando nela? — perguntou Jane enquanto subiam os degraus até a varanda da frente.

— Noah e Annie Lutz. Annie nos espera. Não está exatamente entusiasmada com o motivo da nossa visita. Deve ser perturbador ser lembrada do que aconteceu aqui.

Antes que pudessem bater, a porta da frente se abriu e uma jovem apareceu diante deles, carregando uma criança loira no quadril.

— Oi, Annie — cumprimentou Thibodeau. — Obrigado por nos deixar dar uma olhada na casa.

— Admito que isso me deixa um pouco nervosa. Essa história vir à tona de novo. — Annie olhou para Jane e Frost. — Então vocês são da polícia de Boston?

— Sim, senhora — respondeu Jane.

— Espero que esta visita signifique que vocês vão finalmente prendê-lo. Fico nervosa só de pensar que ele ainda está solto por aí. A verdade é que, se eu soubesse o que tinha acontecido aqui, nunca teria deixado meu marido assinar o contrato.

Eles entraram na casa, e Jane olhou para as vigas aparentes a seis metros de altura. As paredes de vidro davam para um quintal cercado por floresta. Embora a casa em si fosse espaçosa, as árvores tão próximas e as nuvens escuras que se acumulavam no céu tornavam a vista desconfortavelmente claustrofóbica.

— Há quanto tempo a senhora mora aqui, Sra. Lutz? — perguntou Jane.

— Oito meses. Meu marido dá aula na Colby College, no Departamento de Química. Nós nos mudamos de Los Angeles para cá e, quando vimos esta casa, mal conseguimos acreditar no valor do aluguel. Então minha babá me contou sobre... — Annie soltou o filho, que se contorcia em seu colo, e ele correu para pegar um coala de pelúcia caído no chão. — Fiquei chocada quando soube que houve um assassinato aqui.

— A senhora não fazia ideia quando se mudou para cá? — indagou Frost.

— Não, e acho que o corretor deveria ter contado ao meu marido, não? Noah não se incomoda tanto, mas não é ele quem fica sozinho em casa com uma criança o dia todo. Sei que foi há muito tempo, mas ainda assim... — Ela se abraçou, como se de repente tivesse sentido uma corrente de ar frio. — Esse tipo de coisa deixa marcas em um lugar para sempre.

— Vou dar uma olhada na casa com eles, Annie — disse Thibodeau. — Tudo bem se eu mostrar os quartos?

— Claro, vá em frente. — Ela olhou para o filho, que estava sentado no chão, balbuciando alegremente para seu zoológico de bichos de pelúcia. — Vou ficar aqui com Nolan. Fiquem à vontade para fuçar onde quiserem.

— Obrigado, senhora — disse Frost, mas Annie já havia se sentado no chão ao lado do filho e não olhou para eles. Talvez não quisesse ser lembrada do motivo pelo qual estavam em sua casa.

Thibodeau conduziu-os escada acima, até um loft no segundo andar. Jane olhou por cima do corrimão e viu Annie agachada junto ao filho na grande sala lá embaixo. Daquele ponto elevado, ela podia ver, através das janelas panorâmicas, montanhas cobertas pela neblina atrás das árvores. O céu tinha ficado ainda mais escuro, as nuvens se movendo como uma cortina preta. Um trovão retumbou ao longe.

— O quarto da vítima é por aqui — disse Thibodeau.

Eles o seguiram pelo corredor aberto até o quarto principal, onde a floresta e as nuvens de tempestade cada vez mais espessas criavam uma atmosfera sombria. Assim que entraram, Thibodeau fechou a porta e Jane entendeu por quê. Annie já estava nervosa com a visita, e o que ele estava prestes a contar só ia deixá-la ainda mais perturbada.

— Dezenove anos atrás, o detetive responsável pelo caso era Dan Tremblay — começou Thibodeau. — Um cara inteligente, muito minucioso. Infelizmente, ele morreu de câncer de pulmão no ano passado. Fiz cópias de todos os documentos relevantes para vocês, estão no carro, mas posso resumir tudo o que precisam saber sobre o caso. Eu era apenas um humilde patrulheiro naquela época, mas fui o primeiro a chegar à cena do crime. E ainda me lembro de cada detalhe horrível.

Ele olhou o quarto, distante, como se estivesse sendo transportado de volta para o dia em que estivera naquela casa pela primeira vez, embora o quarto certamente tivesse mudado desde então. Os Lutz o haviam mobiliado em estilo escandinavo moderno, e agora havia uma cama feita de madeira clara de bordo e um elegante tapete com padrão geométrico. Na cômoda, também de madeira clara, havia uma foto da sorridente família Lutz: Annie, o marido, Noah, e o filhinho de bochechas rosadas. Com a barba cuidadosamente aparada e os óculos, Noah Lutz parecia exatamente o professor universitário de química que era, um homem da ciência que certamente não acreditava em casas mal-assombradas. Enquanto estava naquele quarto, será que ele nunca tinha sentido o menor arrepio ao pensar no que acontecera ali? Será que às vezes olhava pelas janelas, para a floresta constantemente avançando, e se perguntava que perigos poderiam estar à espreita? Jane não acreditava em fantasmas, mas até ela sentia a escuridão pairando sobre aquele lugar, ecos que nunca se dissipariam por completo.

Ou talvez fosse apenas a tempestade se aproximando.

— Era uma terça-feira de manhã — continuou Thibodeau. — A vítima não tinha comparecido às duas aulas que deveria dar no dia anterior e não atendia ao telefone. Fiquei encarregado de vir até a casa dela para verificar se estava tudo bem.

— O que ela ensinava na Colby? — perguntou Frost.

— Literatura inglesa. Ela era professora associada, de trinta e seis anos, e tinha acabado de se divorciar. Morava nesta casa havia cerca de um ano. Naquele dia, quando vim ver como ela estava, eu achava que talvez ela só estivesse doente e se esquecera de avisar à faculdade que se ausentaria. Aqui, assassinato não é a primeira coisa que passa pela nossa cabeça. Esta é uma região segura. Famílias, estudantes universitários. Não lidamos com os tipos de crime com os quais vocês provavelmente lidam o tempo todo em

Boston. A gente simplesmente não espera... — Ele soltou um suspiro. — De qualquer forma, eu não estava preparado para o que encontrei. Cheguei por volta das onze da manhã. Era meados de outubro, um dia lindo, as folhas de outono no auge. No começo, não notei nada suspeito. A porta da frente estava trancada. Toquei a campainha, mas ninguém atendeu. O carro dela, estacionado na garagem, então imaginei que ela devia estar em casa. Então comecei a ter aquela sensação na boca do estômago, quando você sabe que algo está errado. Talvez ela estivesse *muito* doente ou tivesse caído da escada. Ou tivesse havido algum problema com o aquecimento e ela tivesse morrido envenenada por monóxido de carbono. Fui até o quintal dos fundos, onde aquelas janelas enormes dão para a floresta, e foi então que vi que a porta do deque estava aberta. Não parecia ter sido arrombada, ou então ela esqueceu de trancar ou alguém usou uma chave.

— Quem mais tinha a chave? — perguntou Jane.

— Nós sabemos que o ex-marido tinha, mas as pessoas aqui nem sempre trancam as portas à noite. É esse tipo de lugar. E ela sempre guardava uma chave reserva debaixo de uma pedra no pátio dos fundos. Nós a encontramos lá, ainda debaixo da pedra.

— Quem sabia sobre essa chave?

— Várias pessoas. A babá. A faxineira. A equipe que fez a reforma da cozinha.

— Em outras palavras, metade da cidade.

— Mais ou menos. — Ele foi até a janela e olhou para o céu que escurecia. — Era um dia ensolarado e fresco. Fazia semanas que não chovia, então não havia lama que alguém pudesse carregar para dentro de casa nos sapatos. Só muitas folhas sopradas pela porta dos fundos deixada aberta. Quando entrei na casa e comecei a subir as escadas, notei as moscas. E senti pela primeira vez o cheiro de... bem, vocês sabem de que cheiro estou falando. É algo que você nunca esquece. Subi as escadas, cheguei ao patamar e foi aí que a encontrei, caída no corredor, em frente ao quarto. Ela estava de camisola, e a porta do quarto, aberta. Parecia que ela tinha saído da cama, ido até o corredor e ficado cara a cara com o assassino. — Olhou para Jane e Frost. — Havia marcas de estrangulamento no pescoço, hematomas claramente causados por dedos. Quem quer que tenha feito aquilo era forte o suficiente para sufocar uma mulher com as próprias mãos. E com base no cheiro e nas moscas, tinha acontecido pelo menos alguns dias antes. Não toquei nem mexi em nada. Deixei-a do jeito que a encontrei e estava prestes a avisar à central quando notei o coelho.

— Que coelho? — perguntou Jane.

— Um coelho de pelúcia rosa. Estava caído no chão, no corredor. E então fui tomado por uma sensação muito ruim. Ninguém me disse que havia uma criança morando na casa. Avancei pelo corredor até o quarto ao lado, e claramente era de uma criança. Cortinas rosa, colcha de princesa na cama. Procurei em todos os lugares. Nos quartos, no porão, na área externa da propriedade, mas não a encontrei. Nem a equipe de buscas, que vasculhou toda aquela mata. — Ele balançou a cabeça. — A menininha desapareceu sem deixar vestígios.

21

Eles estavam sentados em um café no centro de Waterville, a vinte minutos de carro da casa onde Eloise Creighton fora assassinada. As chuvas torrenciais faziam com que a maioria das pessoas permanecesse em casa, e havia apenas mais uma mesa ocupada, por um casal absorto demais em seus smartphones para prestar atenção um no outro, muito menos nas pessoas ao seu redor. Enquanto trovejava e a chuva caía na rua lá fora, do lado de dentro tudo que se ouvia eram vozes abafadas e o assobio da máquina de cappuccino.

— Nunca deixei de pensar nesse caso, mesmo depois de tantos anos — disse Thibodeau. — Eu não era o detetive encarregado da investigação, mas, naquele momento específico da minha vida, aquilo me abalou muito, por causa da garotinha desaparecida, Lily. Ela tinha apenas três anos quando foi sequestrada, e eu não conseguia parar de pensar no que ela devia ter vivenciado naquela noite. Será que tinha visto o que havia acontecido com a mãe? Será que o assassino era alguém que ela conhecia, talvez até alguém em quem confiasse? Minha filha tinha um ano na época, e eu só pensava em como teria sido se alguém a tivesse levado. Não saber se ela ainda estava viva... Há quatro anos, quando entrei para a

Unidade de Crimes Violentos, Dan Tremblay tinha acabado de se aposentar, então peguei seus arquivos de casos não solucionados e dei mais uma olhada no assassinato de Eloise Creighton. A pasta que dei a vocês contém cópias das anotações do caso e das transcrições dos interrogatórios, e vou enviar por e-mail o relatório da necropsia. Já repassei o caso diversas vezes e sempre chego à mesma conclusão que Tremblay. O autor do crime foi o ex-marido. *Tem* que ter sido ele.

Jane folheou a pilha de transcrições dos interrogatórios.

— Não havia outros possíveis suspeitos?

— Tremblay considerou quase todos que tiveram contato com a vítima. No fim das contas, ele ainda acreditava que tinha sido o ex-marido, James Creighton. O divórcio deles foi praticamente uma guerra. A verdade é que o casamento deles parecia fadado ao fracasso desde o início. Ela era professora universitária, ele era músico, e não muito bem-sucedido. Tocava violão em bares à noite e trabalhava meio período dando aulas de música na escola de ensino médio de Bangor. Deve ter sido um caso de atração entre opostos. As mulheres parecem ter um fraco por esses músicos desleixados.

— Sério? — questionou Jane.

— Me diga você.

— Eu nunca tive essa atração por músicos.

— Bem, ao que parece, muitas mulheres têm. Talvez seja a aura de *bad boy*. De qualquer forma, o romance não durou muito para os Creighton. Ficaram casados por quatro anos, e então ela pediu o divórcio. Brigaram por tudo: móveis, conta bancária, a criança. Por fim, concordaram em dividir a guarda da filha de três anos, mas mesmo assim mal se falavam. Então dá para entender a razão de ele ser o principal suspeito de Tremblay. Principalmente porque a pessoa que matou a mãe também fugiu com a criança.

— Que outros suspeitos Tremblay investigou?

— A vítima ministrava quatro cursos por semestre na Colby, então seus alunos foram considerados suspeitos. Talvez alguém tivesse ficado irritado por causa de uma nota ruim. Talvez ela tivesse se tornado objeto de desejo de um aluno. Eloise Creighton era uma mulher bonita e, até onde se sabia, não havia nenhum homem em sua vida na época. Uma semana antes do assassinato, ela recebeu alguns de seus alunos do último ano para uma noite de queijos e vinhos em sua casa, então eles sabiam onde ela morava e conheciam a disposição dos cômodos da casa. — Ele fez uma pausa. — E provavelmente viram a filhinha dela naquela noite também.

— Você disse que o nome dela era Lily? — perguntou Frost.

— Isso.

— Chegaram a considerar a possibilidade de a mãe não ser o alvo? De que o criminoso estivesse, na verdade, interessado na criança?

Thibodeau assentiu.

— Sim, e a menina era muito bonita. Longos cabelos loiros, iguais aos da mãe. Tremblay considerou a possibilidade de alguém ter visto Lily pela cidade e decidido que a queria para si. De o assassinato da mãe não ter sido intencional, mas sim o dano colateral de um sequestro que saiu do controle.

— Quem cuidava de Lily enquanto a mãe dela lecionava na faculdade? —perguntou Jane.

— Ela frequentava uma creche particular. Era administrada por uma residente local que foi totalmente descartada como suspeita. Uma mulher de quarenta e cinco anos que viveu a vida toda em Waterville.

— Você diz isso como se ser da cidade fosse uma espécie de símbolo de integridade — disse Jane.

— De certa forma, é. Quando se cresce em uma cidade pequena, você está constantemente sob vigilância. Todo mundo sabe quem você é, e o que você é. Então, não, não foi a mulher que administrava a creche. Tremblay também considerou a possibilidade de ter sido alguém de fora da cidade que estivesse de passagem pela região. Viu a menina, decidiu sequestrá-la e, quando a mãe tentou impedir, a matou.

— Um estranho não chamaria atenção por aqui? — indagou Frost.

— No momento a cidade está tranquila, mas espere até setembro, quando as aulas começam na Colby e na outra faculdade local. São dois mil estudantes chegando, mais todos os turistas que vêm para admirar as cores do outono. Em uma multidão como essa, você nunca sabe que tipo de pessoa esquisita pode haver. Então, sim, é possível que tenha sido alguém de fora da cidade. Alguém que foi atrás da criança, que deve ter feito barulho. A mãe a ouviu gritando e tentou impedir. Então acabou sendo morta.

— A perícia encontrou algo útil? — perguntou Jane.

— Diversas impressões digitais, mas Eloise Creighton tinha organizado aquele evento para seus alunos alguns dias antes de ser morta. E semanas antes disso, havia uma equipe trabalhando na casa, na reforma da cozinha. Um carpinteiro, um encanador e um eletricista. Além disso, as impressões digitais do ex-marido estavam por toda parte.

— Isso nos leva de volta a James Creighton.

— Ele ainda tinha a chave da casa, então tinha acesso. Tinha um motivo. E não tinha absolutamente nenhum álibi para a noite em que a ex-mulher foi morta.

— Onde ele disse que estava naquela noite?

— Na baía de Penobscot. Ele era proprietário de um pequeno veleiro caindo aos pedaços e afirmou ter dormido a bordo dele durante todo o fim de semana. Sem testemunhas, é claro.

— É claro.

— E, além disso, havia o sangue.

Jane se endireitou na cadeira.

— Que sangue?

— Traços de sangue nas tábuas do corredor do andar de cima. A poucos metros de onde a vítima foi encontrada.

— Do ex-marido?

— Tipo sanguíneo A negativo, o mesmo de James Creighton. Ele alegou que o sangue era do ano anterior, quando tinha se cortado ao fazer a barba.

— Ele tinha algum ferimento recente?

— Tinha um corte ainda não cicatrizado no dedo, que alegou ser resultado de um acidente no veleiro. Também *havia* sangue no barco, então isso não nos ajudou muito. Ele ficou detido por quarenta e oito horas enquanto revistavam sua casa alugada e seu veleiro em busca da menina. Havia cabelo e impressões digitais dela por toda parte, é claro, mas Lily não foi encontrada. Como a menina o visitava regularmente, todos esses vestígios, em última análise, não significavam nada. Tiveram que liberá-lo, mas ele ainda é meu principal suspeito. — Thibodeau olhou diretamente para Jane. — Agora, por favor, me expliquem o que Creighton tem a ver com o *seu* caso de homicídio.

— Nós esperávamos que você pudesse nos dizer — respondeu Jane.

Thibodeau balançou a cabeça.

— Não faço ideia. Não sei nem onde ele está agora.

— Vocês não ficaram de olho nele?

— Já se passaram dezenove anos. Tremblay esperava um dia conseguir provar que tinha sido Creighton. Talvez uma testemunha decidisse falar ou o homem confessasse. Ou, na pior das hipóteses, encontrassem o corpo da menina. Há alguns anos, achamos que a tínhamos *de fato* encontrado, quando um esqueleto apareceu no parque estadual, a trinta quilômetros daqui.

— Uma criança? — perguntou Jane.

— Sim. Com base na condição do corpo, os ossos já estavam lá havia algum tempo, talvez uma década ou mais, e pertenciam a uma menina de cerca de três anos de idade.

— A mesma idade de Lily.

— Logo depois que encontraram a ossada, intimei James Creighton para interrogatório. E fui com tudo para cima dele. Queria muito prendê-lo pelo assassinato da menina, mas então chegou o resultado do exame de DNA da ossada e não era compatível nem com o dele nem com o de Eloise.

— Então de quem era a ossada?

— Ainda não foi identificada. É só uma garotinha sem identificação, deixada na floresta. — Ele balançou a cabeça. — Cacete, eu realmente achei que *tinha pegado* o cara.

— O que aconteceu com Creighton?

— A escola não queria mais que ele desse aulas de música, então ele perdeu o emprego. A partir daí, ele se mudou diversas vezes em busca de trabalho. Trabalhou no posto de gasolina Gas and Go, em Augusta. Em um restaurante em Portland.

Isso explicava todos os números de telefone com código de área do Maine nos registros do celular de Sofia Suarez. Ela estava tentando localizar James Creighton, seguindo seu histórico de empregos, um a um. O posto de gasolina. O restaurante Buffalo Wings. Será que tinha conseguido entrar em contato com ele? Será que o celular pré-pago para o qual ela havia ligado pertencia a Creighton?

— Queremos mostrar um vídeo a você — disse Frost, entregando o celular a Thibodeau. — São imagens de câmeras de segurança de um cemitério em Boston. Essa não é a melhor maneira de visualizá-lo, mas vou enviar o arquivo para você mais tarde, para que possa assistir no seu computador.

— O que especificamente vocês querem que eu veja no vídeo?

— Temos esperança de que você reconheça o homem.

Thibodeau analisou o vídeo uma vez, em seguida o reproduziu de novo enquanto a máquina de cappuccino sibilava novamente ao fundo.

— Esse homem é James Creighton? — perguntou Frost.

Thibodeau soltou um suspiro.

— Não sei.

— *Poderia* ser ele?

— Acho que sim. A altura parece a mesma, e a cor do cabelo também. Mas se for Creighton, ele mudou muito desde a última vez que o vi. Perdeu muito peso. E um pouco de cabelo também. — Thibodeau devolveu o celular de Frost. — Eu gostaria de ter certeza, mas a resolução está muito ruim.

— Você tem alguma ideia de onde ele possa estar agora? — perguntou Jane.

— Não. Depois que assumi o caso, ele desapareceu. Provavelmente porque sabia que eu estava de olho nele, esperando por qualquer motivo para colocá-lo atrás das grades. Tudo bem, talvez eu o *tenha* perseguido um pouco, então ele tinha motivo para me evitar. Pelo que sei, ele ainda está aqui no Maine. Mas também pode estar em qualquer lugar do país.

— E matando de novo.

— Talvez. Mas não tenho certeza se consigo enxergar uma ligação entre o assassinato de Eloise Creighton e o seu caso em Boston.

— Sofia Suarez *é* a ligação entre eles.

— Só porque ela fez uma busca por Creighton no Google?

— *Por que* ela estava procurando por ele? Será que o encontrou? Será que foi por isso que acabou sendo morta?

Thibodeau deu uma risada sarcástica.

— Morte pelo Google. Essa é nova.

Ficaram em silêncio por um tempo, os três refletindo sobre as perguntas sem resposta. Do outro lado do café, o casal continuava olhando para os smartphones, alheios à conversa dos detetives e um ao outro. A porta do café se abriu, e duas mulheres entraram para se abrigar da tempestade, sacudindo as gotas de chuva do casaco. O barista as cumprimentou alegremente pelo nome. Naquela cidade onde todos os moradores pareciam se conhecer, um assassinato certamente devia parecer obra de pessoas de fora.

Até que se provasse o contrário.

— E os outros suspeitos? — indagou Jane.

— Houve um aluno que ameaçou a professora Creighton depois que ela o reprovou. Havia um bêbado que morava na mesma rua que ela. Mas nenhum dos dois era o assassino.

— Você tem a lista dos alunos que compareceram ao evento da professora Creighton na semana anterior?

— Está nos arquivos que dei a vocês. Alguns dos estudantes tinham álibis para a noite do assassinato, outros, não.

— E a equipe que reformou a cozinha dela? — perguntou Frost.

— Três caras. Os nomes também estão na pasta. Eles sabiam como acessar a casa e suas impressões digitais estavam na porta dos fundos e por toda a cozinha. Eles também devem ter visto a menina enquanto faziam a reforma, então é claro que Tremblay os interrogou.

Jane folheou os documentos até encontrar as transcrições dos interrogatórios da equipe da reforma. *Scott Constantine. Bruce Flagler. Byron Barber.* Mais nomes para acrescentar à sua lista cada vez maior de possíveis suspeitos.

— Algum dos três tinha antecedentes criminais?

— Só por coisas menores. Dirigir alcoolizado, violência doméstica. Mas os três homens alegaram que estavam em casa na noite do assassinato, e as esposas ou namoradas confirmaram. Dois deles se mudaram do Maine, e não tenho ideia de onde estão. Byron Barber ainda mora na cidade, ainda reforma cozinhas.

Jane virou as páginas até encontrar uma foto de Eloise e Lily Creighton, mãe e filha sorrindo para a câmera debaixo de um grande carvalho. Ambas tinham a pele clara e cabelos loiros, e usavam vestidos de verão com uma faixa cor-de-rosa idênticos. Foi difícil ver como elas pareciam felizes juntas. Jane pensou na própria filha, Regina, e na foto que tinham tirado juntas na Páscoa. Elas não estavam usando lindos vestidos de primavera, porque Regina era o tipo de criança de quatro anos de idade que gostava de usar macacão, mas, assim como as Creighton, elas tinham posado debaixo de uma árvore e sorrido felizes para a câmera. Jane virou a foto e viu que tinha sido tirada em 15 de junho.

Quatro meses depois, Eloise Creighton estaria morta.

— Aí vocês conseguem entender por que esse caso me assombrou — disse Thibodeau. — Esses rostos. Esses sorrisos. Eu sempre pensava na minha filha.

— Eu também pensaria — disse Jane baixinho.

Thibodeau olhou para o relógio.

— Desculpem, mas preciso ir, tenho uma reunião. A maior parte do que vocês precisam deve estar nesses arquivos, e vou mandar por e-mail tudo mais que eu tiver. Se solucionarem o caso de vocês, me liguem. Estou muito curioso para saber qual é a relação entre esses assassinatos. — Ele se levantou. — Se é que existe alguma.

22

— Com base no que li no relatório da necropsia de Eloise Creighton — disse Maura —, estou tendo dificuldade em encontrar semelhanças entre esses dois assassinatos. O que me faz pensar que não se trata do mesmo assassino.

Jane observou enquanto Maura lavava as mãos na pia do necrotério, aparentemente alheia ao fedor da necropsia que acabara de realizar. Jane estava perto da porta, o antebraço sobre o nariz para se proteger, mas o cheiro já havia penetrado em suas narinas e pulmões. Mesmo que tirasse as roupas e tomasse um banho, não conseguiria se livrar da lembrança daquele odor.

— O que diabos você acabou de cortar aí? Tem cheiro de esgoto.

— Uma mulher de oitenta e oito anos que morava sozinha. Ficou morta durante oito dias em uma casa quente até alguém a encontrar. — Maura fechou a torneira e pegou uma toalha de papel para secar as mãos. — Uma morte muito triste, mas, no fim das contas, de causas naturais.

— Podemos, por favor, sair daqui? Preciso de um pouco de ar fresco.

— Com prazer. — Maura jogou a toalha de papel na lata de lixo. — Vamos lá para fora.

Outra tempestade havia caído durante a noite, e nuvens escuras pairavam sobre a cidade. O ar estava enjoativo e úmido, e Jane sentia o cheiro de mais chuva no ar. Elas se sentaram no banco que ficava atrás do prédio, de frente para a passagem subterrânea, onde o concreto aumentava o barulho do trânsito. Era uma vista definitivamente nada pitoresca, e os gases do escapamento dos carros nublavam o ar, mas pelo menos não cheirava a morte. Um cheiro que ambas já haviam sentido o suficiente naquele dia.

— Eu *quero* que seja o mesmo assassino — disse Jane. — Isso tornaria as coisas muito mais simples. Tudo que eu teria que fazer seria encontrar James Creighton.

— A polícia do Maine nunca conseguiu provar, acima de qualquer dúvida, que ele matou a ex-mulher.

— O detetive Thibodeau tem certeza de que foi ele. E se Creighton matou uma mulher...

— Não significa que ele matou outra.

— Mas há semelhanças. Nos dois casos houve invasão a domicílio. E ao que parece ambas as vítimas foram pegas de surpresa.

— Se for o mesmo assassino, então ele mudou o *modus operandi*. Sofia foi golpeada até a morte com um martelo, um método eficiente e certeiro. Eloise Creighton foi estrangulada no corredor do andar de cima de sua casa. É uma maneira muito pessoal e íntima de matar alguém. Requer força e contato direto, pele a pele, próximo o suficiente para que o assassino sinta a vítima agonizar, sinta as últimas contrações de seu corpo.

— Você quer dizer que foi alguém que a conhecia.

— Pode ter sido um estranho também. Talvez alguém que tenha precisado usar as próprias mãos porque era só o que tinha no momento.

— James Creighton tinha um motivo. Ele e a ex-mulher haviam brigado pela guarda da filha.

— Se ele fez isso, então onde está a criança? Por que mataria a própria filha?

— Você sabe como alguns desses caras pensam. *Se eu não posso tê-la, ninguém mais pode.* Simplesmente não encontraram o corpo de Lily ainda. E o sangue dele foi encontrado no corredor do andar de cima.

Maura assentiu.

— Vi esse detalhe no relatório: A negativo.

— O mesmo tipo sanguíneo. E ele tinha um corte recente no dedo.

— Para o qual havia uma explicação. Além disso, encontraram sangue no veleiro, onde ele disse ter se machucado.

— Conveniente.

— Você ainda está forçando a barra, Jane. Pense em como esses casos são diferentes. Uma vítima tinha trinta e poucos anos, e a outra, cinquenta. Moravam em cidades e estados diferentes. E o primeiro assassinato foi há dezenove anos.

— Há dezenove anos, Sofia trabalhava como enfermeira no Maine. O assassinato de Eloise Creighton foi amplamente noticiado na imprensa local, então Sofia deve ter ouvido falar dele na época.

— Por que ela estaria pesquisando isso agora? Quase duas décadas depois? — perguntou Maura.

— É isso que eu preciso descobrir.

Jane olhou para uma faixa de céu cinzento acima e respirou fundo para limpar o ar fétido de seus pulmões. Elas ficaram sentadas em silêncio por um tempo, ouvindo o barulho da tampa de um bueiro enquanto os carros passavam por cima dela.

— Talvez ela tenha se deparado com isso de novo por puro acaso. Talvez tenha ouvido uma conversa, lido uma reportagem de jornal — sugeriu Maura. — Isso fez com que se lembrasse do assassinato e a curiosidade a levou para a internet.

— Tem a sequência dos acontecimentos, Maura. No início de abril, ela inicia sua busca por Creighton na internet. Encontra o antigo endereço dele e envia uma carta. Um mês depois, ela recebe um e-mail de alguém dizendo para ela ligar para um celular pré-pago. Deve ser o telefone *dele*. James Creighton.

— Também é possível que o celular pré-pago não seja dele e que a morte de Sofia não tenha nada a ver com o assassinato de Eloise Creighton.

— Então por que ela estava procurando por ele na internet? — perguntou Jane.

— As pessoas pesquisam todo tipo de coisa maluca na internet. Se eu lhe mostrasse meu histórico de pesquisas recentes, você ficaria surpresa.

— Me deixe adivinhar. Tem a ver com cadáveres.

— Você realmente acha que essa é a única coisa que passa pela minha mente?

— Às vezes parece que é o único assunto sobre o qual você e eu conversamos.

— Pinguins.

— O quê?

— Minha última pesquisa no Google foi sobre pinguins.

Jane riu.

— Tá, tudo bem. Fiquei surpresa. Se me permite perguntar, por que pinguins?

— Estou planejando uma viagem para a Antártica.

— Enquanto todo mundo vai para uma praia ensolarada, você escolhe icebergs. Típico.

— Pinguins são fascinantes, Jane.

— Sei. Assim como peixinhos-dourados.

Uma gota de chuva caiu no nariz de Jane. Ela olhou para os pingos que agora pontilhavam o chão à sua frente e inspirou o cheiro de asfalto molhado, o cheiro de uma tempestade urbana.

— Tenho que voltar ao trabalho — disse Maura.

— Você acha que estou perdendo meu tempo tentando encontrar uma relação entre esses dois assassinatos, não acha?

— Não sei, Jane. Mas se tem uma coisa que eu aprendi depois de todos esses anos trabalhando com você é a nunca duvidar dos seus instintos.

Mas naquela tarde, de volta à sua mesa, enquanto examinava os documentos do arquivo sobre o assassinato de Eloise Creighton, Jane se perguntou se aquela não seria a única vez que seus instintos estariam apontando na direção errada. Maura estava certa. As duas vítimas, assim como a forma como tinham sido mortas, eram muito diferentes. Eloise Creighton era uma jovem e atraente professora universitária que morava em uma área rural com a filha pequena. Sofia Suarez era uma viúva de meia-idade que morava sozinha com seu peixinho-dourado na cidade de Boston. Além do gênero e do fim terrível, as duas não tinham quase nada em comum.

Jane abriu o relatório da necropsia e examinou as fotos de Eloise Creighton no necrotério. Exceto pelos hematomas em volta do pescoço, a pele estava impecável, o cabelo quase prateado sob a fria luz artificial. Não havia evidência de violência sexual. Ela estava de camisola, e a cama, desarrumada, então algo a havia acordado durante a noite. Teria sido o rangido de passos? A filha chamando por ela? Algo a fizera sair da cama, abrir a porta e sair para o corredor. E lá ela encontrara o intruso. Será que ele fora surpreendido por sua aparição repentina e a matara em um momento de pânico?

Jane voltou para a foto de mãe e filha, ambas tão loiras, tão felizes. Pensou em Regina e imaginou sua própria filha sendo raptada no meio da noite. *O que eu faria para encontrá-la? Qualquer coisa. Tudo.*

Às cinco da tarde, Jane ainda estava em sua mesa, debruçada sobre o arquivo de Eloise Creighton. O detetive Tremblay, o investigador original designado para o caso, produzira centenas de documentos, que agora já tinham quase duas décadas. À primeira vista, podiam não ter nada a ver com o assassinato de Suarez, mas todas aquelas ligações que Sofia havia feito para o Maine e, além disso, a busca por informações sobre James Creighton tinham convencido Jane de que devia haver uma conexão. Frost tinha ido embora meia hora antes, e Jane logo teria que buscar Regina na creche, mas continuou examinando as anotações de Tremblay e as transcrições dos interrogatórios, em busca de algum detalhe importante que pudesse ter deixado passar da primeira vez. Algo que ligasse Creighton aos dois assassinatos.

Passou para o próximo documento da pilha. Era o interrogatório de Tim Hillier, um dos estudantes que tinham comparecido à noite de queijos e vinhos de Eloise Creighton na semana anterior ao assassinato. Ele tinha vinte e um anos, estava no último ano da faculdade, tinha vindo de Madison, no estado de Wisconsin, e planejava cursar Medicina depois da formatura. Não havia foto, mas a polícia estadual coletara suas impressões digitais para fins de exclusão. Ele não tinha antecedentes criminais e dissera que estava com a namorada na noite do assassinato. Tremblay não o considerara suspeito. Anexado à transcrição do interrogatório havia um adendo, escrito logo depois que o detetive Thibodeau assumiu o caso.

Tim Hillier é atualmente dermatologista e atua em Madison, Wisconsin. Por telefone, ele afirmou não ter lembranças ou informações adicionais sobre a morte da professora Creighton. Ele agora é casado com uma ex-colega da Colby, Rebecca (sobrenome de solteira: Ackley), que também esteve presente no evento da professora Creighton. (Ver interrogatório de Ackley.)

O detetive Thibodeau sem dúvida tinha facilitado muito o trabalho de Jane. Tinha atualizado o endereço, local de trabalho e número de telefone da maioria dos alunos. Uma rápida pesquisa na internet confirmou para Jane que o Dr. Tim Hillier ainda atendia em seu consultório em Wisconsin. As impressões digitais dele e da mulher, Rebecca, recolhidas para fins de exclusão durante a investigação, dezenove anos antes, não correspondiam a nenhuma digital registrada na base de dados da polícia. O casal tinha uma ficha imaculada.

Jane deixou os arquivos de Tim Hillier e Rebecca Ackley de lado e passou para o interrogatório seguinte.

Dezenove estudantes tinham comparecido ao coquetel, e Thibodeau tinha revisado e atualizado as informações sobre cada um deles. Bons detetives sofrem de pelo menos um leve transtorno obsessivo-compulsivo e, no caso dele, a coisa era um pouco mais séria: traçara obstinadamente o paradeiro atual de todos que tinham estado na residência da professora Creighton na semana anterior ao seu assassinato. Descobrira que dois estudantes já haviam falecido, um de hemorragia cerebral e o outro em um acidente de escalada na Suíça. Depois de se formar, a maioria tinha deixado o estado do Maine e se espalhado por cidades ao redor do mundo. Atualmente, apenas um morava na região de Boston: Anthony Yilmaz, consultor financeiro da Tang and Viceroy Investments, alguém com quem provavelmente valeria a pena conversar. A maioria dos estudantes tinha construído carreiras impressionantes como médicos, advogados e consultores financeiros. Nenhum deles jamais tivera problemas com a lei e nenhuma das impressões digitais fora encontrada em qualquer outra cena de crime.

Por fim, Jane pegou o arquivo de James Creighton. Além de uma prisão por dirigir alcoolizado aos dezenove anos e uma acusação de vandalismo quando era adolescente, o homem não tinha antecedentes criminais nem histórico de violência, mas ele e a ex-mulher tinham travado uma dura batalha pela guarda de Lily, à época com três anos. Pouco antes de morrer, Eloise tinha recebido uma oferta de emprego de uma universidade no Oregon, o que significava se mudar com a criança para uma cidade a cinco mil quilômetros de distância do pai. O tom da correspondência entre os advogados das duas partes tinha se tornado cada vez mais rancoroso com o passar do tempo.

Ele me disse que eu ia pagar caro se a tirasse dele, dissera Eloise em seu depoimento. *Considerei isso uma ameaça. É por isso que não acho que ele deva continuar tendo direito de visita.*

E tinha sido por isso que Tremblay se concentrara em James como o assassino. O homem tinha um motivo, tinha acesso à casa e não tinha álibi. Vestígios de seu sangue haviam sido encontrados no corredor perto do corpo da ex-mulher. Ele era claramente o principal suspeito, mas nunca tentou fugir do estado do Maine. Mesmo que o assassinato tivesse destruído sua reputação, mesmo que os vizinhos o evitassem e a polícia tivesse revirado sua propriedade mais de uma vez em busca do corpo de Lily, ele permaneceu onde estava — pelo menos no início. Depois, os pais da escola começaram a reclamar que o professor de música dos filhos poderia ser um assassino; ele perdeu o emprego e foi forçado a aceitar uma série de trabalhos sem futuro, sem nunca permanecer em nenhum lugar por muito tempo. Quem ia querer contratar um homem cujo passado estava sempre sendo investigado, que era constantemente perseguido e assediado pela polícia?

O celular dela tocou. Olhou para ver quem estava ligando: *Departamento de Polícia de Revere*.

— Detetive Rizzoli — atendeu ela.

— Aqui é o detetive Saldana, da polícia de Revere.

— Oi. Em que posso ajudar?

— Você pode começar conversando com sua mãe, Angela.

Jane suspirou.

— O que foi que ela fez agora?

— Olha, sei que tudo começou de maneira bem-intencionada, todos os telefonemas dela sobre Tricia Talley. Que, aliás, está sã e salva. Foi só uma típica briga de adolescente com os pais.

— Sinto muito por essas ligações. Quando minha mãe enfia uma coisa na cabeça, ninguém tira. E ela vai até o fim. — *Até o fim*.

— Tudo bem. Isso era só uma espécie de vigilância de bairro, e agradecemos por ela nos ter mantido informados. Mas agora está indo longe demais. Ela precisa parar de nos ligar por causa dos vizinhos.

— É sobre o casal da casa do outro lado da rua?

— É.

— Ela me disse que o homem anda armado. Eu não tive tempo de verificar se ele tem porte de arma, mas...

— Não precisa. Apenas diga a ela para parar de ligar por causa deles.

— Eles reclamaram?

— Eles estão bem cientes do interesse dela.

— Estamos falando de, tipo, uma medida protetiva iminente?

— Ela tem que parar de chamar atenção para eles. É importante, então eu ficaria muito grato se você pudesse falar com ela.

Jane ficou em silêncio por um momento, intrigada com o que ele estaria insinuando.

— Quer me contar o que há com esses vizinhos? — perguntou ela.

— Não agora.

— Quando, então?

— Entro em contato — disse o detetive Saldana, e desligou.

23
Angela

Minha filha deu a ordem: *Fique longe dos Green*. Não invadi a propriedade deles nem assediei essas pessoas de nenhuma forma, mas aparentemente eles reclamaram com o detetive Saldana, da polícia de Revere, e ele contou à Jane. Ela, por sua vez, me avisou que uma medida protetiva não está descartada, embora eu ache que ela esteja exagerando. De alguma forma, me tornei a vilã, tudo porque estou tentando manter meu bairro seguro. Porque vi alguma coisa e comuniquei.

Mas ninguém se importa com o que uma mulher mais velha tem a dizer, e por isso minha opinião é ignorada, da mesma forma que as mulheres da minha idade são sempre ignoradas. Mesmo quando estamos certas.

Digo isso ao meu grupo de Scrabble enquanto estamos sentados na minha sala de estar na quinta-feira à noite, e Lorelei concorda vigorosamente com a cabeça quando falo sobre as dificuldades que nós, mulheres, enfrentamos quando tentamos fazer com que nossa voz seja ouvida. Naquele momento, o marido dela definitivamente não está nos ouvindo porque está muito ocupado estudando suas peças do Scrabble. De qualquer forma, Larry nunca foi um bom ouvinte. Talvez seja porque ele acha que não tenho quase nada de importante a dizer. Eu o observo enquanto ele olha para as peças: os olhos semicerrados, os lábios exangues franzidos, como se estivesse prestes a dar o beijo mais azedo possível. Ele sabe que é inteligente, mas só porque me vence o tempo todo no Scrabble não significa que eu não tenha nada de relevante a dizer. Ele pode ter mestrado em Inglês, mas eu sou diplomada em maternidade na escola da vida, e isso inclui ter olhos na nuca. Algo a que um intelectual esnobe como Larry Leopold nunca vai dar valor.

Pelo menos Jonas está ouvindo Lorelei e eu. Ele acabou de jogar e colocou suas peças no tabuleiro para formar RIACHO, o que é uma maneira bastante inteligente de se livrar de um H, de forma que agora ele pode se concentrar inteiramente em mim. Talvez até um pouco demais; está tão perto que posso sentir o cheiro do vinho Ecco Domani em seu hálito.

— Acho que nós, homens, perdemos muito quando ignoramos as mulheres — diz Jonas. — Eu *sempre* ouço o que as mulheres têm a dizer.

Larry bufa.

— Eu me pergunto por quê.

— Pensem em quanta sabedoria é ignorada quando não as ouvimos.

— Sexual.

Olho para Larry e franzo a testa.

— O quê?

— Seis letras. E me livrei do meu x.

Olho para o tabuleiro de Scrabble, onde Larry acabou de colocar suas peças. Então vai ser uma noite daquelas.

— Quanto à sabedoria — diz Larry, pegando um novo conjunto de peças —, prefiro ouvir opiniões de fontes embasadas.

— Você está querendo dizer que eu não me baseio em nada? — pergunto.

— Estou dizendo que as pessoas dão muita importância ao instinto. À intuição. É exatamente isso que nos coloca em apuros, confiar nas partes mais primitivas do nosso cérebro.

— Eu discordo e me permita dizer por quê — responde Jonas. — Isso remonta a quando eu estava na ativa nas forças especiais da Marinha.

— É claro.

— E instintos aguçados salvaram a minha vida. Foi durante a Operação Escudo do Deserto, quando minha equipe estava na costa do Kuwait, plantando explosivos. Eu intuí que o pequeno barco de pesca que vinha na nossa direção não era o que parecia.

— Jonas — interrompe Larry —, todos nós já ouvimos essa história.

— Bem, eu nunca me canso de ouvir — intervém Lorelei. — Só porque você nunca serviu nas Forças Armadas, Larry, não significa que pode ser desrespeitoso com o serviço de outra pessoa.

— *Obrigado* — diz Jonas, inclinando a cabeça de maneira galante.

Há uma troca de olhares entre os dois que me deixa completamente confusa. Jonas e Lorelei? Não, não é possível. Ele só tem olhos para mim, ou pelo menos era o que eu achava, e mesmo que não esteja interessada nele, ainda é excitante pensar que sou atraente. O que Lorelei tem a oferecer que poderia ser interessante para um homem como Jonas? Ela pode ser mais magra do que eu, um tipo de magreza pele e osso que pode estar na moda, mas me parece mais um filhote de passarinho sem penugem.

— Você vai jogar ou não, Angela? — pergunta Larry.

Paro de pensar em Jonas e Lorelei e olho para minhas sete peças. Tirei uma variedade de letras, mas meu cérebro parece incapaz de reorganizá-las em alguma ordem utilizável. As únicas coisas que vejo são GATO, RATO e PEGA. Palavras que só vão servir para reforçar a opinião negativa de Larry sobre a minha inteligência. Mas não consigo pensar em nada melhor, então fico com GATO. Olho de cara feia para Larry, esperando que faça algum comentário depreciativo, mas ele apenas balança a cabeça e suspira.

Lorelei forma a palavra PEDRA, o que não é ruim, mesmo que não esteja à altura de Larry.

— Então, o que os Green andam *fazendo*? Jane contou alguma coisa para você? — pergunta ela.

— Ela só me disse para ficar longe deles ou vou ter problemas com a polícia de Revere.

— Isso me parece um exagero — diz Larry.

— Não é. Foi exatamente o que a minha filha disse. Estou proibida de chegar perto dos Green, mesmo que aquele homem tenha uma arma. Mesmo que haja claramente algo de errado com aqueles dois. — Olho para Jonas. — Você não acha? Você mora bem ao lado deles.

Jonas dá de ombros.

— Eu quase não os vejo. Eles sempre deixam as persianas fechadas.

— Exatamente. O que me diz que estão escondendo alguma coisa. Obviamente, a polícia de Revere sabe mais sobre eles do que deixa transparecer. Eu tenho a sensação de que eles têm alguma coisa a ver com aquela van branca que vive aparecendo por aqui.

— Que van branca? — pergunta Lorelei.

— Você não percebeu? Ela passa bem devagar, como se estivesse conferindo as casas ou algo assim. Já a vi quatro vezes. Ela sempre diminui a velocidade quando se aproxima da sua casa.

Larry levanta os olhos de suas peças do Scrabble.

— Que história é essa de van branca?

— Está vendo, Larry? — diz a mulher dele. — Quando não ouve as mulheres, você acaba perdendo informações importantes.

— Talvez seja só um encanador ou algo assim — diz Jonas. — Parece que todos dirigem vans brancas.

— Não tem nenhuma logomarca na van — digo a eles. — Não consegui ver a placa, mas da próxima vez que ela aparecer...

— Me ligue — interrompe Lorelei. — Para eu dar uma olhada.

— Tenho uma ideia melhor — diz Larry. — Por que vocês duas não pegam suas vassouras e a expulsam daqui? Porque, minha nossa, não podemos ter encanadores circulando pelo bairro.

Lorelei lança um olhar de desgosto para ele.

— Sério, Larry?

Mas Larry não está mais ouvindo porque voltou a examinar suas peças e a traçar um plano para nos humilhar mais uma vez.

— E Tricia Talley? — pergunta Lorelei. — Você já descobriu o que está acontecendo com aquela garota?

— É, o que aconteceu com Tricia? — pergunta Jonas.

Suspiro.

— Nada. Eu estava errada sobre esse assunto.

— Parem as máquinas! — exclama Larry. — Angela Rizzoli estava errada sobre alguma coisa!

— Estou admitindo, não estou? Mas só porque vi Tricia no supermercado e depois falei com Jackie, e ela me disse que as duas tiveram algum desentendimento. Tricia está sã e salva, mas ainda não voltou para casa. Aquela garota obviamente está muito perturbada.

— Ela tem namorado? — Lorelei se aproxima e murmura: — Quando uma garota se rebela, geralmente é por causa de um garoto.

— Não sei. Jackie não quis me contar. Ela tem estado tão calada nos últimos tempos, o que é estranho, porque foi *ela* quem me pediu para envolver Jane. E agora não quer mais que eu me intrometa.

— Será que podemos continuar com o jogo? — pergunta Larry.

— Não vim aqui para fofocar sobre os vizinhos.

Lorelei o ignora.

— Eu vi Jackie semana passada no posto de gasolina e perguntei por Tricia. Deu para perceber que ela não queria falar sobre o assunto. Nós conhecemos essa família desde que Jackie começou a trabalhar na escola de Larry, e devo dizer que ela nunca gostou muito de mim. É como se erguesse uma parede de gelo sempre que estou perto dela. Você não acha, Larry?

— Não.

— Nunca percebi isso — comenta Jonas.

Lorelei olha para mim.

— Realmente, os homens nunca percebem nada.

— Estou percebendo que ninguém está interessado em jogar Scrabble — diz Larry, pegando suas peças e jogando-as sem cerimônia na caixa. — Então vou para casa.

Ficamos todos tão perplexos que não sabemos o que dizer. Lorelei se levanta de um salto e vai atrás do marido, que já está quase na porta da frente.

— Larry? Larry! — Ela olha para nós e balança a cabeça. — Desculpem, não sei o que deu nele! Te ligo mais tarde, Angela.

Jonas e eu ouvimos a porta da frente se fechar e nos entreolhamos, estupefatos. Então ele pega a garrafa de vinho.

— Seria uma pena desperdiçar isso — diz, e enche minha taça até a borda.

— O que acabou de acontecer?

— Larry está se tornando um velho mal-humorado, isso sim.

— Não, hoje foi diferente. Ele estava ainda mais mal-humorado do que o normal.

A partida de Scrabble foi arruinada, e estou prestes a jogar minhas peças na caixa quando de repente percebo o que poderia ter escrito com elas: PERIGO — e com pontuação tripla. Isso teria sido um tapa com luva de pelica na cara esnobe de Larry, e fico irritada por ele não estar mais presente para me ver ganhar esses pontos. Sempre que ele está aqui, fico tão intimidada que meu cérebro se recusa a funcionar.

— Eu não sei como Lorelei aguenta aquele homem.

— Nem ela sabe.

— Como assim?

— Foi o que ela me contou.

— Quando ela te contou isso?

Jonas dá de ombros e toma um gole de vinho.

— Talvez tenha sido há alguns anos, quando nos encontramos para tomar um café.

— Vocês dois saíram para tomar um café?

— Eu teria preferido sair com *você*, mas naquela época você ainda era casada.

— *Ela* também era casada. Ainda é.

— O que eu posso fazer? As mulheres me contam seus problemas, e eu as ouço. Sou muito bom ouvinte.

— O que mais aconteceu entre vocês dois?

Ele sorri, um sorriso de "gato que comeu o canário".

— Está com ciúmes?

— Não! Eu só...

— Relaxa, Angie. Não aconteceu nada entre nós. Ela não faz o meu tipo. Muito magra, não tem nada para agarrar. Gosto de mulher com curvas generosas, sabe?

O que ele está dizendo é que eu tenho curvas generosas, e não tenho certeza se gosto de ouvir isso, mas deixo passar. Estou mais interessada no que ele tem a dizer sobre Lorelei e Larry.

— Ele a maltrata? — pergunto.

— Quem? *Larry?* — Jonas ri. — Com aquelas coxas de frango magricelas? Não, o problema não é esse.

— Então qual é?

— Não posso falar sobre isso. Prometi a ela.

— Agora que começou, tem que terminar.

Ele coloca a mão sobre o peito.

— Há certas coisas que um cavalheiro nunca faz. E isso inclui revelar os segredos de uma mulher. Nesse sentido, você pode confiar em mim, Angie. Porque eu nunca revelaria um segredo seu. — Ele olha nos meus olhos e quase posso senti-lo entrando na minha cabeça, vasculhando as profundezas do meu cérebro.

— Não tenho segredos.

— Todo mundo tem. — Ele abre um sorriso malicioso. — Talvez esteja na hora de você pensar em ter mais alguns.

— Você nunca desiste, Jonas?

— E você pode me julgar por tentar? Você é uma mulher atraente e mora em frente à minha casa. É como estar diante da vitrine de uma loja de doces e nunca ter a chance de comprar nada. — Ele esvazia a taça de vinho e a coloca na mesa. — Olha, sei que você gosta de Vince. Mas se mudar de ideia, sabe onde me encontrar.

Eu o acompanho até a porta porque, como anfitriã, é o mais educado a fazer. E porque ele realmente parece decepcionado, o que deveria me deixar lisonjeada, mas na verdade só me deixa com pena dele. Eu o vejo atravessar a rua até sua casa e o imagino indo dormir sozinho, acordando sozinho, tomando o café da manhã sozinho. Eu posso esperar que Vince volte para casa quando a irmã dele estiver conseguindo se virar sozinha de novo, mas Jonas não tem essa perspectiva. Pelo menos não agora. As luzes de sua casa se acendem, e ele aparece na janela da sala. Começa a levantar pesos novamente, para manter os músculos tonificados e o corpo em forma para sua próxima conquista.

Outro movimento chama minha atenção. Dessa vez não são os Green; é Larry Leopold, saindo de ré da garagem. Acho que ele não me nota ao passar diante da minha casa, o que é bom, porque não quero que ele pense que não tenho nada melhor para fazer do que espionar meus vizinhos. Mas já passa das dez da noite, e me pergunto para onde ele estará indo a esta hora. Nas últimas semanas, estive tão focada em Tricia e depois nos Green que não prestei atenção ao restante do bairro. O que Jonas disse é verdade: todo mundo tem segredos.

Agora estou me perguntando qual será o segredo de Larry.

Estou prestes a fechar a porta quando noto algo branco aos meus pés: um pedaço de papel. Devia estar preso na porta e se soltou quando meus convidados foram embora. Pego o papel e o levo para dentro para ler à luz do hall de entrada.

A mensagem tem apenas quatro palavras e, a julgar pela caligrafia, foi escrita por uma mulher.

Nos deixe em paz.

Vou até a janela e olho para a casa dos Green. Carrie Green escreveu o bilhete; tem que ter sido ela. O que não sei é se a mensagem é um apelo ou uma ameaça.

Nos deixe em paz.

Na casa do outro lado da rua, vejo o movimento de uma das persianas e vislumbro uma silhueta. É ela, com medo de ser vista.

Ou será que não *pode* ser vista?

Penso nas grades nas janelas e na arma na cintura do marido dela. Penso no dia em que os conheci e em como ele colocou a mão no ombro dela de forma possessiva. Então me dou conta de que ela não tem medo de mim; ela tem medo *dele*.

Basta me pedir, Carrie, penso. Basta um sinal, e eu a ajudarei a se livrar desse homem.

Mas ela se afasta da janela e apaga a luz.

24
Jane

O calor da tarde pairava pesadamente sobre o jardim, onde o aroma inebriante dos lilases perfumava o ar. Anthony Yilmaz, com o garfo de jardinagem na mão, se abaixou para arrancar uma erva daninha e sacudiu as raízes para tirar a terra.

— Sei que isso parece trabalho, mas para mim não é — disse ele. — Depois de um dia no escritório, onde só falamos de investimentos e impostos, é assim que eu relaxo. Arrancando ervas daninhas. Removendo flores murchas. Chego em casa, tiro o terno e a gravata e vou direto para o jardim. Isso me ajuda a não enlouquecer. — Ele sorriu para Jane e Frost e, mesmo com os cabelos grisalhos e as rugas de expressão profundas, ainda tinha um sorriso de menino, alegre e travesso. — E acalma os nervos da minha mulher.

Jane respirou fundo, inspirando aqueles aromas maravilhosos, e se perguntou se algum dia teria seu próprio jardim. Um jardim com plantas que ela conseguisse não matar, como fizera com quase todas que tiveram a infelicidade de ir parar em suas mãos. Ali, rododendros e papoulas estavam em plena floração e arbustos de peônias ladeavam o caminho de pedra onde um enorme gato laranja descansava ao sol. Clematis e rosas trepadeiras tinham subido pelo toco de uma árvore morta e avançavam por cima da cerca, como se tentassem escapar para a natureza selvagem. Nada naquele jardim era ordenado, no entanto, tudo era perfeito.

O som da porta do pátio se abrindo fez Anthony se virar em direção à casa.

— Ah, obrigada, querida — disse ele enquanto sua esposa, Elif, entrava no jardim, carregando uma jarra cheia de um líquido vermelho brilhante com cubos de gelo tilintando. Ela a colocou sobre a mesa do pátio e lançou ao marido um olhar interrogativo.

— Eles estão aqui para perguntar sobre aquele assassinato de que falei. O da professora da Colby College.

— Mas isso foi há muitos anos. — Ela olhou para Jane. — Meu marido era apenas um estudante na época.

— O caso nunca foi solucionado — respondeu Jane. — Só estamos retomando a investigação.

— Por que estão fazendo perguntas a Anthony? Vocês não acham...

— Não há nada com que se preocupar — disse Anthony, dando tapinhas de leve na mão da esposa. — Mas talvez eu possa ajudar a polícia. Pelo menos é o que eu espero. — Ele pegou a jarra e encheu os copos. — Por favor, detetives, sentem-se. Isso é chá de hibisco e vem direto da Turquia. Refrescante e cheio de vitaminas.

Naquela tarde quente e úmida, o chá gelado era um refresco bem-vindo, e Jane bebeu metade do copo em apenas alguns goles. Ao pousá-lo na mesa, viu que Elif a observava, claramente perturbada com a visita da polícia. Mas Anthony não parecia nem um pouco preocupado enquanto bebia o chá, os cubos de gelo tilintando.

— Mesmo depois de todos esses anos — disse ele —, eu ainda me lembro muito bem porque foi um grande choque na época.

Coisas terríveis assim nos assombram para o resto da vida, são como cicatrizes no cérebro que nunca desaparecem. Eu me lembro até mesmo do lugar exato onde estava quando fiquei sabendo. No refeitório do campus, sentado com uma colega de turma em quem eu estava interessado na época. — Ele olhou para a mulher e encolheu os ombros, como se pedisse desculpas. — Bastaram apenas dois encontros para eu perceber que não estava interessado nela no fim das contas. Mas a notícia do assassinato... é uma lembrança muito vívida. — Ele olhou para o copo. — Porque a professora Creighton foi muito especial para mim.

— O que o senhor quer dizer com especial? — perguntou Frost.

— Só anos mais tarde fui me dar conta do quanto ela se esforçou para ajudar um estudante estrangeiro como eu. Eu era só um garoto magrelo de Istambul e não tinha certeza se ia me adaptar neste país. E aqueles invernos terríveis! Nós também temos neve em Istambul, mas eu não estava preparado para o frio que faz no Maine. Certa manhã, no primeiro ano, eu estava na aula de inglês da professora Creighton, tremendo e com os lábios azuis. E ela me deu seu cachecol de lã, sem mais nem menos. — Ele sorriu, seu olhar se perdendo em uma videira de glicínias acima. — Gestos assim a gente nunca esquece. Simples atos de bondade. Ela se tornou minha orientadora. Me convidava para jantares de Natal quando eu não tinha dinheiro para voltar para casa nas férias. Me incentivou a me inscrever no programa de pós-graduação. Minha mãe estava muito longe, e a professora Creighton foi quase como uma mãe substituta para mim. É por isso que o assassinato dela foi... — Ele balançou a cabeça. — Foi difícil, especialmente para mim.

— Quando foi a última vez que o senhor a viu viva? — perguntou Jane.

— Foi naquele coquetel, na casa dela. Eu estava no último ano, e ela convidou outros vinte e poucos alunos que também estavam no último ano da graduação e que eram orientandos dela. Foi perto do Halloween, acho. Lembro que escureceu muito cedo, e as folhas já tinham mudado de cor. Havia um clima de comemoração, todos nós bebendo vinho e conversando sobre o que planejávamos fazer depois da formatura. Pós-graduação, trabalho, viagens. Nós todos *supúnhamos* que tínhamos um futuro, mas nunca se sabe, não é? Nunca se sabe qual de nós pode estar morto em alguns dias.

— Naquela noite, como a professora Creighton estava? — perguntou Jane. — Parecia preocupada? Chateada?

Anthony pensou a respeito.

— Não. Acho que não.

— O senhor sabia da batalha com o ex-marido pela guarda da filha?

— Eu sabia que ela havia recebido uma oferta de emprego de uma universidade na Costa Oeste, e ele não queria que ela levasse a filha. O que, para ser sincero, entendo perfeitamente. Eu lutaria com unhas e dentes se alguém tentasse levar nossas filhas embora. — Ele estendeu o braço para segurar a mão da mulher. — Algo que nunca tive que enfrentar, graças a deus.

— O senhor conheceu a filha da professora Creighton?

— Ah, sim. Ela estava lá naquela noite, na festa. Não consigo lembrar o nome dela...

— Lily.

— Isso, Lily. Uma linda garotinha com longos cabelos loiros, como uma princesinha. Mas muito quieta. Ainda estava se recuperando de algum tipo de cirurgia cardíaca, e acho que ficava um pouco tímida na frente de estranhos. Todos nós a bajulamos, é claro. Quem resiste a uma garotinha?

Jane e Frost se entreolharam. *Talvez alguém não tenha resistido.*

— Li a transcrição do seu interrogatório, realizado pelo detetive Tremblay — disse Jane. — Sei que muito tempo se passou desde então, mas talvez o senhor tenha tido a oportunidade de pensar um pouco mais sobre aquela noite. Talvez tenha se lembrado de outros detalhes.

Anthony franziu a testa.

— Contei a ele tudo o que eu sabia. Talvez meus colegas possam ajudar mais.

— Sim, sobre seus colegas. O senhor já se perguntou se algum deles poderia estar envolvido?

— No assassinato? De jeito nenhum. Não é uma faculdade muito grande, e depois de passar três anos e meio no mesmo campus, você passa a conhecer as pessoas a fundo. Não consigo imaginar nenhum deles atacando a professora Creighton. Além disso, o ex-marido dela não foi preso pelo assassinato?

— Ele foi liberado mais tarde.

— Ainda assim, presumo que tivessem um motivo para prendê-lo, em primeiro lugar. E quem teria motivo melhor para levar aquela menininha do que o próprio pai?

— E os outros alunos que estavam no evento na casa dela? — perguntou Elif. — Vocês falaram com eles?

— Não.

Elif olhou para Jane e Frost.

— Por que estão falando apenas com o meu marido? O que acham que ele fez?

— Elif, por favor — disse Anthony. — Tenho certeza de que isso é apenas rotina.

— Não acho que seja. — Elif olhou para Jane. — Tem alguma coisa que vocês ainda não nos contaram.

— Viemos falar com seu marido porque é o único dos que estavam presentes naquele evento que mora na região de Boston — explicou Jane.

— Por que isso teria alguma importância? A professora Creighton foi assassinada no Maine.

— Há duas semanas, uma mulher foi assassinada em Boston. A morte dela pode estar relacionada ao caso da professora Creighton.

Por um momento, os únicos sons foram o chilrear dos pardais e o ronco distante de uma motocicleta enquanto marido e mulher se davam conta do significado do que Jane tinha acabado de revelar.

— *Outro* assassinato — disse Elif. — E só porque meu marido é o único estudante daquela época que mora em Boston, vocês presumiram...

— Não presumimos nada. Só estamos tentando descobrir se *há* uma relação.

— Quem era essa outra mulher? — perguntou Anthony.

— O nome dela era Sofia Suarez. Ela trabalhava como enfermeira na UTI do Hospital Pilgrim.

— Suarez? — Ele balançou a cabeça. — Não conheço ninguém com esse sobrenome. E acho que *nunca* coloquei os pés no Hospital Pilgrim.

— Nem eu — acrescentou Elif. — Nossas duas filhas nasceram no Hospital Brigham and Women.

— O nome da vítima não é familiar para nenhum de vocês?

Elif e Anthony balançaram a cabeça.

— Por que acham que há uma ligação entre esses assassinatos? — perguntou Anthony. — Essa enfermeira foi morta em uma invasão a domicílio, como a professora Creighton?

— Aconteceu na casa da vítima, sim. — Agora a pergunta que certamente ia deixar os dois perturbados: — Onde o senhor estava na noite de 20 de maio, Sr. Yilmaz?

A mulher dele abriu a boca para falar, mas Anthony rapidamente ergueu a mão para impedi-la. Calmamente, ele enfiou a mão no bolso para pegar o celular e olhou o calendário.

— Vinte de maio. Foi uma noite de sexta-feira — observou ele.
— Isso.
— Sexta-feira? — disse Elif, e olhou para Jane com um brilho triunfante nos olhos. — Foi a noite em que Rabia veio para casa.
— Rabia é nossa filha — esclareceu Anthony. — Ela veio de Londres, onde estuda em um internato. Elif e eu a pegamos no aeroporto Logan e a levamos para jantar. Depois disso, voltamos para casa e fomos dormir.
— E o senhor ficou em casa a noite toda?
Ele olhou para ela com firmeza.
— Naquela noite, minha amada filha estava em casa pela primeira vez em meses. Por que eu sairia subitamente de casa para matar uma mulher que nem conhecia?

— Bem, isso foi um beco sem saída — disse Frost enquanto entravam no carro.

Jane afivelou o cinto de segurança, mas não ligou o motor de imediato. Em vez disso, ficou sentada por um momento olhando para a rua tranquila onde os Yilmaz moravam. Era um bairro arborizado, onde as pessoas tinham espaço para cultivar rosas no jardim e onde o barulho do trânsito não passava de um murmúrio distante. Um bairro de acadêmicos, onde um imigrante da Turquia podia se instalar tranquilamente com sua família e se sentir bem-vindo.

Anthony Yilmaz não era o assassino. Sim, iam verificar com a British Airways se a filha dele, Rabia, realmente havia chegado naquela noite ao aeroporto Logan, mas Jane já sabia que a companhia aérea só ia confirmar o que os Yilmaz tinham contado a eles. Aquele homem não tinha matado Sofia Suarez. Mas ele havia mencionado um detalhe que poderia ser relevante, algo que Jane não tinha ouvido antes.

Ela pegou o celular e ligou para o detetive Thibodeau, no Maine.

— Eu queria saber mais uma coisa — disse ela.

— O quê?

— Lily Creighton. Ela fez alguma cirurgia cardíaca?

— Por que você está me perguntando isso?

— Porque acabei de falar com um dos ex-alunos da professora Creighton, e ele lembrou que a menina tinha feito uma cirurgia. Estou me perguntando se foi no Eastern Maine Medical Center.

— Bem, não sei ao certo qual seria a relevância disso, mas... Espere, me deixe dar uma olhada nas anotações do Tremblay. — Ela ouviu o som do teclado enquanto ele digitava. — Sim, aqui está. Foi identificada uma má formação atrioventricular, seja lá o que isso for. Ela fez uma cirurgia de peito aberto no EMMC dois meses antes de ser raptada. Por quê?

— Naquela época, Sofia Suarez trabalhava como enfermeira intensivista do EMMC. Essa pode ser a conexão.

— Talvez. Mas não entendo como tudo se encaixa.

— Também não tenho certeza se entendo — admitiu Jane. — Mas é mais um elo entre esses casos. Isso tem que significar alguma coisa.

Thibodeau grunhiu.

— Me ligue quando descobrir.

25
Amy

Ela adorava comprar sapatos novos. Adorava as formas, o modo como brilhavam em seus pequenos pedestais de acrílico, como pequenas obras de arte, e quando entrou na loja da Newbury Street, respirou fundo, sorrindo ao sentir o cheiro de couro polido. Fazia meses desde a última vez que tinha ido a uma loja de sapatos — a qualquer loja, na verdade. Aquela era sua primeira semana finalmente sem a bengala e, mesmo que ainda fosse demorar um pouco para voltar a usar salto alto, qual o problema em simplesmente admirar os modelos recém-chegados?

Passou lentamente pelos sapatos expostos, parando de vez em quando para pegar uma obra-prima de salto alto, admirar a silhueta e traçar os contornos com o dedo. Como a loja ficava na Newbury Street, os preços eram astronômicos, extravagantes o suficiente para fazer com que sua mãe sussurrasse *coloque isso de volta na prateleira* se estivesse lá. Mas naquela tarde Amy estava sozinha; não dependia mais de outras pessoas para tudo e estava feliz por sair um pouco de casa. Ergueu um sapato contra a luz para admirar as cores brilhantes e imaginou como seria bom enfiar o pé naquela forma estreita. Como isso acentuaria a panturrilha, alongaria a perna e daria à parte inferior das costas uma curva sexy, como só os saltos eram capazes de fazer. As duas vendedoras estavam atendendo outros clientes, o que deixava Amy livre para passear pela loja sem ninguém pairando atrás dela. Apenas olhava a esmo, não tinha planos de comprar nada. Não por aqueles preços.

Caminhou até a vitrine, onde seu olhar foi atraído de imediato por um sapato de noite prateado com salto de dez centímetros. Era adequado para ir a um baile ou à ópera, e Amy certamente não precisava dele, mas o pegou mesmo assim e avaliou a biqueira estreita. Um sapato tão bonito, mas valeria a pena a dor que sentiria ao usá-lo? Talvez. Mas não naquele dia.

Estava prestes a colocar o sapato de volta no pedestal quando viu pela vitrine um homem de capa de chuva parado do outro lado da rua. Olhava diretamente para ela. Amy ficou paralisada, ainda segurando o sapato, o olhar fixo no rosto dele — um rosto que já tinha visto antes. Ela se lembrou de uma manhã tempestuosa, o ar carregado com a estática de uma tempestade iminente. Um cardeal vermelho cantando em uma árvore. E um homem sorrindo para ela, um homem com ombros caídos e olhos cinzentos em um rosto cinzento.

— Gostaria de experimentar esse sapato?

Amy se sobressaltou e se virou para a vendedora, que escolhera justo aquele momento para finalmente oferecer ajuda.

— Eu... estou só olhando...

Ela se voltou para a vitrine e olhou para o outro lado da rua. Viu pessoas passando, um casal de mãos dadas. O homem. Onde estava?

— Outro sapato de festa, talvez? Acabaram de chegar uns Manolos novos e são *muito* lindos.

— Não. Obrigada. — Amy ficou tão perturbada que, quando tentou colocar o sapato de volta, errou o pedestal e o deixou cair no chão. — Ah. Desculpa.
— Não tem problema — disse a vendedora, pegando o sapato.
— Se eu puder ajudá-la a encontrar alguma coisa, é só me avisar.
Mas Amy já estava saindo pela porta.
Do lado de fora, na calçada movimentada, olhou para um lado e para o outro da rua, mas não viu o homem no meio da multidão. Será que ele havia virado a esquina? Será que tinha entrado em uma das lojas?
Talvez nunca tivesse estado lá e fosse apenas a imaginação dela. Ou talvez fosse outra pessoa, alguém que só *se parecia* com o homem do cemitério. Sim, tinha que ser isso, porque como ele poderia saber que ela ia entrar *naquela* loja de sapatos *naquela* noite específica? Não, tinha que ser um engano. Os últimos dois meses tinham sido muito estressantes. O acidente. O tempo que passara no hospital. As semanas de dor e reabilitação, enquanto o fêmur cicatrizava e ela reaprendia a andar. Além de toda a preocupação sobre como iria recuperar o tempo perdido depois de não comparecer às últimas semanas de aula do semestre. Tampouco havia terminado sua monografia sobre Artemisia Gentileschi, algo que vinha adiando porque parecia sem importância à luz de tudo o mais que havia acontecido com ela. Em vez de comprar sapatos, deveria estar em casa agora, revisando o que já tinha escrito.
Respirou fundo. Mais calma, começou a caminhar pela Newbury Street, em direção ao estacionamento onde tinha deixado o carro. Aquela era a primeira vez que dirigia em meses, a primeira vez que se sentia confiante andando sem a bengala, mas seu ritmo ainda era lento, e a perna doía por causa do esforço ao qual estava desabituada. Todas as outras pessoas caminhavam em um ritmo muito mais rápido, passando por ela como peixes mais velozes em

um rio, sem dúvida se perguntando por que alguém tão jovem e aparentemente saudável andava no ritmo de uma velha.

Só mais dois quarteirões.

Então ela o viu. Um quarteirão à frente, quase perdido no meio da multidão. Mesmo naquele fim de tarde quente, ele estava usando a capa de chuva que usara no cemitério. Ela parou, tentando pensar em uma maneira de evitá-lo. Torcendo para que ele não a tivesse visto.

Tarde demais. Ele se virou e seus olhares se encontraram. Os dois se encararam por alguns segundos. E foi então que todas as dúvidas se dissiparam. Não se tratava de um encontro casual; ele a seguira até ali.

E agora estava indo em sua direção.

26
Jane

Jane e Frost encontraram Amy sentada sozinha a uma mesa nos fundos do bar, curvada e encolhida em uma silhueta tão pequena, quase invisível na penumbra. Eram oito da noite de uma sexta-feira, e o bar estava lotado de jovens que finalmente estavam livres depois de uma longa semana de trabalho, prontos para beber e dançar e quem sabe encontrar alguém especial. Em um ambiente com música estridente e vozes altas, Amy Antrim era como um fantasma silencioso escondido nas sombras.

— Obrigada por terem vindo tão rápido — disse ela. — O meu pai está no trabalho e não consigo falar com a minha mãe. Não sabia mais o que fazer, e vocês me disseram para ligar a qualquer hora.

— Você fez a coisa certa — garantiu Jane.

— Fiquei com medo de ir andando até o meu carro. — Amy olhou para a multidão. — Achei que ficaria mais segura aqui, com toda essa gente em volta.

Jane e Frost sentaram-se à mesa com ela.

— Conte-nos exatamente o que aconteceu — pediu Jane.

Amy respirou fundo para se acalmar.

— Vim até a cidade para fazer compras. Bem, para olhar as vitrines, na verdade. Entrei em uma sapataria nesta mesma rua e estava dando uma olhada lá dentro quando o vi pela vitrine. Ele estava parado do outro lado da rua, olhando para mim. Não só olhando, mas me encarando com uma expressão... *voraz*.

— Tem certeza de que era o mesmo homem?

— No começo, eu não tinha certeza. Eu o vi apenas de relance antes de ele sumir. Então pensei, tudo bem, talvez fosse outra pessoa. *Tinha* que ser outra pessoa, porque como ele saberia onde me encontrar?

— Você disse que estacionou seu carro aqui perto? — perguntou Frost.

— Isso. No estacionamento no fim da rua.

— Você veio dirigindo sozinha?

Ela assentiu com a cabeça.

— É a primeira vez que dirijo desde o acidente. Tenho evitado vir ao centro da cidade porque minha perna dói quando ando por muito tempo.

— Você veio direto da casa dos seus pais?

— Vim.

— Disse a alguém que estava vindo para o centro?

— Não. Minha mãe estava na aula de ioga, e eu precisava sair de casa um pouco. Depois de todas essas semanas, está na hora de retomar a minha vida. Fazer alguma coisa divertida para variar. Minha mãe estava preocupada com aquele homem, mas eu, não. Eu realmente nunca pensei... — Amy olhou para o bar lotado, examinando os rostos com desconfiança. Mesmo com dois policiais sentados à sua mesa, ela agia como uma presa atenta aos predadores.

— O que aconteceu depois? — perguntou Jane. — Depois que você saiu da sapataria?

— Saí para ver se o homem ainda estava por perto. Quando não o vi de imediato, pensei, tudo bem, talvez eu tenha me enganado. Talvez fosse realmente outra pessoa. — Ela sondou o bar mais uma vez, ainda cautelosa, muito alerta. — Então eu o vi, na rua. *Era* ele, tenho certeza. Ele começou a vir na minha direção e foi aí que eu entrei em pânico. Me refugiei no primeiro lugar movimentado que encontrei e fiquei escondida pelo máximo de tempo que consegui no banheiro feminino. Achei que ele nunca fosse me atacar aqui. Não com todas essas pessoas por perto.

Mas será que alguém naquele bar notaria?, Jane se perguntou. Estavam todos muito ocupados bebendo para prestar atenção na jovem assustada em um canto escuro. Naquela multidão, com a música alta, quem ia notar uma arma ou uma faca até que fosse tarde demais?

— Amy — disse Frost —, por que você acha que esse homem está seguindo você?

— Eu bem que queria saber. Já tentei me lembrar de onde nos conhecemos, mas simplesmente não consigo encontrar uma resposta. Só sei que tem alguma coisa no rosto dele que me parece *familiar*.

As batidas da música soavam e uma garçonete passou com uma bandeja de martínis enquanto Jane estudava o rosto de Amy na penumbra. Ela esperou um momento antes de perguntar:

— O nome James Creighton significa alguma coisa para você?

— Não. Deveria?

— Pense bem, Amy. Você realmente *nunca* ouviu esse nome antes?

— Sinto muito, mas desde o acidente, minha memória... — Ela balançou a cabeça.

— E quanto ao seu pai? Que lembranças você tem dele? — perguntou Jane.

— Você conhece o meu pai.

— Não estou falando do Dr. Antrim. Estou falando do seu pai biológico.

Mesmo com pouca luz, Jane pôde ver a jovem ficar tensa de repente.

— Por que você está perguntando sobre ele?

— Você se lembra bem dele?

— Tento não me lembrar.

— Sua mãe disse que você tinha oito anos quando o viu pela última vez. É possível que esse homem que está seguindo você seja...

— *Não* chame aquele homem de meu pai!

Surpresa com a intensidade da reação, Jane olhou para Amy em silêncio. A jovem a encarou com firmeza, como se desafiasse Jane a cruzar uma linha invisível.

— Ele era tão horrível assim, Amy? — perguntou Jane por fim.

— Você deveria fazer essa pergunta à minha mãe. Era ela quem aguentava as agressões dele. Que ficava com todos os hematomas e olhos roxos.

— Você sabe onde ele está agora?

— Não faço ideia. E realmente não me importo. — De repente Amy se levantou, um claro sinal de que a conversa havia terminado. — Eu gostaria de ir para casa agora.

— Vamos acompanhá-la até o seu carro — disse Jane enquanto também se levantava. — Mas me deixe dar uma olhada primeiro. Para ter certeza de que ele não está por perto.

Jane abriu caminho entre os corpos aglomerados no bar, sentindo os aromas conflitantes de perfume, loção pós-barba e bebida velha, e saiu. Foi um alívio respirar ar fresco novamente enquanto examinava a rua movimentada. Naquela noite de sexta-feira, a rua estava repleta de pessoas indo jantar ou tomar uma bebida depois do trabalho, mulheres de saia curta e salto alto, empresários de gravata, matilhas de jovens errantes.

E então Jane o avistou ao longe: um homem com uma capa de chuva cinza, afastando-se dela em direção ao Boston Common.

Ela partiu atrás dele.

Àquela distância, ela não sabia dizer com certeza se era o homem do cemitério, mas ele tinha a mesma compleição magra. Jane tentou não perder o homem de vista enquanto ele serpenteava através do mar de transeuntes, mas ele se movia rápido, indo direto para o parque, onde já estava escurecendo. Se ele entrasse no parque, Jane o perderia em meio às sombras.

Ela começou a correr, passando por pedestres que estavam muito preocupados consigo mesmos para desviar dela. Tentou abrir caminho através de um grupo apertado de pessoas e bateu com força no ombro de um homem.

— Ei! — gritou ele, irritado. — Não olha para onde anda?

Essa colisão foi o suficiente para distraí-la. Quando voltou a se concentrar em sua presa, ele havia sumido.

Jane correu até a esquina da Newbury com a Arlington e atravessou a rua em direção ao Common. Onde ele estava, onde? Um casal passou, de braços dados. Um grupo de adolescentes estava sentado em um círculo no gramado, cantando ao som de violões. Ela olhou em volta e de repente o avistou, parado na esquina oposta. Quando atravessou a rua na direção dele, o homem ergueu os olhos e sorriu, mas seu sorriso não era dirigido a Jane. Era para outra mulher, uma mulher que caminhou direto até ele e lhe deu um beijo na bochecha. Então o homem e a mulher deram as mãos e saíram caminhando juntos, passando por Jane.

Homem errado.

Jane examinou rapidamente a rua, mas o Homem do Cemitério não estava em lugar nenhum. Se é que em algum momento estivera ali.

***

— Amy pode ter se enganado — disse Frost. — Talvez ela tenha visto o mesmo sujeito que você viu e tenha pensado que era o homem do cemitério.

— Mas ela insiste que tem certeza absoluta. — Jane suspirou. — E se estiver certa, temos um problema.

Ela e Frost estavam sentados no carro em frente à casa dos Antrim, até onde tinham acompanhado Amy, deixando-a aos cuidados dos pais. Eles moravam em uma área residencial com belas casas e árvores maduras, com jardins e sebes meticulosamente cuidadas, um bairro onde a violência parecia estar a milhões de quilômetros de distância. Mas a verdade era que não existiam bairros assim. Mesmo ali, naquela rua tranquila, Jane podia sentir a ameaça que pairava sobre aquela casa. Sobre Amy Antrim.

— Se realmente era ele na Newbury Street, então não foi coincidência — disse ela. — Ele não a encontrou naquela sapataria *por acaso*.

— Ela disse que dirigiu direto de casa para lá. E se ele a seguiu até lá...

— Significa que ele sabe onde ela mora.

Eles ficaram em silêncio enquanto olhavam para a casa dos Antrim, onde Amy e os pais ainda estavam sentados na sala de estar. Eles tinham ficado abalados, é claro, mas talvez não tivessem plena consciência de quão perigosa a situação poderia ser para Amy.

— O celular pré-pago só pode ser *dele*. Ele fez aquelas ligações para a residência dos Antrim — disse Jane. — E quando Julianne atendeu, ele desligou. Porque a pessoa com quem realmente queria falar era Amy.

— A casa deles tem sistema de alarme — disse Frost. — Então ela deve estar segura aqui.

— Mas e quando Amy sair de casa, como fez hoje? Eles não podem vigiá-la o tempo todo.

Uma silhueta atravessou a sala e parou, emoldurada pela janela. Era a mãe de Amy, olhando para a rua. A mãe leoa, à espreita do perigo. No lugar de Julianne, Jane estaria igualmente vigilante.

— Vou ligar para o Departamento de Polícia de Brookline — disse Frost. — Ver se podem enviar uma viatura até a casa deles de tempos em tempos.

Ficaram tensos quando um par de faróis se aproximou. O carro se movia tão devagar que o pulso de Jane se acelerou. Um sedã escuro passou pela casa dos Antrim e virou em uma entrada de veículos duas casas adiante, a porta de uma garagem se abrindo com um ruído.

Os dois relaxaram.

Jane voltou sua atenção para a casa, onde Amy estava agora, ao lado da mãe, junto à janela.

— Você achou estranho o que Amy disse no bar?

— Qual parte?

— A maneira como ela se recusou a falar sobre o pai biológico. Ela ficou muito irritada quando toquei no assunto.

— Parece que foi uma infância bastante traumática. Ver a mãe ser espancada.

— Eu me pergunto onde ele está agora. Se é possível que tenha sido ele quem...

— Sei aonde você quer chegar com isso, mas convenhamos... Ela reconheceria o próprio pai, mesmo depois de treze anos.

— Você tem razão.

Jane se recostou no banco e soltou um suspiro exausto. Queria ir para casa. Queria jantar com a família, ler uma história para Regina e aconchegar-se na cama com Gabriel, mas não conseguia parar de pensar no que tinha acontecido naquela noite. E no que mais eles poderiam fazer para garantir a segurança de Amy.

— E se esse homem a estiver perseguindo há algum tempo? Não apenas semanas, mas meses? — sugeriu Frost. — Nós presumimos que ele a tivesse visto pela primeira vez no cemitério, mas ele poderia estar atrás dela antes. E onde é mais provável que ela tenha chamado a atenção de um perseguidor?

— Na universidade.

Frost assentiu com a cabeça.

— Uma garota bonita passa quatro anos andando pelo campus quase todos os dias. Um cara a nota e começa a segui-la. Fica obcecado por ela. Talvez até tente matá-la.

— Tudo bem. Mas o que *isso* tem a ver com Sofia Suarez?

— Talvez nada.

Ela olhou para a casa novamente. Mãe e filha haviam sumido, e não havia ninguém na janela. Ela pensou em outras vítimas de perseguição, mulheres sem vida que ela só tinha visto pela primeira vez quando já estavam mortas. Esse era o fardo de trabalhar investigando homicídios: ela sempre chegava tarde demais para mudar o destino da vítima.

Desta vez é diferente, pensou ela. Desta vez a vítima ainda está viva, e vamos garantir que continue assim.

27

— Você já desejou poder voltar para a faculdade? — perguntou Frost enquanto ele e Jane desciam as escadas do estacionamento do campus.

Seus passos ecoavam nas paredes de concreto da escada, multiplicando os sons até parecerem as botas de um exército em marcha.

— Eu? Não. Eu *mal podia esperar* para terminar a faculdade e seguir com a minha vida — respondeu Jane.

— Bem, eu tenho saudade — disse Frost. — Sinto falta de assistir às aulas, de absorver todo aquele conhecimento. De imaginar todas as possibilidades diante de mim.

— Ainda assim, olha só para você.

— É. — Frost suspirou. — Olha só para mim.

Eles saíram pela porta do térreo e entraram no campus da Northeastern. O semestre de verão tinha começado três semanas antes, e, naquele dia quente de final de primavera, roupas absurdamente minúsculas circulavam por toda parte. Desde quando tops e shorts curtos tinham se tornado trajes apropriados para a universidade? Jane imaginou a filha, Regina, dali a quinze anos, perambulando pelo campus seminua como algumas daquelas garotas. Não, não se dependesse de Jane.

Meu deus. Eu realmente me transformei na minha mãe.

— Se eu pudesse fazer tudo de novo — refletiu Frost, observando os alunos passarem —, se eu pudesse voltar para a faculdade...

— Mesmo assim você se tornaria policial — completou Jane.

— Talvez. Ou talvez seguisse um caminho completamente diferente. Poderia ter feito faculdade de Direito, como Alice.

— Você ia odiar.

— Como você sabe?

— Passar o dia todo sentado em um tribunal quando poderia estar aqui fora, caçando criminosos comigo?

— Eu usaria ternos melhores.

— Você parece Alice falando.

— Ela acha que não estou explorando todo o meu potencial.

— Quantos advogados você acha que atuam neste país?

— Não sei. Um milhão? Dois milhões?

— E quantos detetives investigam homicídios?

— Não tantos.

— *Muito* menos. Porque poucas pessoas conseguem fazer o que nós fazemos. Diga *isso* para Alice. — Ela parou, olhou o mapa no celular e apontou. — É por aqui.

— O quê?

— O gabinete de Harthoorn. E nós estamos atrasados.

Vinte minutos atrasados, na verdade, mas o professor Aaron Harthoorn não pareceu notar. Quando entraram em seu gabinete, ele estava tão concentrado nos papéis em sua mesa que apenas olhou para cima e fez um gesto para que se sentassem.

— Sou a detetive Rizzoli — Jane se apresentou. — E esse é...

— Sim, sim, vi os nomes na minha agenda. Falo com vocês em um minuto. Deixem-me terminar de avaliar esta atrocidade primeiro.

Ele passou para a página seguinte. Com quase setenta anos, Harthoorn tinha idade suficiente para ter se aposentado havia uma década, mas ainda estava ali, um habitante ao que parecia permanente daquele escritório abarrotado de livros. Pilhas de volumes assomavam de cada lado dele, como torres de xadrez guardando a mesa.

Ele bufou com escárnio, rabiscou uma nota na página e jogou o papel na cesta.

— Estava tão ruim assim? — perguntou Frost.

— Na verdade, eu *deveria* denunciar esse aluno por plágio. Ele realmente achou que eu não ia reconhecer um parágrafo de um livro que eu mesmo organizei? Na primeira vez que fazem isso, dou zero. Mas na segunda? — Ele deu uma risada. — *Nunca* houve uma segunda vez. Não depois que eu acabo com eles.

E é por isso que ele ainda não se aposentou, pensou Jane. Sem os alunos, quem ele ia aterrorizar?

— Agora — disse ele, finalmente dando-lhes toda a atenção. — Vocês disseram que tinham perguntas sobre Amy Antrim?

— Ela nos disse que o senhor era o orientador dela — disse Jane.

— Sim. Uma pena o acidente. Ela não conseguiu se formar com o restante da turma, mas pode apresentar a monografia no outono, se quiser. Vocês pegaram o motorista que a atropelou?

— Acredito que não tenha havido progresso nesse ponto.

— Mas não é isso que vocês estão investigando? — Ele olhou para Frost e depois para Jane, a cabeça girando sobre o pescoço magro como um avestruz em busca de uma presa.

— Não, estamos aqui para tratar de outro assunto. Parece que alguém está perseguindo Amy, e é possível que tudo tenha começado aqui no campus.

— Ela nunca comentou isso comigo.

— Ela só tomou conhecimento disso nas últimas semanas, quando ele a abordou em um cemitério local. Então ele apareceu de novo, na Newbury Street. É um homem mais velho, na casa dos cinquenta, talvez sessenta e poucos anos.

Harthoorn fez uma careta.

— Eu não consideraria isso *velho*.

— Por favor, dê uma olhada nesta filmagem — disse Frost, abrindo o vídeo da câmera de segurança em seu tablet, e deslizou o dispositivo para Harthoorn. — É de uma das câmeras de segurança do cemitério. Talvez o senhor o reconheça.

— Como? Mal consigo ver o rosto do homem neste vídeo.

— Mas talvez haja algo nele que o senhor reconheça. As roupas, o jeito de andar. Ele se parece com alguém que o senhor conheça no campus?

Harthoorn reproduziu o vídeo de novo.

— Sinto muito, não o conheço. Definitivamente não é ninguém do meu departamento. — Ele devolveu o tablet para Frost. — Quando você disse que alguém a estava perseguindo, presumi que estivesse falando de um homem mais jovem, como um de seus colegas de classe. Entendo que Amy pode acabar atraindo a atenção dos homens, indesejada ou não.

— E ela já atraiu? Atenção indesejada? — perguntou Jane.

— Não faço ideia.

— O senhor é o orientador dela. Ela alguma vez comentou algo sobre...

— Eu sou orientador dela em assuntos *acadêmicos*. Os estudantes não vêm até aqui para falar da vida pessoal.

Não, imagino que não, pensou Jane. Quem ia confiar em um velhote mal-humorado como você?

— Amy com certeza deve ter alguns admiradores. Sendo uma jovem atraente como ela. — Seu olhar se desviou para uma figura de cerâmica na estante, o busto de uma figura feminina voluptuosa vestindo toga, com um dos seios à mostra. — Não que eu preste muita atenção a essas coisas. As minhas reuniões com Amy eram apenas sobre assuntos acadêmicos. Suas perspectivas para a pós-graduação. As oportunidades de trabalho em sua área.

— Como está o mercado de trabalho? — perguntou Frost.

— Na história da arte? — Ele balançou sua cabeça. — Pavoroso. O que foi desanimador, porque a segurança financeira é importante para ela. Ela disse que a mãe tinha dificuldade de pagar as contas, sendo mãe solteira. Mesmo que tenha durado apenas alguns anos, a pobreza e o abuso deixam marcas em uma criança.

— Ela mencionou abuso?

— Ela não entrou em detalhes, mas disse que no relacionamento anterior da mãe tinha violência. Provavelmente foi isso que motivou Amy a escolher o tema da sua monografia. — Ele remexeu na pilha de papéis em sua mesa. — Está aqui em algum lugar. Quando vocês ligaram para dizer que queriam falar sobre Amy, pensei que gostariam de vê-la.

Ele puxou uma pasta e a deslizou para Jane.

— Amy escreveu isso? — perguntou Jane.

— É o primeiro rascunho da monografia dela sobre Artemisia Gentileschi, pintora barroca italiana. O texto ainda precisa de revisões, porque Amy deixou de abordar uma questão importante na vida de Artemisia, com certeza porque se sentiu desconfortável ao escrever sobre isso. Mas o que ela escreveu até agora é muito bom.

— O que poderia ser desconfortável em história da arte?

— Deixem-me mostrar uma imagem para ajudar a ilustrar o meu ponto. — Ele digitou algo em seu laptop e virou a tela na direção deles. — Esta é uma pintura de Artemisia. Está na Galeria Uffizi, em Florença. Muitas pessoas a consideram perturbadora.

E por uma boa razão. Jane franziu a testa diante da representação grotesca de duas mulheres de aparência sombria segurando um homem aterrorizado na cama enquanto uma delas cortava brutalmente a garganta dele com uma espada. Cada detalhe, desde o sangue jorrando do pescoço até as dobras do suntuoso manto do moribundo, tinha sido reproduzido com uma precisão chocante.

— É *Judite decapitando Holofernes* — explicou Harthoorn.

— Não é algo que eu gostaria de ter na minha parede — disse Jane.

— Mesmo assim, observe a atenção aos detalhes, o impacto do realismo. A raiva fria no rosto de Judite! É um retrato da vingança feminina. Um tema muito pessoal para Artemisia.

— Por quê?

— Quando jovem, Artemisia foi estuprada pelo professor. Nessa pintura dá para ver sua fúria, sentir sua satisfação em fazer justiça com as próprias mãos. Ela glorifica a violência, mas é uma violência em nome da justiça. Por isso tantas das minhas alunas são fascinadas por Artemisia. Ela dá vida às fantasias femininas de punir os homens que abusaram delas. Dá poder aos impotentes. — Ele fechou o laptop e olhou para Jane como se ela em especial entendesse do que ele estava falando. — Dá para entender por que esse tema atraiu Amy.

— Poder para os impotentes.

— Um tema universal. Vítimas revidando e vencendo.

— O senhor acha que Amy se via como uma vítima?

— Ela me contou que uma das razões pelas quais ficou tão fascinada pelo trabalho de Artemisia foi o abuso que a mãe tinha sofrido nas mãos do parceiro anterior. Imagino que isso tenha acontecido há muitos anos, mas esse tipo de trauma ecoa pelo resto da vida. E se ela estiver sendo perseguida agora... — Ele fez uma pausa quando um pensamento repentino lhe ocorreu. — O atropelamento em março... Tem alguma coisa a ver com esse perseguidor?

— Não sabemos.

— Porque se não foi um acidente... — Ele olhou para Jane. — Então esse homem está tentando matá-la.

28
Angela

Alguma coisa está acontecendo do outro lado da rua.

Apesar dos meus esforços para não me intrometer, e apesar dos avisos da minha filha e do Departamento de Polícia de Revere, simplesmente não posso ignorar o que está bem à vista da janela da minha sala: a van branca está de volta. A van que vem rondando meu bairro sem motivo aparente. Dessa vez está estacionada um pouco mais adiante na rua, quase em frente à casa dos Leopold. Ontem à tarde mesmo eu a vi passando na rua, tão devagar que eu consegui ver de relance o motorista, um homem de cabelo curto, com a cabeça voltada para a casa dos Green.

Agora lá está ela, estacionada junto ao meio-fio, virada na minha direção.

Não sei quando chegou. Às cinco da tarde, quando olhei pela janela pela última vez, ela não estava lá, mas agora, às oito e quinze, está parada junto à calçada, com o motor e os faróis desligados. Um veículo estacionado não é necessariamente algo preocupante, mas, quando o motorista está dentro do veículo sem fazer nada, tem alguma coisa errada. Está escuro demais para ver o rosto dele; a essa distância, ele é apenas uma silhueta atrás do para-brisa.

Ligo para os Leopold. Lorelei atende.

— A van está estacionada em frente à sua casa — digo a ela.

— A van?

— Você sabe, a van branca que não para de aparecer pelo bairro nos últimos tempos. Não chame a atenção dele! Apague as luzes antes de olhar pela janela!

— O que exatamente é para eu ver?

— Dê uma olhada no homem, talvez você o reconheça. Quero saber por que ele não para de aparecer por aqui.

Espero na linha enquanto Lorelei apaga as luzes e vai até a janela.

— Não tenho ideia de quem seja — diz ela. — Me deixe perguntar ao Larry. Ei, Larry! — grita ela.

Do outro lado da linha, ouço Larry resmungando ao entrar na sala.

— Por que as luzes estão apagadas? O que você está fazendo?

— Angela ligou para dizer que a van branca está estacionada lá fora. Você sabe quem é aquele homem?

Um momento de silêncio. Então ele diz:

— Não. Por que eu deveria me preocupar?

— Porque é a terceira vez que essa van aparece aqui esta semana — digo a Lorelei.

— Angela disse que essa van já apareceu aqui três vezes esta semana. Isso é estranho, não é? Você acha que aquele homem está espionando alguém do bairro? Talvez ele seja um detetive particular ou algo assim.

Outro silêncio. Larry está pensando a respeito, e fico esperando que ele faça algum comentário depreciativo sobre nós, mulheres tolas, com nossa imaginação tola. Tenho certeza de que é isso que ele pensa de mim, porque realmente acredita ser muito mais inteligente do que eu. Quando se trata de Scrabble, ele tem razão. Mas é só no Scrabble.

Isso não significa que eu esteja errada nesse assunto específico. Para minha surpresa, ouço-o dizer simplesmente:

— Vou descobrir quem diabos está me espionando.

— O quê? Larry! — grita Lorelei. — E se ele for perigoso?

— Isso tem que parar aqui e agora! — É a última coisa que o ouço dizer.

Pela minha janela, vejo as luzes da varanda se acenderem e Larry sair correndo pela porta da frente.

— Ei! — grita ele. — Quem diabos contratou você?

Os faróis se acendem, o motor ruge, e a van acelera, disparando noite adentro.

— Me deixe em paz! — grita Larry.

Bem, isso foi inesperado. Eu achava que a van estava ali para vigiar os Green. Afinal, são eles que têm agido de forma suspeita, que parecem estar escondendo alguma coisa. Agora me pergunto se não estava completamente errada. Talvez não tenha nada a ver com os Green.

Talvez tenha a ver, na verdade, com Larry Leopold.

Não me atrevo a falar com Lorelei sobre isso. Depois que Larry volta para casa, atravesso a rua e bato na porta de Jonas. Sei que ele está em casa porque o vi pela janela levantando pesos, como sempre faz depois do jantar. Ele abre a porta vestido com seu traje de treino habitual, a camisa encharcada de suor, grudada na pele.

— Angie, querida! Finalmente veio tomar aquele martíni comigo?

Ignoro a oferta e entro na casa dele.

— Preciso perguntar uma coisa.

— Manda.

— É sobre Larry Leopold. O que você sabe sobre ele?

— Você mora nesta rua há mais tempo. Deveria saber mais do que eu.

— Sim, mas você é homem.

— Que bom que você percebeu.

— Os homens compartilham entre si coisas que não compartilham com as mulheres.

— É verdade.

— Então por que alguém em uma van branca estaria espionando Larry? O que ele anda fazendo?

Jonas solta um suspiro profundo.

— Ai, caramba.

— Você sabe de alguma coisa.

— Eu não sei de nada. Nada que eu possa confirmar.

— Ah, pelo amor de deus.

Ele gesticula para o sofá.

— Sente-se, Angie. Fique à vontade enquanto preparo alguma coisa para matar nossa sede.

Ele vai para a cozinha e eu me sento no sofá. Pela janela que dá para minha casa, noto movimento na casa vizinha. É minha inimiga, Agnes Kaminsky, parada na janela da sala, fumando um cigarro e olhando fixamente para mim. Embora as pessoas pensem que sou a bisbilhoteira do bairro, esse posto na verdade é de Agnes, e agora ela provavelmente está pensando que Jonas e eu temos um caso. Não posso culpá-la por presumir o pior, porque fiz exatamente a mesma coisa. Apenas aceno para ela, para que ela saiba que a vi e que não me importo com o que ela pensa. É sempre menos suspeito ser descarada do que sorrateira.

Ela me encara e se afasta da janela, sem dúvida bufando de desgosto, como de costume.

Da cozinha vem o som alegre do gelo tilintando na coqueteleira. Ah, não, ele quer matar a sede com um drinque, e suponho que terei de tomar um gole também se quiser arrancar alguma informação dele. Jonas volta para a sala carregando habilmente duas taças de martíni bem cheias, cada uma com uma azeitona dentro, e me entrega uma delas.

— Um brinde, Angie!

Um drinque. Apenas um drinque. Tomo um gole e, meu deus, como é bom. Ele realmente sabe preparar um martíni.

— Então você quer saber sobre Larry — diz ele.

— Você vai me contar, não vai?

— Não tenho provas. Apenas suspeitas. Não é algo exatamente *punível por lei*, como costumávamos dizer quando eu era das forças especiais da Marinha.

— Sim, sim, eu sei.

— A questão é que todos os homens são iguais. Pelo menos nós, os homens viris. Estamos sempre avaliando a... hum... mercadoria. E às vezes fazemos mais do que apenas olhar.

— Larry tem uma amante?

Jonas coloca a azeitona na boca e sorri.

— Está vendo? Nem precisei lhe contar.

— Mas... mas e Lorelei?

Ele suspira.

— Triste, não é? O que algumas esposas têm que aguentar.

Afundo nas almofadas do sofá, momentaneamente sem fôlego por causa da revelação.

— Por que você está tão surpresa, Angie?

— Eu nunca... Quero dizer, Larry *Leopold*?

Ele dá de ombros.

— Como eu disse, é da natureza dos homens.

Algo que eu, mais do que qualquer outra pessoa, deveria saber. Em última análise, foi por isso que meu casamento acabou, porque Frank me trocou por outra mulher. O que, em retrospecto, acabou sendo a melhor coisa que poderia ter me acontecido, porque, caso contrário, eu não estaria com meu amado Vince.

Vince. Ele não faria isso comigo, faria? Os homens não são *todos* iguais, são?

Por um momento, sinto uma necessidade urgente de falar com Vince ao telefone, para que ele me assegure de que realmente está na Califórnia, cuidando da irmã. Então penso em todos os homens bons que conheço, como meu genro, Gabriel, e Barry Frost — homens gentis e confiáveis que não se parecem em nada com Frank ou Larry Leopold.

Supondo que Larry realmente seja o ser desprezível que Jonas insinua que ele é.

Observo Jonas, que já bebeu metade do martíni e parece muito relaxado e satisfeito consigo mesmo.

— Como você sabe que Larry tem outra mulher? — pergunto.

— A própria Lorelei suspeitou.

— Ela disse isso para você?

— Talvez tenha deixado escapar durante um dos nossos cafés da tarde.

— Como eu perdi *isso*?

— É que nos encontrávamos no Starbucks, perto da praia. Apenas conversas inofensivas entre vizinhos, veja bem.

Por isso saem do bairro, certamente para que ninguém os veja. Para ser mais específica, para que eu não os veja. Não é de surpreender que isso tenha escapado à minha atenção. Eu me pergunto quantas outras coisas escaparam à minha atenção ao longo dos anos, quantos casos extraconjugais e crimes ignoro por completo porque não enxergo o que realmente está acontecendo ao meu redor. Da mesma maneira que não enxerguei o caso de Frank.

No fim das contas, sou uma péssima detetive. É deprimente admitir, mas percebo isso agora, e me deixo afundar no sofá, desmoralizada.

— Não vai beber seu martíni, minha linda? — pergunta Jonas.
— Não. — Eu o empurro pela mesa de centro na direção dele.
— Pode beber.
— Você é que sabe. — Ele coloca minha azeitona na boca. — Não sei por que essa história de Larry e Lorelei deixou você tão para baixo. As coisas são assim.
— Quem é a mulher? Com quem Larry está tendo um caso?
— Não faço ideia.
— Lorelei sabe?
— Não. Acho que era por isso que a van estava lá, vigiando a casa deles. Aposto que ela contratou alguém para segui-lo. Reunir munição contra ele, para o divórcio.

Penso nisso por um momento e percebo que não faz sentido. Quando liguei para Lorelei para falar sobre a van estacionada em frente à sua casa, ela pareceu genuinamente confusa. Não tentou mudar de assunto nem me disse para ignorar. E em seguida chamou Larry até a janela para mostrar a ele. Não foi ela quem contratou alguém para vigiá-lo.

Então quem foi?

Eu me levanto do sofá. Embora tenha bebido apenas alguns goles do martíni, sinto os efeitos do gim. Jonas faz um martíni muito forte e não só já terminou o dele, como agora está entornando o restante do meu.

— Ah, não, Angie, já vai **embora**?
— Você está bêbado.
— Estou apenas começando.
— É isso que me preocupa. Vou para casa.

Para um militar das forças especiais da Marinha, Jonas não tolera bebida tão bem quanto eu esperava. Seus olhos estão vidrados e, quando saio, ele já está trôpego demais para se levantar do sofá e me acompanhar até a porta. Atravesso a rua de volta para minha casa e, da sala, olho para a vizinhança. Cada janela iluminada é como um diorama da vida de pessoas que eu pensava conhecer. Mas agora me dou conta de quão pouco eu realmente via. Nunca imaginei que Larry, com aquelas pernas finas, fosse um sedutor leviano. Que Lorelei e Jonas compartilhassem segredos no Starbucks. Ao que parece, eu sou apenas uma dona de casa sem noção, tão sem noção que nem sabia que meu próprio marido estava me traindo.

Vou para a cozinha e me sirvo de uma taça de merlot. Não sou burra o suficiente para ficar bêbada na casa de Jonas; não, o lugar de beber muito é na privacidade do meu lar, onde não há ninguém por perto para ver. São apenas nove e meia, é muito cedo para ir para a cama, mas para mim este dia já deu.

Termino minha taça de vinho e sirvo outra.

O que mais estará acontecendo no meu bairro que eu não sei? Os Green ainda são um mistério, com suas persianas constantemente fechadas, seus segredos proibidos para mim por ordem da minha filha e da polícia de Revere. Além disso, há Tricia Talley, que ainda não voltou para casa, e seus pais, Jackie e Rick, que ultimamente têm me evitado. Há apenas algumas semanas, Jackie pediu minha ajuda para encontrar a filha. Agora não quer me ver nem pintada de ouro. Tem alguma coisa acontecendo naquela casa também, algo que destruiu aquela família, e não tenho ideia do que seja.

Talvez eu devesse ouvir Jane e cuidar da minha vida. Sim, parece um ótimo conselho esta noite. Parar de vigiar os vizinhos, parar de especular, parar de fazer perguntas. Acho que é exatamente isso que vou fazer.

Então, ouço o tiro.

29
Jane

Às 19:35 a casa já estava quase cheia. Jane observou com espanto enquanto os últimos a chegar procuravam lugares disponíveis no auditório da escola. Quem diria que um concerto de música clássica tocada por uma orquestra de amadores atrairia tanta gente? Ela certamente não esperava estar sentada em meio a oitocentas pessoas, todas elas aparentemente lendo com atenção o programa. Infelizmente, a última delas com quem Jane queria estar tinha se sentado bem ao seu lado.

— Esse sempre foi um dos meus concertos favoritos, desde que ouvi a Orquestra Sinfônica de Boston tocá-lo quando eu tinha treze anos — disse Alice Frost. — Nem todo mundo consegue ser um Yo-Yo Ma, mas é bom ver amadores se esforçando tanto, não acha?

— É. Claro — respondeu Jane.

— Eles estão de parabéns por *tentarem*. Tão poucas pessoas tentam expandir os próprios horizontes. É por isso que Barry e eu tínhamos que vir hoje, para aplaudi-los. Amadores ou não.

— Ei, Maura vai tocar hoje à noite — disse Frost, sentado do outro lado da mulher. — Não consigo imaginar que ela seja nada menos que incrível.

— Você já a ouviu tocar piano? — perguntou Alice.
— Não.
— Então como você sabe?
— É que ela é incrível em tudo que faz.
— Ah. — Alice fungou. — Bem, é o que vamos ver, não é?

Vai ser uma noite muito longa. Jane pegou a mão de Gabriel e sussurrou para ele:

— Não quer trocar de lugar comigo?
— E privar você dos comentários?
— Recompenso você depois.
— No intervalo — disse ele. — No intervalo, nós trocamos de lugar.

Não vou aguentar por tanto tempo.

— Por que você acha que ela não contou nada a vocês sobre esse concerto? — perguntou Alice.

Relutante, Jane voltou sua atenção para ela.

— Você está falando de Maura?
— Barry disse que vocês descobriram por outra pessoa. Que ela passou semanas ensaiando e não disse uma palavra sobre o assunto.

Esse comentário irritou Jane, não apenas porque a fez questionar quão profunda era sua amizade com Maura, mas também porque tinha vindo de Alice. Ela se perguntou que outros segredos Maura estaria escondendo dela.

— Talvez ela esteja com medo de não se sair bem hoje à noite — sugeriu Alice — e preferia que vocês não testemunhassem. — Ela voltou sua atenção para o palco. — Lá vêm eles — disse ela enquanto os músicos entravam e ocupavam seus lugares.

Ainda não havia sinal de Maura, mas Jane viu o Dr. Antrim se instalar em sua cadeira na seção de cordas.

— Você sabia que os violinos nem sempre foram afinados em quatrocentos e quarenta? — perguntou Alice.

Jane se virou para ela.

— Quatrocentos e quarenta o quê?

— Hertz. É uma curiosidade que li há alguns anos em algum lugar. No século XIX, os violinistas afinavam a corda Lá a quatrocentos e trinta e cinco hertz. Não é interessante que mesmo a música clássica não seja estática? Ela se adapta ao ouvido moderno. Ah, aí vem o maestro.

Um homem de cabelos grisalhos e smoking subiu ao palco, e o público aplaudiu.

— Esse é Claude Ellison, e ele é um maestro de verdade, não um médico — explicou Alice. — Pesquisei o nome dele agora há pouco, pelo celular. Imagino que seja preciso um profissional de verdade para conduzir uma orquestra de amadores.

Aplausos irromperam mais uma vez, e Jane se virou para o palco, onde Maura tinha acabado de entrar. Ela estava particularmente elegante naquela noite, com um vestido preto de seda cintilante e, ao lado do piano de cauda, sorriu para a primeira fila, onde Daniel Brophy estava sentado. Em seguida, com um gesto gracioso, afastou a saia do vestido e se sentou diante do piano.

Deixe-nos orgulhosos, Maura. E, ao mesmo tempo, deixe Alice bem irritada.

O maestro ergueu a batuta. Os violinistas posicionaram os arcos e começaram a tocar.

O celular de Jane vibrou; ainda bem que tinha se lembrado de colocá-lo no silencioso. Olhou para a tela, para ver quem estava ligando, viu que era a mãe e enfiou o telefone de volta na bolsa. *Agora não, mãe.*

— Tenho que admitir que eles não são tão ruins — comentou Alice. — Para amadores.

Quando toda a orquestra já estava tocando e a música avançava em um crescendo rumo ao solo de piano, Maura posicionou as mãos sobre as teclas. Jane ficou tensa, temendo que a amiga cometesse algum erro. Temia isso por causa de Maura e também porque, se Alice continuasse com seus comentários depreciativos, teria que esganá-la. Mas, desde as primeiras notas, Maura estava claramente no controle, os dedos correndo sem esforço pelas teclas.

— Nada mal — admitiu Alice.

Nada mal? Minha amiga é incrível.

O celular de Jane vibrou outra vez. Uma mensagem de texto. Ela ignorou; nada iria distraí-la. Ela se inclinou para a frente no assento, enfeitiçada pela força hipnótica da performance de Maura. *Que outros superpoderes você tem e não me contou?* Toda a sua atenção estava voltada para o palco, para a mulher que lançava seu feitiço ao piano.

Não ouviu o zumbido de mais uma mensagem de texto.

30
Angela

Minha filha continua sem me responder. Já enviei três mensagens e tentei ligar duas vezes para ela, mas em ambas as vezes a ligação foi direto para a caixa postal. Ela está me ignorando porque está cansada das minhas ligações, de todos os meus relatos sobre o bairro. Sou uma mãe que já deu alarme falso muitas vezes, e esse é o resultado. Agora que existe um perigo real, ela me ignora.

Então, ligo para o Departamento de Polícia de Revere.

— Aqui é Angela Rizzoli, da Mill Street. Acabei de ouvir...

— Olá de novo, Sra. Rizzoli.

A atendente suspira e reconheço o tom resignado em sua voz.

— Acabei de ouvir um tiro. Bem em frente à minha casa.

— Tem certeza de que foi mesmo um tiro, Sra. Rizzoli? Não foi apenas o escapamento de um carro ou algo assim?

— Eu sei reconhecer o som de um tiro! E também sei que as pessoas do outro lado da rua têm armas!

— Imagino que esteja falando dos Green de novo.

— Não sei se foram *eles* que atiraram. Só estou dizendo que eles têm uma arma e que alguém na vizinhança efetuou um disparo.

— A senhora pode me dar mais informações sobre esse fato?

— Espere. Vou apagar as luzes. Não quero que ninguém me veja pela janela.

Corro pela sala, apertando os interruptores. Só quando está completamente às escuras é que vou até a janela e espio lá fora. A primeira coisa que noto é que as luzes dos Green também estão apagadas. Será que não estão em casa? Ou também estão espiando por uma daquelas janelas escuras, tentando avaliar a situação? As luzes de Jonas estão acesas, e ele está na sala de estar, totalmente visível, olhando pela janela. Como ex-membro das forças especiais da Marinha, era de esperar que ele tivesse o cuidado de não ser um alvo tão fácil para um atirador de elite. As luzes também estão acesas na casa dos Leopold, mas não vejo ninguém na janela.

— Sra. Rizzoli? — diz a atendente da polícia. Quase esqueci que ela ainda estava na linha. — A senhora sabe de onde veio o tiro?

— É difícil dizer. Só sei que ouvi.

Faço uma pausa quando percebo um veículo estacionado na entrada da garagem dos Leopold. Não é o carro deles, parece o Camaro de Rick Talley. Por que Rick estaria visitando os Leopold a esta hora da noite? Igualmente incomum é o fato de a porta da frente dos Leopold estar aberta, as luzes do hall de entrada iluminando a varanda. Larry é obcecado por segurança. Nunca deixaria a porta da frente destrancada, muito menos aberta assim em uma sexta-feira à noite, permitindo que qualquer um simplesmente entrasse.

— Tem alguma coisa errada — digo à atendente. — Você tem que mandar alguém.

— Tudo bem. — Ela suspira. — Vou mandar uma viatura para averiguar. Mas não faça nada, está bem? Não saia de casa.

Desligo e fico colada à janela, para ver o que vai acontecer em seguida. Do outro lado da rua, Jonas sai de sua casa e fica parado na calçada, olhando de um lado para o outro da rua. Logo depois, Agnes Kaminsky sai de casa e tem a audácia de ficar fumando um cigarro bem na frente da minha janela, sem dúvida para poder me espionar também.

Não suporto ficar sem participar da ação. A atendente me disse para não sair, exatamente o que Jane me diria para fazer, mas quando até minha vizinha de setenta e oito anos é corajosa o suficiente para se aventurar lá fora, ficar dentro de casa me faz parecer uma covarde.

Saio.

Agnes me cumprimenta com uma carranca.

— Angela — diz ela friamente.

— O que está acontecendo?

— Por que você não pergunta ao Mister Universo ali?

Olho para Jonas, do outro lado da rua, e ele acena para mim e grita:

— Quer outro martíni?

— Somos só amigos — digo a Agnes.

— *Ele* sabe disso?

Jonas atravessa a rua para se juntar a nós.

— Senhoras — ele nos cumprimenta. — O bairro está animado, hein?

— Você também ouviu o tiro? — pergunto.

— Eu estava ouvindo música no volume máximo enquanto me exercitava, então não sei dizer exatamente o que ouvi.

— Eu acho que aquele é o Camaro de Rick Talley — digo. — O que diabos ele está fazendo na casa dos Leopold?

Jonas suspira.

— Lá vêm as consequências.

— Do quê? — Franzo a testa para Jonas, que mais cedo tinha sido tão reticente ao falar dos Leopold e de seu casamento. —

Ah, meu deus. Você está querendo dizer que a mulher era Jackie *Talley*?
— Que mulher? — pergunta Agnes.
— A mulher com quem Larry está transando!
— Não tenho autorização para confirmar nem negar isso — diz Jonas.
— Não precisa! A situação já está clara o suficiente para...
O estampido de outro tiro nos faz gelar. Ficamos paralisados, ao mesmo tempo que ouvimos Lorelei gritar:
— Pare! Ah, meu deus, por favor, *pare!*
É um grito de puro terror, o grito de uma mulher desesperada pedindo que alguém a salve.
Não penso duas vezes; saio correndo em direção à casa dos Leopold. Eu não estou completamente sozinha; tenho reforços nessa batalha. *Alguém* tem que salvar Lorelei, e neste momento nós somos os únicos que podem fazer isso.
Subo correndo os degraus da varanda e a primeira coisa que vejo pela porta aberta é vidro estilhaçado no hall de entrada. Alguns passos adiante, vejo de onde vieram os cacos: um porta-retratos quebrado, agora pendurado torto na parede do corredor.
Vou até a sala de estar, o vidro sendo esmagado sob meus pés, e congelo ao ver o sangue. São apenas alguns respingos, mas eles se destacam em um contraste chocante com o sofá de couro branco de Lorelei, sofá que ela uma vez me informou com orgulho que custara dois mil dólares. Lentamente, meu olhar se volta para a fonte do sangue: Larry, caído no chão, segurando o ombro esquerdo. Ele está claramente vivo e gemendo.
— Seu filho da puta, você atirou em mim! Você *atirou* em mim!
Rick Talley está de pé diante dele, segurando a arma com ambas as mãos. Seus braços tremem, o cano da arma oscilando em suas mãos instáveis.

— Por quê? — grita Lorelei, encolhida atrás do sofá manchado de sangue. — Por que você está fazendo isso, Rick?

— Diga a ela, Larry — ordena Rick. — Vamos, conte a ela.

— Saia da minha casa — diz Larry.

— *Diga a ela!*

Os braços de Rick ficam tensos, sua mira repentinamente certeira, o cano apontado para a cabeça de Larry.

Em pânico, eu me volto para Jonas em busca de ajuda.

Só que ele não está ali. A única pessoa atrás de mim é Agnes, curvada no hall de entrada, tossindo muco. Sou a única pessoa que pode pará-lo.

— Rick — digo com calma. — Isso não vai resolver nada.

Ele olha para mim, claramente surpreso por me ver. Estava tão concentrado em Larry que nem percebeu que eu havia entrado na casa.

— Vá embora, Angie — diz ele.

— Só depois que você largar essa arma.

— Meu deus, você *nunca* para de se meter no que não é problema seu?

— Isto aqui é o meu bairro. *É* problema meu. Abaixe a arma.

— Ouça ela, Rick. Por favor! — implora Lorelei.

— Eu tenho todo o direito de fazer isso — retruca ele, apontando a arma para Larry.

— Ninguém tem o direito de matar ninguém — digo.

— Ele arruinou a minha vida! Tomou o que não era dele.

Larry bufa.

— Jackie com certeza não se opôs.

Não está ajudando, Larry. Não está ajudando em nada.

— Do que você está falando, Larry? — pergunta Lorelei, sua cabeça surgindo por trás do sofá. — Então é *verdade*?

Larry geme e tenta se sentar, mas cai novamente, a mão pressionando o ombro ferido.

— Será que alguém pode chamar a porra de uma ambulância?

— Você e Jackie Talley? Vocês dois *tiveram um caso*? — Lorelei deixa escapar, incrédula.

— Foi uma coisa passageira. E foi há muito tempo.

— Quanto tempo?

— Há muito tempo. Quando ela começou a trabalhar na escola.

— E quando acabou? — Lorelei se levanta; está com tanta raiva agora que parece não se importar com o fato de haver um homem armado em sua casa e ela estar completamente exposta. — Me diga.

— Que importância tem isso?

— Tem importância para mim!

— Há anos. Quinze, dezesseis, não me lembro. Depois de todo esse tempo, não sei por que diabos estamos falando disso agora.

— Quem mais, Larry? Eu preciso saber com quem mais você dormiu!

— Eu, não — retruca Rick. — Eu já sei tudo que preciso saber.

Mais uma vez ele levanta a arma.

E outra vez eu me meto na discussão.

— De que adianta matá-lo, Rick? — pergunto, e me surpreendo com o som da minha própria voz. Pareço tão calma, tão controlada. Fico surpresa por estar ali, diante de um homem empunhando uma arma carregada. É uma experiência extracorpórea, como se eu estivesse flutuando acima daquela cena, observando a mim mesma, uma versão mais corajosa e louca de Angela Rizzoli, confrontando aquele homem furioso. — Isso não vai resolver nada.

— Mas *eu* vou me sentir melhor.

— Será? De verdade?

Rick fica em silêncio, pensando.

— Sim, eles traíram você e isso é péssimo. Mas, Rick, querido, acredite em mim, você vai superar. Sei que vai, porque aconteceu a mesma coisa comigo. Quando eu descobri que meu Frank estava transando com aquela vadia, pode apostar que fiquei furiosa. Achei que minha vida tinha acabado. Se eu tivesse uma arma, talvez tivesse pensado em usá-la, assim como você. Mas, em vez disso, eu me levantei, sacudi a poeira e encontrei Vince. E agora olhe só para mim! Estou mais feliz do que nunca. Você também vai conseguir.

— Não, não vou. — A voz de Rick falha e seus ombros se encolhem. Ele parece estar se dissolvendo bem diante dos meus olhos, todo o seu corpo derretendo como cera de vela. — Não vou encontrar mais ninguém.

— Claro que vai.

— Como *você* sabe, Angie? É claro que você não teve nenhuma dificuldade de seguir em frente. *Você* ainda é uma mulher bonita.

Mesmo no meio daquela crise, com uma arma carregada pronta para disparar a qualquer momento, sou fútil o suficiente para apreciar o elogio, mas não posso perder tempo com isso. A vida de Larry está em jogo.

Uma sirene soa ao longe. A polícia está a caminho. Só preciso manter Rick falando até eles chegarem.

— E Tricia? — pergunto. — Você quer que a sua filha sofra, tendo que conviver com o que o pai dela fez?

— O pai dela? — Em vez de acalmá-lo, minhas palavras parecem enfurecê-lo ainda mais. Ele me encara com olhos selvagens, a arma balançando em um arco descontrolado que passa por Lorelei, por mim, pela parede e de volta a Larry. — Eu achei que fosse o pai dela!

Olho para Larry, que está caído no chão à nossa frente, depois olho de volta para Rick. Nossa, isso é ainda mais complicado do que eu imaginava. De repente, entendo por que Tricia está com tanta raiva da mãe. Por que ela fugiu e agora se recusa a falar com Jackie. Tricia sabe que a mãe traiu Rick. Claro que sabe.

A sirene está mais perto. *Só preciso mantê-lo falando um pouco mais.*

— Você ama Tricia, não ama? — pergunto a Rick.

— Claro que amo.

— Você a criou. Em todos os sentidos que realmente importam, ela é sua filha de verdade.

— Não *dele*. — Rick olha com amargura para Larry. — Ela *nunca* vai ser filha dele.

— Espere um minuto — diz Lorelei. — *Larry* é o pai dela?

Todos nós a ignoramos. Mantenho minha atenção onde ela tem que estar, no homem que segura a arma.

— Pense no futuro dela, Rick — digo. — Você precisa estar ao lado de Tricia. Precisa vê-la se formar. Se casar. Ter um bebê...

Ele soluça.

— Tarde demais. Eu vou para a prisão por isso.

Larry grunhe.

— Pode apostar que vai.

— Cala a boca, Larry — sibila Lorelei.

— É só um ferimento! — digo. — Você vai cumprir uma pena curta e depois vai estar livre. Vai poder apoiá-la. Mas você tem que deixar Larry viver.

Rick balança para a frente, o corpo sacudido pelos soluços.

Lentamente, eu me aproximo dele. A arma está pendurada em sua mão, o cano apontando para o chão. Passo um dos braços em volta de seu ombro para abraçá-lo e, com a mão livre, retiro cuidadosamente a arma da mão dele. Ele se rende sem resistir e cai de joelhos, chorando. Fico de coração partido ao ouvi-lo soluçar daquele jeito. Só o que posso fazer é continuar abraçando-o, o rosto pressionado contra o meu ombro enquanto suas lágrimas encharcam minha blusa. Esqueço que ainda estou segurando a arma. Só consigo pensar naquele homem arrasado, tremendo em meus braços, e no que ele vai ter de enfrentar. Ele pode ter atirado em Larry, mas pelo menos não o matou. Vai para a prisão por um tempo, suponho. Vai perder o emprego, e Jackie provavelmente vai se divorciar dele. Mas um dia ele vai sair da prisão como um homem livre, e se a filha dele, Tricia, não for a garota arrogante que às vezes parece ser, ela vai estar esperando para ajudá-lo a reconstruir a vida.

E eu também vou tentar ajudar. Sei tudo sobre decepções e como sobreviver a elas. Ele vai precisar de uma amiga, e isso eu posso ser.

De repente, passos ecoam pela casa. Uma voz grita:

— Largue isso, senhora! Largue a arma!

Eu me viro e vejo dois policiais da polícia de Revere com as armas apontadas para mim. Eles são jovens, estão nervosos. Um perigo.

Eu tinha esquecido que ainda estava segurando a arma. Bem devagar, coloco-a no chão.

— Agora afaste-se da arma! Deite-se de bruços com o rosto no chão! — grita o policial.

É sério?, penso. Você realmente vai obrigar uma senhora a se deitar no chão?

Nesse momento, Agnes intervém. Ela entra na sala com seus sapatos ortopédicos e coloca todos os seus cinquenta quilos entre os policiais e eu.

— Não se *atrevam* a apontar a arma para ela, rapazes! — ordena ela com sua voz de fumante. — Não estão vendo que ela é uma puta heroína?

31

Até pouco tempo atrás, Agnes Kaminsky e eu não nos falávamos. Agora ela está ao meu lado no jardim da frente da casa dos Leopold, acariciando minhas costas enquanto observamos a ambulância partir com Larry. A julgar pela forma como xingou os paramédicos enquanto tentavam encontrar uma veia, ele vai ficar bem. Não posso dizer o mesmo sobre o casamento dele.

Lorelei tira o carro da garagem e nos diz pela janela:

— O filho da puta vai precisar da carteira e dos óculos, então vou para o hospital também. Embora eu não saiba por que me dou esse trabalho.

Observamos enquanto Lorelei se afasta, atrás da ambulância, e Agnes bufa.

— Talvez você devesse ter deixado Rick acabar com a raça daquele idiota.

Mas estou feliz por ter feito o que fiz. Quando a polícia escolta Rick para fora da casa, algemado, ele acena com a cabeça para mim. É um gesto de agradecimento por tê-lo impedido de cometer um erro ainda maior. Os humanos são criaturas imperfeitas, propensas a fazer coisas imprudentes, e às vezes é apenas pela graça de Deus — ou pela intervenção de um vizinho — que somos salvos. Levanto a mão para me despedir, e então Rick desaparece sob o brilho da sirene da viatura.

Acabou. E estamos todos vivos.

De repente, o impacto do que aconteceu esta noite me invade e minhas pernas ficam bambas. Cambaleio até a varanda dos Leopold e desabo nos degraus. Não consigo acreditar no que aconteceu. Não acredito que entrei naquela casa sem pensar duas vezes. Mas naquele momento achei que tinha meus vizinhos na retaguarda, e que meu pelotão viria logo atrás de mim. Meu único pelotão agora está ao meu lado, tossindo catarro de fumante.

— Aquele Jonas — murmuro.

— O que tem ele?

— Que tipo de militar das forças especiais da Marinha permite que uma mulher enfrente o inimigo sozinha?

— Um cagão. — Agnes se senta no degrau ao meu lado. — Você realmente acreditou naquela palhaçada de forças especiais da Marinha?

— Você está querendo dizer que não é verdade?

— Ah, sempre tive minhas dúvidas. Hoje à noite, ele confirmou. — Ela solta uma risada, parecendo uma foca, que, diferente dele, realmente conhece o mar. — Todo aquele levantamento de peso, todas aquelas histórias sobre missões perigosas. Quem precisa se gabar quando realmente faz as coisas?

Ela está certa. Claro que está, e me sinto uma idiota por ter acreditado nas histórias de guerra dele. Mas esse sempre foi o meu problema, acredito no que as pessoas dizem, e esta noite quase paguei por isso com a minha vida.

Uma luz se acende na casa dos Green, visível por entre as frestas das persianas. Então eles estavam em casa, no fim das contas, escondidos e com todas as luzes apagadas, enquanto um drama se desenrolava na casa ao lado. Tinham ouvido os tiros e os gritos de Lorelei. E deviam saber que eu estava me colocando em perigo, desarmada. Embora Matthew Green tenha uma arma, ele nem se deu o trabalho de sair de casa para me ajudar. Nem mesmo agora, com todas as viaturas da polícia estacionadas na rua, ele ousa sair.

Outro covarde. Parece que nosso bairro está infestado deles.

Uma voz me chama além das luzes das sirenes, que piscavam.

— Mãe?

Olho para cima, estreitando os olhos, mas mal consigo distinguir a silhueta da minha filha quando ela emerge da escuridão para o brilho das luzes.

— Tentei falar com você, mas você não atendeu — diz ela.

Olho para as viaturas e dou de ombros.

— As coisas saíram um pouco do controle por aqui.

— O detetive Saldana me contou o que aconteceu. Meu deus, mãe, me desculpe, eu não fazia ideia. Eu estava no concerto de Maura e...

— Você devia ter visto sua mãe, Janie! — interrompe Agnes. — Ela agiu como uma verdadeira super-heroína!

Jane sabe que faz meses que eu e Agnes não nos falamos, e agora olha para nós duas, tentando processar a mudança repentina na minha relação com a minha vizinha.

— Ela desarmou aquele sujeito com as próprias mãos! — diz Agnes, socando o ar para dar ênfase. — Não precisou de nenhuma arma, não, senhora. Ela simplesmente entrou lá e disse a ele para largar a arma. Agora nós sabemos de onde você herdou a sua coragem, Jane.

— Ah, mãe — Jane suspira. — O que passou pela sua cabeça para fazer isso?

— *Alguém* tinha que fazer alguma coisa.

— Mas tinha que ser você?

— Bem, o Sr. Forças Especiais da Marinha não moveu uma palha. Nem o Sr. Green-eu-ando-armado. Fui a única que sobrou.

Ela também se senta, e agora somos três, alinhadas como pinos de boliche nos degraus da varanda.

— Sinto muito.

Dou de ombros.

— Você estava no concerto. Foi bom?

— Saí mais cedo, depois de finalmente ler a sua mensagem. Sinto muito por não ter levado você a sério. Todas aquelas coisas que você tentou me contar sobre o bairro...

— Mas no fim das contas nada daquilo era o verdadeiro problema. Eram apenas distrações. Os Green. Tricia fugindo. O *verdadeiro* problema era algo totalmente diferente, algo que aconteceu muito tempo atrás.

— O quê?

— Jackie transou com Larry Leopold — responde Agnes.

— Obrigada pelo resumo, Sra. Kaminsky — diz Jane.

— Bem, foi o que sua mãe me contou.

— E o estranho é que foi novidade para Rick — digo a Jane. — Ele nunca soube. Depois de todos esses anos, era de esperar que esse assunto estivesse morto e enterrado há muito tempo.

— Então, como isso veio à tona agora? — pergunta Jane.

— Não faço ideia. Mas acho que Rick contratou aquele cara da van branca para espionar Larry. Deve ter sido assim que ele descobriu a verdade.

— Que cara?

— Eu não te falei dele? Tinha uma van branca vigiando a casa dos Leopold. Imagino que fosse um detetive particular. Acho que ele deve ter confirmado as suspeitas de Rick, e foi por isso que Rick apareceu aqui hoje à noite, para finalmente acertar as contas com Larry.

— E Jackie? Alguém já conversou com ela, se certificou de que ela está bem?

— Sim, sim. Eu liguei para ela, e ela está bem. Mas disse que Tricia ainda se recusa a voltar para casa. — Balanço a cabeça. — Que caos.

— Vamos, mãe. Eu acompanho você até em casa. Quer que eu passe a noite aqui?

— Por quê?

— Para fazer companhia a você? Deve ter sido uma experiência muito traumática.

Agnes ri.

— Sua mãe *parece* traumatizada?

Jane faz uma pausa e, pela primeira vez em muito tempo, minha filha olha para mim. Quero dizer, realmente *olha* para mim. Durante toda a sua vida, fui apenas mãe para ela, a mulher que cozinhava e limpava, que fazia curativos em seus arranhões e torcia por ela nas partidas de beisebol. Alguém *realmente* olha para a própria mãe? Nós apenas *existimos*, tão confiáveis quanto a gravidade. Mas esta noite Jane parece ver algo diferente, uma Angela diferente, e se abaixa para me ajudar a ficar de pé.

— Não, você não parece traumatizada — diz ela. — Mas está com cara de que uma bebida não lhe cairia mal.

— Eu tomo alguma coisa com ela — diz Agnes. — Tenho uísque em casa. Dos bons.

— Vou ficar bem, Jane — digo. — Só preciso ir para casa.

— Tem certeza?

— Você ouviu Agnes. Sou uma super-heroína agora. — Olho para minha vizinha. — Você disse que tem um uísque dos bons?

— O melhor.
— Tudo bem, então — digo.
Nós começamos a caminhar até a casa dela e Agnes me diz:
— Quer saber, Angie?
— O quê?
— É bom estarmos nos falando de novo.

32
Maura

— Um brinde! À nossa brilhante pianista! — exclamou Mike Antrim.

Maura esboçou um sorriso sem graça enquanto seus colegas músicos erguiam as taças de champanhe. Nunca se sentira confortável em ser o centro das atenções, mas aquela não era uma noite em que pudesse se esconder modestamente em um canto — não depois de seu desempenho impecável.

— À nossa brilhante pianista! — repetiram todos.

Daniel se aproximou dela e sussurrou:

— Você merece esses aplausos. Aproveite o momento.

Ela ergueu a taça para brindar com o grupo.

— E um obrigada a *vocês*. Podemos ser amadores, mas acho que todos tocamos muito bem hoje à noite.

— Ei, estou pronto para aposentar meu estetoscópio — gritou alguém. — Quando vamos sair em turnê com esse concerto?

— Primeiro — disse Antrim —, por favor, comam um pouco daquela comida toda na sala de jantar. Se não nos ajudarem a acabar com aquilo, vamos passar um mês comendo o que sobrar.

Antes da apresentação, Maura estava tão nervosa que não conseguira comer nada, e agora se sentia faminta. Foi até a sala de jantar, onde encheu o prato com bolinhos de caranguejo, filé-mignon e aspargos frescos. Também pegou outra taça de vinho, dessa vez um tinto intenso e saboroso, que bebeu com prazer enquanto ia até a espaçosa sala de estar dos Antrim para se juntar aos outros convidados.

Antrim acenou para ela.

— Maura, venha se juntar a nós! Estamos conversando sobre qual peça escolher para o próximo programa.

— *Próximo* programa? Ainda estou me recuperando deste.

— Acho que vocês deveriam escolher algo dramático. Ou extremamente romântico — sugeriu Julianne. — Recentemente ouvi um concerto para piano de Rachmaninoff no rádio. O que acham?

Os músicos gemeram em uníssono.

— Julianne, querida — disse o marido —, somos só amadores.

— Mas acho que todo mundo ia adorar.

Um dos violinistas voltou-se para Maura:

— Rachmaninoff? Pronta para o desafio?

— De jeito nenhum — respondeu ela. — Só de pensar em tocar Rachmaninoff minhas mãos já começam a suar.

Antrim riu.

— Eu achava que nada fosse capaz de deixar nossa médica-legista nervosa.

Você nem faz ideia, pensou Maura. A gelada Dra. Isles, Rainha dos Mortos, era apenas uma fachada. A mulher que nunca se deixava abalar e estava sempre segura dos fatos. Era a máscara que ela usava nas cenas de crime e nos tribunais, e assumira esse papel havia tanto tempo que a maioria das pessoas acreditava que era real.

A maioria.

Ela olhou ao redor, procurando por Daniel, mas ele estava do outro lado da sala com a filha dos Antrim, Amy, ambos concentrados em uma das pinturas na parede.

— Seus amigos gostaram do concerto? — perguntou Julianne.

— Ainda não tive oportunidade de falar com eles. Havia tantas pessoas lá, estava muito caótico.

— Casa cheia! — disse Antrim, com orgulho. — Ouvi dizer que todos os ingressos foram vendidos.

— Notei que a detetive Rizzoli saiu no meio da apresentação — comentou Julianne. — Que pena ela não ter ficado até o fim.

— Os detetives provavelmente são como nós, médicos — disse Antrim. — Sempre tendo de atender a chamadas de emergência.

— Todos nós sabemos como é — disse um dos violoncelistas. — Aniversários interrompidos, recitais infantis perdidos. Pelo menos nossa famosa pianista não foi arrastada para nenhuma cena de crime.

— Meus atendimentos, ao menos, nunca são emergenciais — disse Maura.

— Falando em emergência — disse Antrim —, sua taça está vazia! — Ele pegou a garrafa de vinho tinto, mas se deteve antes de servir. — Posso?

— Sim, por favor. Daniel é que vai dirigir hoje.

Antrim encheu novamente a taça dela e, em seguida, olhou para Daniel e Amy, ainda concentrados na pintura.

— Pelo que estou vendo, ele gosta de arte.

— Sim. Especialmente arte sacra.

— Então ele deveria dar uma olhada no tríptico que tenho no meu escritório. Comprei na Grécia há alguns anos. O negociante jurou que era uma antiguidade, mas Julianne tem dúvidas.

— Daniel também atua na área médica? — perguntou Julianne.

— Não — respondeu Maura.

Houve uma pausa na conversa, durante a qual teria sido natural que ela preenchesse a lacuna, respondesse à pergunta tácita de Julianne, uma pergunta que sempre temia ouvir: *Qual é a profissão de Daniel?* A verdade era muito complicada e invariavelmente suscitava olhares surpresos, então ela mudou habilmente de assunto, comentando sobre a vitrine com os violinos.

— Me conte a história desses instrumentos, Mike — pediu ela. — Como você reuniu uma coleção de cinco violinos?

— A verdade? —Antrim riu. — De tempos em tempos, compro um novo porque espero um dia encontrar algum que me faça tocar parecido com Heifetz. Mas, na verdade, toco igualmente mal com todos eles.

— Pelo menos você sabe tocar um instrumento — disse Julianne. — Eu não sei nem ler uma partitura. — Ela olhou para os convidados. — Todos esses médicos talentosos! Eu me sinto uma nulidade nesta sala.

Antrim passou o braço em torno da cintura da esposa.

— Ah, mas você cozinha divinamente.

— Se os deuses soubessem cozinhar.

— Foi assim que nós nos conhecemos, vocês sabiam? Julianne administrava o pequeno café em frente ao hospital. Eu ia lá todos os dias para comprar meu almoço e conversar com essa moça linda.

— Sanduíche de peru com bacon e cappuccino duplo — disse Julianne. — Ele pedia a mesma coisa todos os dias.

— Estão vendo? — Antrim riu. — Como eu poderia resistir a uma mulher que sabe que o caminho para o coração passa pelo estômago?

— Falando nisso, temos que reabastecer as bandejas. Tenho mais bolinhos de caranguejo esquentando no forno.

Enquanto os Antrim se dirigiam para a cozinha, Maura procurou Daniel e, como não o viu, atravessou a sala até o quadro que ele e Amy estavam admirando. Dava para ver por que ele tinha ficado tão interessado. Era uma representação cubista da Virgem com o menino Jesus, composta de blocos monocromáticos laranja e vermelhos, um forte contraste com as pinturas sacras de que Daniel tanto gostava, mesmo que fosse uma representação dos ícones que ele amava.

Ela ouviu vagamente a voz dele e seguiu o som até o corredor, onde ele e Amy estavam parados diante de uma fotografia em preto e branco.

— Maura, vem ver isso — chamou Daniel. — É a Praça de São Marcos de uma forma que a maioria das pessoas nunca viu. Deserta!

— Acordei às quatro da manhã para tirar essa foto — disse Amy. — Era o único horário em que não estava apinhada de turistas.

— Foi você quem tirou essa foto, Amy? — perguntou Maura.

— Estávamos em Veneza, no meu aniversário de dezesseis anos. — Ela sorriu ao olhar para a imagem. — Foi nessa viagem que eu me apaixonei pela história da arte. Mal posso esperar para voltar à Itália. Meu pai disse que da próxima vez vamos visitar a Galeria Uffizi. A minha monografia é sobre uma pintura que está lá, e nunca a vi pessoalmente.

— O seu pai disse que tem um tríptico no escritório dele que Daniel gostaria de ver.

— Ah, ótima ideia. A minha mãe acha que é falso. Talvez Daniel saiba dizer se é verdadeiro ou não.

Amy os conduziu pelo corredor e acendeu a luz do escritório. Bastou uma olhada para ver que o cômodo era de um médico. A estante estava repleta de leitura especializada, muitas das mesmas obras que Maura tinha em seu escritório em casa: de Harrison, Schwartz, Sabiston e Zollinger. Os volumes ladeavam uma foto emoldurada de Mike e Julianne no dia do casamento, com a pequena Amy entre eles. Ela parecia ter cerca de dez anos, uma princesa fada com uma coroa de rosas sobre o cabelo preto curto.

— Aqui está o infame tríptico — disse Amy, apontando para a pintura na parede. — Minha mãe acha que o meu pai foi enganado, mas o antiquário de Atenas jurou que tinha cem anos. O que você acha, Daniel?

— Não sou especialista o suficiente para julgar a datação e a autenticidade da peça — disse Daniel, inclinando-se para examiná-la mais de perto. — Mas posso identificar esses santos. São figuras icônicas da Igreja Ortodoxa Grega. A mulher no centro é Theotókos, que conhecemos como Maria, mãe de Jesus. No painel esquerdo, claramente é João Batista. E, no direito, a julgar pelo desenho do manto e do colarinho, só pode ser São Nicolau.

— O bispo de Mira — completou Amy.

Daniel sorriu.

— Nem todo mundo sabe que o verdadeiro Papai Noel era turco. — Apontou para o canto inferior. — Há um fragmento de texto aqui. Maura, venha dar uma olhada! Você sabe um pouco de grego, talvez consiga decifrá-lo.

Maura se aproximou e estreitou os olhos.

— A letra é muito pequena. Preciso de uma lupa.

— Meu pai tem uma aqui em algum lugar — disse Amy, virando-se para a mesa. — Acho que ele guarda na primeira...

Maura ouviu Amy ofegar e se virou para ela. A jovem estava paralisada, com a mão sobre a boca, olhando pela janela.

— O que foi? — perguntou Maura.

— Ele está aqui. — Amy se afastou da janela. — Ele me encontrou.

— O quê?

Amy se virou para Maura com pânico nos olhos.

— O homem do cemitério!

Daniel foi até a janela e olhou para o jardim.

— Não estou vendo ninguém lá fora.

— Ele estava parado debaixo da árvore, olhando para mim!

Daniel correu para a porta.

— Vou lá fora.

— Espere! — gritou Maura. — Daniel?

Ela estava bem atrás dele quando ele saiu correndo pela porta dos fundos. O ar noturno estava tão saturado de umidade que foi como dar de cara com uma parede de vapor. Juntos, eles ficaram parados no gramado, examinando a escuridão. De dentro da casa vinham os sons de jazz e das vozes abafadas dos convidados dos Antrim, mas do lado de fora só se ouvia o cricrilar dos grilos. Maura se virou e viu Amy parada na janela do escritório, observando-os com uma expressão angustiada.

— Não tem ninguém aqui — disse Daniel.

— Ele teve tempo de fugir.

— Se é que tinha alguém aqui.

Ela olhou para ele e perguntou baixinho:

— Você acha que ela imaginou?

— Talvez ela tenha visto o próprio reflexo e pensou que tinha alguém aqui fora.

Maura atravessou a relva úmida e se agachou junto à árvore.

— Daniel — sussurrou. — Ela não imaginou. *Tinha* alguém aqui.

Ele se agachou ao lado dela e também viu o que estava claramente perceptível na terra: pegadas.

Maura pegou o celular e ligou para Jane.

***

— O fim adequado para uma noite insana — disse Jane. — Primeiro minha mãe desarma um homem armado. E agora parece que o perseguidor de Amy está de volta.

— Você se esqueceu de mencionar minha estreia triunfante como solista — acrescentou Maura.

— Ah. É. — Jane suspirou. — Me desculpe por não ter ficado até o fim do concerto, Maura. Mas quando li a mensagem da minha mãe...

— Eu estava brincando. As emergências maternas sempre têm prioridade.

Elas estavam agachadas lado a lado na penumbra do jardim dos Antrim. Já era meia-noite, os outros convidados, exceto Maura e Daniel, tinham ido embora, e o bairro estava silencioso. Maura olhou para a bainha do vestido de seda, agora úmida e provavelmente manchada pela grama molhada. Toda investigação tinha seu preço, mas aquela estava se mostrando mais cara que a maioria.

Maura se levantou, as coxas doendo por ter ficado tanto tempo agachada.

— Ele sabe onde ela mora. Pode aparecer de novo a qualquer momento.

Jane também se levantou.

— Os pais dela estão com medo. E muito irritados.

— Espero que não culpem você.

— Quem mais eles vão culpar? Tem um homem perseguindo a filha deles, e não consigo pegá-lo. — Jane se virou e viu as luzes que piscavam da viatura policial estacionada na rua. — Você e Daniel realmente não viram ninguém?

— Não. Amy foi a única que o viu. Quando saímos, ele já tinha sumido. Com todos os convidados, devia haver mais de dez carros estacionados na rua, então o carro dele não seria notado. Daqui ele teria uma visão clara do escritório. — Maura se virou para a janela, as luzes ainda acesas lá dentro. — Enquanto estávamos lá, olhando a pintura, ele estava aqui no jardim. À espreita.

— Detetive Rizzoli?

Elas se viraram e viram Julianne saindo pela porta dos fundos e atravessando o gramado na direção delas. A noite estava quente, mas ela abraçava o próprio corpo, como se sentisse frio ali, parcialmente na escuridão, com o rosto eclipsado pela sombra de um arbusto de lilases.

— O que devemos fazer agora? — perguntou ela.

— Vocês têm um sistema de segurança. Mantenham tudo acionado.

— Mas não parece seguro ficarmos com Amy aqui em casa. Sabendo que *ele* pode reaparecer a qualquer momento. Mike tem que trabalhar, não pode ficar aqui o tempo todo para nos proteger.

— A polícia chega aqui em dez minutos se a senhora ligar, Sra. Antrim.

— E se os policiais demorarem mais do que isso? Quando chegarem aqui, ele pode estar dentro da nossa casa, nos atacando. Atacando *minha filha*. — Ela se abraçou com mais força e olhou por cima do ombro para a rua, como se alguém a estivesse observando naquele exato momento. — Até vocês pegarem esse homem, quero tirar Amy daqui. E já sei para onde levá-la.

— Para onde a senhora está pensando em ir?

— Nós temos uma casa no lago, perto da Floresta Estadual de Douglas. Fica no meio do nada, ele nunca conseguiria nos encontrar lá. Mike concorda que é o lugar perfeito. Ele tem que ficar na cidade para trabalhar, mas vai nos encontrar no sábado. Só não quero que Amy fique aqui agora.

Maura olhou para a casa; com as luzes acesas, dava para ver que os cômodos ficavam muito expostos. Como era fácil espiar a casa de outras pessoas à noite para observar os detalhes de sua vida. Vigiá-los enquanto preparavam o jantar e se sentavam à mesa. Ver o que estava passando na televisão, saber a que horas subiam e apagavam as luzes. À noite, cada casa atraía o olhar de estranhos cujo interesse podia ser ou não inofensivo.

— Se quer levá-la para algum lugar — disse Jane —, então vá para um hotel ou para a casa de uma amiga. Na casa do lago não vou poder protegê-la.

— Você pode protegê-la *aqui*?

— Só estou tentando mantê-la segura, Sra. Antrim.

— Eu também — respondeu Julianne. O rosto dela estava obscurecido pela sombra, mas não havia como deixar de notar o tom duro e frio em sua voz. — Faça seu trabalho, detetive. E me deixe fazer o meu.

33
Amy

Ela não sabia por que se chamava lago Lantern, mas o nome sempre a fazia pensar em noites mágicas, vaga-lumes e ondulações douradas na água. Todos os verões, desde que tinha dez anos, quando o calor da cidade se tornava sufocante demais, era naquele lago que sua família se refugiava. Ali eles passavam os fins de semana, remando na canoa ou chapinhando entre os juncos. O lago era supostamente um ótimo local para pesca, e seu pai às vezes levava a vara para a água, mas Amy nunca tinha entendido o que havia de tão fascinante em manusear linhas, anzóis e molinetes. Não, aquele era o lugar onde ela podia simplesmente estar e não fazer nada, onde ela e a mãe se sentiam seguras. Nem se deram o trabalho de pedir permissão à detetive Rizzoli; em vez disso, simplesmente arrumaram as coisas e partiram, e agora que estavam ali, Amy sabia que tinha sido a decisão certa.

Só queria que tivessem pensado melhor no que levar. Na pressa de deixar a cidade naquela manhã, sua mãe simplesmente enchera sacolas de compras com itens aleatórios da cozinha. Mas iam dar um jeito. Sempre davam.

O ronco distante de um motor atraiu o olhar de Amy para uma lancha deslizando pela água, um incômodo barulhento que quebrava o silêncio do lago pacífico, mas que era esperado em uma tarde quente e ensolarada. À noite, todos os barcos teriam desaparecido, deixando que os patos e mergulhões reinassem novamente.

— Amy, você já está com fome? — gritou a mãe da varanda dos fundos.

— Não muita.

— A que horas quer jantar?

— Quando você quiser.

Julianne desceu o caminho até o lago e se juntou a ela na beira da água. Por um momento, elas ficaram lado a lado, em silêncio, ouvindo o farfalhar das folhas das árvores.

— Devíamos passear de canoa amanhã — sugeriu Julianne. — Bem cedo, antes de as lanchas aparecerem, nós entramos na água.

— Tudo bem.

A mãe olhou para ela.

— Você está com medo, meu amor?

— Você não?

Julianne olhou para o lago.

— Já passamos por coisas piores. Vamos superar isso também. Por enquanto, temos que viver um dia de cada vez. — Ela se virou para voltar para a casa. — Vou terminar de desfazer as malas, depois podemos abrir uma garrafa de vinho.

— Tem certeza de que é uma boa ideia?

— Acho que uma taça cairia bem para nós duas.

Eram quase nove da noite quando finalmente se sentaram para jantar. A refeição não se parecia com nada que Julianne costumava preparar, logo ela, que se orgulhava de sua comida e não poupava esforços na cozinha. Naquela noite, comeram espaguete com molho marinara semipronto e uma salada temperada apenas com azeite e sal. Um sinal de que Julianne estava mais preocupada do que deixava transparecer. As lanchas finalmente tinham se recolhido e, com exceção do grasnado fantasmagórico de um mergulhão, a noite estava silenciosa. As duas ainda estavam abaladas com os acontecimentos recentes e comeram em silêncio, tomando goles ocasionais das taças de vinho. Aquela cabana poderia ser o refúgio delas, mas a escuridão as deixou nervosas outra vez, e elas não conseguiam deixar de ficar atentas a qualquer ruído suspeito. O estalar de um galho, o farfalhar de um arbusto.

O toque do celular assustou tanto Amy que ela derrubou a taça e derramou cabernet sobre a mesa. Com o coração acelerado, jogou um guardanapo para enxugar o vinho enquanto Julianne atendia a ligação.

— Sim, estamos bem. Está tudo bem.

Amy lançou um olhar interrogativo para a mãe, e Julianne murmurou as palavras *seu pai*. Ele provavelmente se sentia culpado por não estar lá com elas, mas Julianne insistiu que ele deveria ir para o hospital como de costume. Alguém precisava ficar na casa para dar a impressão de que continuava ocupada e para que o perseguidor achasse que Amy ainda estava lá. Essa era a melhor maneira de manter a filha deles segura, Julianne disse a ele: desviando a atenção do perseguidor.

— Sim, liguei para a detetive Rizzoli — garantiu Julianne. — Ela não está feliz por estarmos aqui, mas pelo menos sabe onde nos encontrar. Ela entrou em contato com o Departamento de Polícia de Douglas, e os deixou a par da situação. Não precisa se preocupar, Mike. De verdade.

Ela estava falando com a voz de *eu tenho tudo sob controle*, que Amy conhecia tão bem, uma voz que funcionava também com o pai. Ele podia ser médico, estar acostumado a dar ordens na UTI, mas em casa ficava feliz em obedecer à mulher, porque ela realmente mantinha tudo sob controle, do talão de cheques à cozinha.

Quando por fim desligou, Julianne parecia exausta por causa do esforço para acalmar o marido e abriu um sorriso cansado para Amy.

— Ele queria estar aqui com a gente.
— Ele ainda pensa em vir no sábado?
— Sim. Vai vir direto do hospital.
— Pede a ele para trazer mais algumas garrafas de vinho.

Julianne riu.

— Pobrezinha. Presa aqui no meio do nada, tendo apenas seus pais entediantes como companhia.
— Tédio é bom. Neste momento, é exatamente disso que precisamos.

Amy levou os pratos até a pia e se virou para olhar para a mãe, sentada com o olhar perdido, os dedos tamborilando na mesa. Julianne nunca admitia quando estava com medo. Nunca admitia nada que pudesse deixar a filha preocupada, mas Amy sabia o que estava passando pela cabeça da mãe sem que ninguém precisasse lhe dizer. Podia ver em seus dedos, que digitavam incansavelmente um código Morse de medo.

Julianne se levantou.

— Vou dar uma olhada no carro outra vez. Não consigo encontrar meus chinelos em lugar nenhum e tenho *certeza* de que os coloquei na mala.
— Talvez estejam no chão do banco traseiro.
— Ou no porta-malas. Talvez estejam debaixo de todas aquelas sacolas de compras.

Julianne pegou uma lanterna na gaveta da cozinha e saiu, a porta de tela se fechando atrás dela com um rangido. Amy ouviu os passos da mãe descendo os degraus da varanda e, pela janela, viu a silhueta de Julianne desaparecendo por entre as árvores, em direção ao acesso de carros.

Amy voltou para a pia e começou a lavar a louça do jantar. Nenhuma das duas tinha comido muito naquela noite, e ela jogou o espaguete frio que havia sobrado no lixo, lavou e secou a louça e colocou-a de volta no armário.

Julianne ainda não havia retornado.

Amy olhou pela janela, mas não a viu, tampouco avistou a luz da lanterna. Para onde a mãe teria ido? Ela hesitou entre sair para procurar Julianne e ficar ali, na cozinha bem iluminada. Os segundos se passaram. Ela não ouviu gritos, nada que a deixasse preocupada, apenas o cricrilar dos grilos. Ainda assim, alguma coisa não estava certa.

Foi até a varanda.

— Mãe? — chamou.

Não houve resposta.

Não viu a luz de nenhuma das outras casas em torno do lago. A cabana delas era a única ocupada naquela noite. Estavam sozinhas ali, escondidas naquela floresta, longe da estrada principal. Era exatamente o que elas queriam, mas agora Amy estava começando a ter dúvidas, a se perguntar se não teria sido um erro irem se esconder ali.

— Mãe?

Amy ouviu respingos no lago e viu ondulações perturbarem o reflexo do luar na água. Apenas um pato ou um mergulhão. Nada com que se preocupar. Ela voltou para dentro de casa, mas assim que a porta de tela se fechou, ouviu outro barulho. Aquele não vinha do lago; estava muito mais perto. Um farfalhar. O estalar de um galho.

Passos.

Ela olhou pela porta de tela, tentando distinguir quem ou o que estava se aproximando. Seria Julianne voltando do carro?

Então ela viu um vulto emergir da sombra das árvores. Ele parou no caminho, a silhueta definida contra o brilho tênue do lago. Não era Julianne. Era um homem, e estava vindo em sua direção.

Foi quando ela começou a gritar.

34
Jane

Mesmo antes de entrar na cabana, Jane viu o sangue. Estava salpicado pelo chão e pela parede oposta em um jato arterial, como a rajada de uma metralhadora. Sem dizer uma palavra, ela parou na varanda e se abaixou para colocar sapatilhas descartáveis nos sapatos. Ao se levantar outra vez, respirou fundo, preparando-se para o que a esperava dentro da cabana. Lá fora, o ar cheirava a terra úmida e agulhas de pinheiro, mas lá dentro um cheiro diferente a aguardava. Um cheiro que já havia sentido vezes demais.

— Como você pode ver, o ataque começou na cozinha — disse o sargento-detetive Goode.

Ele tinha sido o primeiro detetive a chegar ao local, e seus olhos estavam inchados e vermelhos por causa da noite insone. Investigações de homicídio eram raras naquela área rural, e na noite anterior ele havia se deparado com um caso que claramente o deixara abalado. Como se relutasse em revisitar a cena de horror, ele ficou parado na varanda por um momento antes de finalmente abrir a porta de tela e entrar na cabana.

— É bastante óbvio o que aconteceu — disse ele.

O sangue contava a história. Havia espirros secos nas paredes e nos armários da cozinha, bombeado em rajadas por um coração que batia freneticamente. Uma cadeira tombada de lado e, no chão, vidro quebrado e marcas de sapato que mostravam os passos da dança frenética entre agressor e vítima.

— Continua pelo corredor — disse o sargento Goode.

Ele a conduziu para fora da cozinha, seguindo o rastro de sangue. Apenas algumas semanas antes, Jane havia seguido uma trilha como aquela, na casa de Sofia Suarez. Parecia um pesadelo se repetindo. Ela se deteve quando seus olhos pousaram em uma única marca de mão na parede, deixada pela vítima, que, atordoada e sem forças, havia procurado desesperadamente por apoio antes de cambalear para a frente.

No quarto, a trilha finalmente terminava.

Ali não havia mais arcos de sangue arterial nas paredes. Muito sangue já fora perdido e restava pouco para o coração bombear. O que ainda havia no corpo da vítima moribunda simplesmente escorrera da ferida em um filete cada vez menor e se acumulara na poça coagulada aos pés de Jane. O médico-legista já havia removido o corpo, mas seu contorno ainda era visível, deixado pelas roupas encharcadas de sangue.

— Mandamos transportar o corpo para Boston, como você solicitou — informou Goode —, já que isso parece estar ligado ao caso que vocês já estão investigando.

Jane assentiu com a cabeça.

— Gostaria que a nossa médica-legista realizasse a necropsia.

— Tudo bem, isso simplifica bastante as coisas para nós. Na verdade, para todo mundo, uma vez que vocês já conhecem os outros elementos do caso. Os depoimentos das testemunhas deixam poucas dúvidas sobre o que aconteceu. — Ele olhou para Jane. — Há mais alguma coisa que você precise ver?

— O veículo.

— Está estacionado na via principal. Ou ele se perdeu no caminho até aqui ou...

— Não queria alertá-las de que estava na região.

Goode assentiu com a cabeça.

— A explicação na qual eu apostaria.

Eles saíram da cabana e caminharam pela estradinha de terra em direção à via pavimentada que ladeava a margem sul do lago Lantern. Quando chegaram lá, Goode disse:

— Pronto. Aqui está o veículo.

O carro para o qual ele apontou estava a apenas alguns metros da estrada de terra que levava à cabana dos Antrim. Era um Honda Civic verde-escuro com placa do Maine e um adesivo de inspeção vencido. O veículo claramente já tinha muitos anos de uso, a julgar pelo chassi enferrujado e pelos vários amassados na porta do motorista.

— Verificamos a placa e confirmamos que o carro estava registrado em nome de James Creighton, de Portland, Maine, mas o endereço não é mais válido. O proprietário disse que Creighton atrasou o aluguel e teve que ser despejado há cerca de quatro meses. As impressões digitais coincidem, então sabemos que *é* ele. Nós revistamos o veículo e encontramos um saco de dormir e um travesseiro no banco de trás, além de meia dúzia de garrafas vazias de conhaque com café. Parece que ele estava morando no carro havia algum tempo.

— Onde está o celular dele?

— Nós não encontramos nenhum celular.

Jane franziu a testa.

— Temos quase certeza de que ele tinha um celular pré-pago.

— Eu não faço ideia de onde possa ter ido parar. Mas você vai se interessar pelo que nós *encontramos*. — Ele pegou o celular e acessou uma imagem. — Está no laboratório estadual agora, mas tirei uma foto porque achei que você gostaria de ver.

Jane olhou para a imagem na tela do celular. Era um martelo.

— Nós o encontramos debaixo do tapete do porta-malas, ao lado do estepe. O fato de ele ter um martelo não é exatamente incomum, mas você *perguntou* se havia um.

— Tinha sangue nele?

— Não consegui ver nada a olho nu, mas o laboratório criminal acabou de me mandar uma mensagem. Encontraram vestígios de sangue na cabeça do martelo. — O sol da tarde agora brilhava diretamente em seus olhos e ele os semicerrou por causa da claridade. A luz forte destacava cada ruga e cada mancha em seu rosto. — Se for o sangue da sua vítima em Boston, isso pode solucionar todos os seus problemas.

— É o que parece.

Ele a observou por um momento.

— O perseguidor está morto, as mulheres estão seguras. Ainda assim, você não parece satisfeita.

Ela suspirou e olhou para as árvores.

— Eu gostaria de dar mais uma olhada na cabana.

— Claro. Os peritos já terminaram, então fique à vontade. Tenho que voltar para a cidade agora. Qualquer dúvida, é só me ligar.

Jane caminhou sozinha de volta à cabana. Ficou parada do lado de fora por um momento, no quintal, ouvindo o chilrear dos pássaros, o vento farfalhando nas árvores. Naquela manhã, ela e Frost haviam interrogado Amy e Julianne sobre o que acontecera ali na noite anterior, e as declarações delas passavam pela mente de Jane outra vez enquanto ela subia os degraus da varanda.

Amy: *Ele saiu da floresta e veio direto na minha direção. Eu tentei fechar a porta para impedi-lo de entrar, mas ele forçou e conseguiu. Eu sabia que ele ia me matar...*

Julianne: *Eu estava perto do lago, olhando para a água, e a ouvi gritando. Ouvi minha filha gritando e corri na mesma hora para a cabana...*

Jane entrou e parou na cozinha, examinando mais uma vez os armários manchados de sangue, o vidro quebrado, a cadeira tombada. Virou-se para a bancada e olhou para o bloco de madeira onde ficavam encaixadas as facas. Uma das cavidades estava vazia. Era uma fenda larga, grande o suficiente para acomodar uma faca de chef.

Julianne: *Corri para a cozinha. Ele estava lá, imprensando Amy contra a parede e com as mãos em volta do pescoço dela. Não pensei. Fiz o que qualquer mãe faria. Peguei uma faca na bancada...*

As evidências do que tinha acontecido em seguida estavam espalhadas pelos armários e pelo chão, e Jane viu tudo se desenrolando em sua mente como se estivesse acontecendo naquele exato momento. Julianne enfia a faca nas costas do agressor. O homem ferido berra e se vira para atacá-la. Investe contra ela. Em desespero, ela o ataca cegamente, e a lâmina corta seu pescoço. Dessa vez o ferimento é fatal, mas não o mata de imediato. Ele ainda tem força suficiente para tentar tirar a faca dela e, na luta, ela corta a mão. Agora a visão dele já está embaçada...

Às cegas, ele cambaleia até o corredor, onde estica o braço para se apoiar, deixando a marca de sua mão na parede. A essa altura já perdeu tanto sangue que tudo está começando a escurecer. Ele cambaleia até o quarto: um beco sem saída. E então suas pernas não conseguem mais sustentá-lo.

Jane parou e olhou para o local onde o corpo de James Creighton finalmente sucumbira. Ali ele dera os últimos suspiros enquanto o sangramento diminuía para um filete, enquanto seu coração falhava até finalmente parar por completo.

Julianne: *Quando liguei para o serviço de emergência, ele ainda estava vivo. Tenho certeza de que estava. Ele não disse nada. Não nos disse por que atacou. Quando a polícia chegou, ele estava morto, então nunca vamos saber por que ele escolheu Amy. Por que ele não a deixava em paz...*

Amy. Jane deu uma olhada no quarto, nas cortinas de renda, nos bichos de pelúcia alinhados na prateleira. Aquele devia ser o quarto de Amy. Depois daquela noite de terror, ela e a mãe tinham sido levadas de volta para Boston, deixando tudo para trás na cabana. A mala vazia de Amy ainda estava no armário, e havia roupas íntimas, meias e camisetas nas gavetas da cômoda. As escovas de dente ainda estavam no armário do banheiro compartilhado, junto com um frasco de comprimidos para hipertensão de Julianne e uma caixa de tintura de cabelo Clairol.

Jane saiu da cabana e foi até a varanda da frente, onde pegou o celular para ligar para Frost.

— Você ainda está na casa dos Antrim? — perguntou ela. — Como elas estão?

— Muito abaladas, mas bem, considerando as circunstâncias — respondeu ele. — O Dr. Antrim está em casa com elas, e Julianne subiu para dormir um pouco. Alguma surpresa no lago?

— Talvez. A equipe de perícia encontrou um martelo no carro de Creighton. O laboratório encontrou vestígios de sangue. Se for o sangue de Sofia Suarez...

— Isso resolveria tudo.

— Exceto o *porquê*. Nós ainda não sabemos o motivo. Por que ele matou Sofia? Por que estava perseguindo Amy?

— Por que *tudo* isso? Sei que você odeia quando eu digo isso, mas, bem, é um mistério.

— É, odeio quando você diz isso. — Ela olhou para o lago, onde um casal remava em uma canoa vermelha. A tarde estava sem vento, a superfície da água, lisa como um espelho. — É muito bonito aqui. Me dá vontade de comprar uma casa no lago também.

— Isso pede uma comemoração, não acha? Alice está querendo experimentar um restaurante italiano novo depois da Newton. No escritório dela não se fala de outra coisa. O que você acha?

— Talvez. No momento, tem mais um detalhe que eu preciso verificar.

— O quê?

— A necropsia.

Embora usasse o traje de proteção completo e o cabelo estivesse escondido sob uma touca de papel, não havia dúvida de que a pessoa que estava diante da mesa de necropsia era Maura. Enquanto a observava pela janela da antessala do necrotério, Jane se perguntou o que tornava Maura tão reconhecível. Sua postura distinta ao pegar um bisturi? Seu foco imperturbável ao olhar para o cadáver sobre a mesa? Nem mesmo quando Jane empurrou a porta e entrou na sala de necropsia Maura desviou os olhos do cadáver. Em vez disso, continuou com a incisão em Y e começou a cortar as costelas.

— Você já determinou a hora da morte? — perguntou Jane, juntando-se a Maura na mesa.

— Minha estimativa é consistente com as declarações das testemunhas. — Maura levantou o esterno e expôs os órgãos dentro da caixa torácica. — A morte ocorreu por volta de dez ou onze da noite. Já examinei a facada nas costas. A lâmina penetrou no espaço intercostal entre a quinta e a sexta costela, e o ferimento é consistente com as dimensões da faca de chef que foi coletada como evidência. — Maura apontou para o pescoço do morto, onde a ferida, agora sem sangue, se abria como uma segunda boca, rosada e sorridente. — E, como você pode ver, o segundo ferimento atingiu a artéria carótida esquerda. Falei com meu colega em Worcester. Ele esteve no local do crime ontem à noite e descreveu como um banho de sangue.

— É verdade — disse Jane.

— Eles poderiam ter feito essa necropsia em Worcester. Você não precisava mandar o corpo para Boston.

— Mas sei que *você* não vai deixar nada passar. E você está nessa investigação desde o início. Achei que ia gostar de acompanhar o caso.

— Obrigada.

Aquilo era sarcasmo? No caso de Maura, por vezes era difícil dizer, e a expressão em seu rosto não dava nenhuma pista enquanto ela dissecava o coração e os pulmões e expunha as artérias coronárias. Sem movimentos desnecessários, cada incisão era eficiente e precisa.

— As coronárias estão desobstruídas — disse Maura. E olhou para o rosto magro. — Mesmo que ele não pareça nada saudável.

— Sim, isso acontece quando a pessoa está morta.

— Eu estou falando da caquexia. As roupas eram de vários tamanhos maiores, e está vendo como as têmporas estão afundadas? Ele perdeu muito peso.

Jane pensou nas garrafas vazias de conhaque com café no carro.

— Alcoolismo?

— Isso pode ser parte da explicação. — Maura afastou as alças do intestino delgado. — Mas acho que este foi o verdadeiro motivo. — Ela apontou para uma massa protuberante. — Câncer de pâncreas, com metástase para o fígado.

— Ele tinha câncer?

— Em fase terminal. Estava morrendo.

Jane olhou para os olhos fundos de James Creighton.

— Você acha que ele sabia?

— Bastava se olhar no espelho.

Jane balançou a cabeça.

— Isso não faz sentido. O homem tinha câncer e devia saber que estava morrendo. Por que perseguiria uma mulher? Por que segui-la até o lago e atacá-la?

Maura ergueu os olhos.

— Você viu as marcas de estrangulamento no pescoço de Amy?

— Vi.

— Eram evidentes?

— Você não acredita na vítima?

— É da minha natureza fazer perguntas. Você sabe disso.

— Os hematomas eram tênues — disse Jane. — Mas *estavam* lá. E lembre-se: a ex-mulher dele também foi estrangulada.

— Nunca ficou provado que Creighton era o assassino.

— Mas depois desse ataque, parece ainda mais provável.

— *Probabilidade* não é prova.

Uma frase típica de Maura. O tipo de comentário que irritava Jane, embora ela soubesse que era verdade.

Maura largou o bisturi.

— O que *posso* lhe dizer é a hora da morte, a causa da morte e a identidade da vítima. As impressões digitais e o tipo sanguíneo deste homem confirmam que ele é James Creighton, com cinquenta e seis anos.

O celular de Jane tocou. Ela enfiou a mão sob a bata cirúrgica e tirou-o do bolso.

— Detetive Rizzoli.

— Tenho uma notícia que vai deixar você feliz — disse o sargento Goode.

— Então, por favor, me deixe feliz.

— É sobre o martelo que nós encontramos no carro de James Creighton. O laboratório acaba de confirmar que o sangue no martelo é humano e corresponde ao de Sofia Suarez. Parabéns. Você pegou o assassino.

Jane olhou para o cadáver oco. Deveria estar feliz porque a última peça do quebra-cabeça tinha acabado de se encaixar, aliviada por poder encerrar o caso do assassinato de Sofia Suarez. Mas, em vez disso, ao olhar para o rosto de James Creighton, ela pensou: *Por que tenho a sensação de que estou deixando passar alguma coisa?*

35
Angela

Esta noite estou sendo celebrada como uma heroína. Todos ao redor da mesa estão me chamando assim, e quero aproveitar, porque não é sempre que a boa e velha mãe é motivo de uma rodada de brindes além de ser levada para jantar fora. Um jantar excelente, diga-se de passagem, e nem fui eu que preparei, porque estamos em um dos restaurantes mais caros onde já comi. Foi Alice Frost quem escolheu, então acho que tenho que dar crédito a ela pelo menos por isso, mesmo que tenhamos dirigido meio caminho para Framingham até chegar aqui. Alice conhece todos os melhores lugares para comer bem, e quando você é advogada em um escritório de alto nível como ela, recebe dicas sobre os novos chefs mais badalados.

Acho que eu poderia aprender a gostar dela. Um dia.

Ela também escolheu o vinho para toda a mesa esta noite, e isso é outra coisa em que ela é muito boa. Já tomei duas taças, e o garçom se aproxima para me servir mais uma. Com a garrafa na mão, ele faz uma pausa e inclina a cabeça interrogativamente.

— Vá em frente, mãe — diz Jane. — Vou levá-la para casa, então fique à vontade para beber.

Abro um sorriso zonzo para o garçom, que enche minha taça. Enquanto bebo e olho para as pessoas em volta da mesa, penso que gostaria que Vince estivesse conosco. Ele adora uma boa celebração. Quando ele voltar da Califórnia, vou trazê-lo a este restaurante para comemorarmos.

Todos nós temos algo para comemorar esta noite. Jane e Barry solucionaram o caso, Alice foi promovida a sócia e a minha pequena Regina acabou de completar o primeiro ano do jardim de infância. Olho para todos à mesa, Alice, Barry, Gabriel, Jane e Regina, e penso: sou uma mulher de muita sorte.

Quando Vince voltar para casa, minha vida vai estar perfeita.

— Um brinde a Angela Rizzoli, super-heroína! — diz Gabriel, erguendo o copo de água tônica. — Que desarmou sozinha um homem armado.

— Bem, não totalmente sozinha — admito. — Eu tinha Agnes Kaminsky me dando cobertura. Então, mesmo que ela não esteja aqui, deveríamos brindar a ela também.

— Um brinde a Agnes! — dizem todos, o que faz com que me sinta um pouco mal por não a ter convidado.

Por outro lado, sei que se tivesse feito isso, ela estaria aqui reclamando: que a comida está muito salgada, a música, muito alta, e que idiota pagaria trinta dólares por uma entrada?

Então ergo minha taça de vinho para fazer um brinde.

— E parabéns a Jane e Barry! Depois de todas essas semanas, depois de todo o trabalho árduo, vocês finalmente pegaram o assassino!

— Tecnicamente, nós não o pegamos, mãe — Jane me corrige.

— Mas vocês solucionaram o caso, e ele nunca mais vai fazer mal a ninguém. Então, um brinde aos melhores detetives de Boston!

Jane parece um pouco relutante em aceitar o brinde, mesmo que todos os outros tomem um longo gole em sua homenagem. Conheço minha filha muito bem e dá para ver que algo a está incomodando. E isso, por sua vez, também me incomoda. É o fardo da maternidade: não importa a idade dos seus filhos, os problemas deles serão sempre problemas seus.

Eu me inclino na direção da minha filha e pergunto baixinho:

— O que foi, Janie?

— Foi só uma investigação longa e frustrante.

— Quer falar sobre isso?

— Não, não é nada demais. Apenas detalhes irritantes.

Coloco minha taça de vinho na mesa.

— Criei a detetive mais inteligente do mundo... — Faço uma pausa quando percebo que o parceiro dela, Barry, também está ouvindo, mas ele não se ofende e apenas faz uma saudação bem-humorada.

— Sem dúvida nenhuma, Sra. Rizzoli.

— Tudo bem, eu criei a metade feminina da *dupla de detetives* mais inteligente do mundo — me corrijo. — Você herdou esse talento de alguém, e não acho que tenha sido do seu pai.

Jane bufa.

— Também não acho.

— Então talvez tenha herdado isso de mim. Talvez eu possa jogar um pouco de luz sobre o seu caso. Olhar as coisas de uma nova perspectiva, o que acha?

— Não tenho tanta certeza, mãe.

— Posso não ser policial e sei que é fácil me subestimar porque sou uma mulher mais velha e tudo mais, mas...

— *Isso* — interrompe Alice, agitando a taça de vinho no ar — é culpa da sociedade. Nós, mulheres, perdemos todo o nosso valor quando envelhecemos além do nosso auge reprodutivo.

— É, talvez. Não sei sobre essa coisa de auge reprodutivo. Só quero ser ouvida. — Olho para Jane. — Se algo estiver incomodando você, talvez eu possa ajudar.

Jane suspira.

— Não sei *o que* está me incomodando.

— Mas você sabe que tem alguma coisa errada, é isso? Tudo bem, entendi. Da mesma forma que eu sabia que tinha algo errado quando seu irmão Frankie me contou que ia passar a noite na casa de Mike Popovich, quando, na verdade, ele estava na pedreira fumando maconha. Eu sabia porque tenho bons instintos.

— Só preciso pensar — diz Jane.

E posso vê-la fazendo exatamente isso enquanto passamos para o tiramisu de sobremesa e eu bebo uma quarta taça de vinho. Ela tomou apenas uma taça a noite toda porque hoje vai me levar em casa. É o lado servidora pública dela. Jane tem um compromisso profundo com o cumprimento da lei, ou seja, ela não relaxou muito a noite inteira. E a mente dela permanece claramente em outro lugar.

Jane ainda está distraída quando entramos em seu carro e afivelamos o cinto de segurança. Ela e Gabriel vieram em carros separados, e ele está levando Regina direto para casa, para dormir, então somos só eu e Jane. Gostaria de ter mais tempo sozinha com minha filha. A vida passa muito rápido, ela é muito ocupada e, quando tenho Jane só para mim, ela sempre parece ter pressa de estar em outro lugar.

— Foi um jantar e tanto, hein, mãe? — diz ela.

— Alice escolheu um ótimo restaurante. — Dou um tapinha na preciosa caixa de sobras no meu colo. — Acho que aquela mulher talvez tenha mais a oferecer do que apenas frases inteligentes.

— Suspeito que isso seja um elogio.

— Eu não iria tão longe.

Olho pela janela e vejo Alice e Barry entrando no carro. Um homem tão legal como Barry merece uma mulher mais gentil, mas, quando se trata de amor, gosto não se discute.

Jane liga o carro e saímos do estacionamento do restaurante.

Mais à frente, uma viatura com luzes piscando acabou de parar uma caminhonete, e os dois veículos estão no acostamento. Jane, é claro, diminui a velocidade para avaliar a situação e decidir se é algo que requer sua intervenção. Essa é minha filha, sempre farejando problemas.

Assim como eu.

— Acho que os Green se mudaram — digo.

— É? — pergunta ela, que não está me ouvindo porque sua atenção ainda está focada na viatura.

— Faz alguns dias que não vejo nenhum dos dois. Mas vi luzes acesas dentro da casa, então acho que eles devem ter um daqueles temporizadores automáticos. Aqueles que acendem as luzes quando escurece, para afugentar os ladrões.

— Mãe, com você vigiando aquela casa o tempo todo, um ladrão não tem a menor chance.

Isso me faz rir.

— É. Acho que você tem razão.

— *Se vir alguma coisa, comunique.* Você eleva isso a um outro patamar. — Satisfeita porque a viatura tem tudo sob controle, ela continua dirigindo. — É bem provável que os Green tenham se cansado de você sempre os espionando.

— Só fico de olho no meu bairro. Se eu não fizesse isso, agora Larry Leopold estaria morto e Rick Talley estaria enfrentando uma acusação de homicídio.

— Você já falou com Jackie?

— Eu acho que ela está com vergonha de falar comigo.

— Porque ela teve um caso, você quer dizer?

— Não, acho que é mais por causa do homem com quem ela teve um caso. *Larry Leopold?* Sério? — Bufo.

— Nunca se sabe, mãe. Talvez ele seja um furacão na cama.

Só por um instante penso em Jonas e em seu peitoral esculpido. Admito que ele chamou minha atenção. Também admito que, em um momento de fraqueza, depois de beber alguns martínis a mais, *posso* ter alimentado alguns pensamentos pecaminosos. Felizmente, Agnes abriu meus olhos. Agnes sacou quem ele era de verdade desde o início.

Agora estou me sentindo realmente culpada por não a ter convidado para jantar conosco esta noite. Por mais irritante que Agnes possa ser, ela ficou ao meu lado quando mais precisei. Ofegante e tossindo, com certeza, mas *ficou* ao meu lado.

Quando Jane me deixa em casa, percebo que as luzes de Agnes ainda estão acesas. Sei que ela fica acordada até tarde e provavelmente está sentada em frente à TV agora, fumando seus amados Virginia Slims. Provavelmente gostaria da minha companhia. E das minhas preciosas sobras.

Vou até a porta ao lado e toco a campainha.

— Angie! — diz ela com a voz rouca quando me vê na porta. Dou um passo para trás, sufocada pela nuvem de fumaça de cigarro que sai da casa dela, como se houvesse um incêndio. — Acabei de me servir uma dose de uísque! Entre e beba comigo.

— Trouxe comida — digo, erguendo minha caixa com as sobras.

— Alguma coisa para comer cairia bem agora. — Ela pega uma garrafa de uísque na mesinha de centro. — Posso servir uma dose dupla para você?

— Por que não?

***

Na manhã seguinte, pago o preço.

Acordo com uma dor de cabeça latejante e uma vaga lembrança de termos bebido a garrafa de Jameson até a última gota. O sol está raiando, e a luz é tão intensa que mal consigo abrir os olhos. Olho para o relógio e gemo quando vejo que já é meio-dia. Nunca mais vou tentar acompanhar Agnes. Que bela super-heroína eu sou, se uma mulher de setenta e oito anos consegue me deixar no chinelo.

Eu me sento, massageando as têmporas. Em meio ao latejar na minha cabeça, ouço a campainha.

A última coisa que quero no momento é receber visitas, mas estou esperando um pacote de Vince, então calço os chinelos e vou até o hall de entrada. Fico surpresa quando abro a porta da frente e me deparo com Tricia Talley parada do lado de fora em vez do entregador da UPS. Nas últimas semanas, ela fez da vida dos pais um verdadeiro inferno; agora ela está na minha varanda, com os olhos baixos e os ombros caídos.

— Encontrei isso preso na sua porta — diz ela, e me entrega um folheto da pizzaria local.

— Tricia. — Suspiro. — Sei que você não está aqui só para me entregar cupons de pizza.

— Não.

— Você quer entrar?

— Quero. Eu acho.

— Olha, você pode esperar alguns minutos na sala? Fui dormir muito tarde ontem, então me dê um tempinho para me vestir que eu já volto.

Vou para o meu quarto para jogar água no rosto e pentear o cabelo. Enquanto visto uma calça jeans e uma blusa limpa, eu me pergunto por que diabos essa garota apareceu de repente para falar comigo. Será que foi por *isso* que ela veio até aqui, só para conversar? Ou vou sair daqui e descobrir que ela roubou minha prataria ou algo assim? Com adolescentes, nunca se sabe.

Quando volto, ela não está na sala, onde a deixei. Sinto cheiro de café sendo preparado e sigo o aroma até a cozinha, onde Tricia está parada diante da bancada, servindo café para nós duas. Ela coloca as xícaras na mesa e se senta, olhando para mim com expectativa. Eu não me lembro de os meus filhos tomarem café aos dezesseis anos, mas é evidente que ela não apenas bebe, mas também sabe prepará-lo.

Ponto para Tricia.

Quando me sento, vejo suas mãos se abrindo e se fechando, como se ela não conseguisse decidir se precisa delas para aquela conversa em particular.

— Foi culpa minha o que aconteceu — começa ela. — Quero dizer, não fui eu quem estragou tudo, mas *piorei* as coisas.

— Não estou entendendo muito bem esta conversa.

— Foi tudo por causa da aula de biologia.

— Agora *realmente* não estou entendendo nada.

— Um pouco antes do fim do ano letivo, nós tivemos uma aula sobre genética no laboratório. Tivemos que espetar o dedo e coletar nosso próprio sangue. — Ela faz uma careta ao se lembrar. — Eu odiei. Me furar.

Aceno com a cabeça, solidária.

— Também não consegui fazer isso sozinha. Meu parceiro de laboratório teve que furar o meu dedo para mim.

Ela franze a testa.

— *A senhora* fez aula de biologia?

— Fiz, Tricia. Pode ser difícil de acreditar, mas eu já estive no ensino médio. E também briguei com meus pais. E, se quer saber, eu era uma garota muito popular. Mas por que você está me contando sobre a sua aula de biologia?

— Nós estávamos estudando tipos sanguíneos. Sabe, A, B, O. E depois de nos espetarmos, nós tínhamos que descobrir nosso próprio tipo sanguíneo. Descobri que sou B positivo. O que é, tipo, nove por cento da população. Não é tão incomum.

— Certo.

— Então, como nós estamos aprendendo noções básicas de genética e como os tipos sanguíneos são herdados, quis descobrir o tipo sanguíneo da minha mãe e do meu pai, para um trabalho valendo ponto extra.

Vixe. É aí que o nosso sistema educacional falha. Ele não prevê catástrofes desse tipo. Não leva em conta as possíveis consequências de sabermos demais.

— Minha mãe guarda o cartão de doadora de sangue na carteira, então eu já sabia que ela era A positivo. Aí perguntei ao meu pai, e ele me disse que era O positivo. Foi quando eu soube. — Ela respirou fundo. — Não tem como você ter uma mãe A positivo e um pai O positivo e ter um filho B positivo, sabe? — Com um gesto furioso de mão, ela enxuga as lágrimas. — Minha mãe negou, mas eu sabia que ela estava mentindo. Eu não aguentava mais olhar para ela. Não aguentava ver meu pai e ela juntos e fingir que estava tudo bem, enquanto o tempo todo eu sabia que não estava. — Ela olha para mim com firmeza. — Foi por isso que fugi. Eu tinha que me afastar deles por um tempo. Mas *liguei* para o meu pai para ele saber que eu estava bem. Ele me achou na casa de uma amiga e começou a gritar comigo sobre como eu era ingrata e como eu não valia nada, e eu simplesmente não consegui segurar. Eu disse a ele que ele não era meu pai. Eu disse que todos nós estávamos vivendo uma grande mentira.

— Foi *você* quem contou a ele?

Ela abaixou a cabeça.

— Foi errado fazer isso.

— Então ele não descobriu por meio de um detetive particular.

— Que detetive particular?

— O homem na van branca.

— Eu não sei de nenhuma van branca. Só sei que não deveria ter contado a ele. Eu deveria ter guardado o segredo, deveria ter deixado ele continuar pensando que não havia nenhum problema. Deixar ele acreditar que somos só uma falsa família feliz. Mas não consegui.

— Você também disse a ele que Larry era seu pai?

— Não, eu não sabia que era *ele*. — Ela faz uma careta, uma expressão de desgosto perfeitamente apropriada. Que outra cara uma pessoa faria ao descobrir que tem os mesmos genes que Larry Leopold? — Não posso acreditar que a minha mãe... e *ele*... — Ela estremece.

— Então como Rick descobriu?

— Minha mãe finalmente confessou. Naquela noite, contou a ele quem era o homem. E foi por isso que tudo aquilo aconteceu. Foi por isso que o meu pai foi até a casa do Larry.

— Ah, Tricia. Que loucura.

— Eu sei. Eu sei. — Ela suspira. — E poderia ter sido pior, muito pior, se a senhora não estivesse lá para impedir, Sra. Rizzoli. Ele poderia ter *matado* Larry. Então ele teria acabado na prisão pelo resto da vida. Tudo por minha causa.

— Não, querida. Não foi por sua causa. Por favor, não se culpe por isso. Foram os adultos que erraram. — Faço uma pausa. — Geralmente são os adultos.

Ela apoia a cabeça nas mãos e chora silenciosamente. Tricia é tão diferente da minha filha quando adolescente. A minha Janie não chorava silenciosamente. Quando alguém a machucava, ela não chorava; ela revidava. Mas Tricia é uma menina muito mais sensível e vai precisar da ajuda da mãe para superar isso.

Preciso ligar para Jackie. Vai ser uma conversa desconfortável porque ela não sabe o quanto eu sei sobre sua família, mas ela e Tricia precisam uma da outra agora, e talvez eu tenha que ser a responsável por ajudar as duas a se reconciliarem.

Acompanho Tricia até a porta da frente e, enquanto ela caminha pela rua, penso no que vou dizer a Jackie ao telefone. Nada de julgamento; ela já sabe que o que fez foi uma sacanagem (e com *Larry Leopold*!), mas agora precisa de uma amiga. Por um momento, permaneço na minha varanda, examinando a vizinhança, reunindo coragem para fazer a temida ligação. Embora tudo pareça igual, de alguma forma a rua está diferente. O jardim dos Leopold está tão bem cuidado como sempre, mas dentro daquela casa há um casamento em crise. Jonas, o homem anteriormente conhecido como o membro das forças especiais da Marinha do bairro, não está em seu lugar habitual na janela, levantando pesos. Provavelmente está com medo de mostrar a cara, agora que foi exposto como uma fraude. E os Green? Mesmo em um domingo ensolarado e lindo, as persianas permanecem fechadas, seus segredos, guardados.

Estou prestes a voltar para casa quando vejo uma van branca familiar se aproximando. É a mesma van que não para de passar pela minha rua, aquela que vi há algumas noites estacionada em frente à casa dos Leopold. Eu tinha presumido que pertencia a um detetive particular contratado por Rick, mas agora sei que isso não é verdade. Então, quem está dirigindo a van e por que ela está no meu bairro?

Lentamente, ela passa pela minha casa e estaciona junto ao meio-fio, algumas casas adiante. O motorista desliga o motor e simplesmente fica parado. Por que ele não sai? O que está esperando?

Não aguento mais a incerteza. Sou a mulher que enfrentou um homem armado, que salvou a vida de Larry Leopold. Certamente posso resolver esse pequeno mistério.

Pego meu celular e saio. É a primeira vez que a van para aqui por tempo suficiente durante o dia para que eu possa dar uma boa olhada nela. Tiro uma foto da placa traseira e em seguida, vou até a porta do motorista e bato na janela.

— Olá? — chamo. — Olá?

Ele levanta os olhos do celular e me encara. É um homem loiro de trinta e poucos anos, com ombros largos e rosto taciturno. Nenhum vestígio de um sorriso.

— Para quem você trabalha? — pergunto.

Ele se limita a me olhar em silêncio, como se eu estivesse falando uma língua estrangeira.

— É que é minha função ficar de olho no bairro. Já vi você aqui na rua várias vezes e gostaria de saber o que você quer.

Acho que ele não está me ouvindo, porque continua sem me responder. Talvez seja porque só o que ele vê é uma dona de casa de meia-idade, alguém que ele pode simplesmente ignorar. Já fui ignorada por tempo demais e estou cansada. Endireito a coluna. É hora de falar com a voz da minha filha, com a autoridade dela. O que uma policial diria?

— Vou ter que registrar uma ocorrência — digo.

Isso resolve o problema.

— Eu tenho uma entrega para fazer — diz ele por fim. — Flores.

— Para quem?

— Me deixe conferir o nome. Está em uma prancheta na parte de trás.

Ele sai da van. O homem é ainda maior do que parecia no banco do motorista e, enquanto o sigo até a traseira da van, tenho a sensação de estar andando atrás do próprio Hércules.

— Talvez você possa dar uma olhada no nome que está no cartão — diz ele. — E me dizer se estou no endereço certo.

— Me mostre.

Ele abre a porta traseira e se afasta para que eu possa olhar as flores.

Só que não tem flor nenhuma. Apenas uma van vazia.

Uma mão cobre minha boca. Tento me libertar, tento revidar, mas estou lutando contra uma parede de músculos. Meu celular cai no chão quando ele me levanta e me coloca na traseira. Ele entra e fecha a porta, me prendendo lá dentro. Depois do sol forte, a van parece tão escura que mal consigo distinguir sua silhueta inclinada sobre mim. Ouço o barulho de fita adesiva.

No momento em que respiro fundo para gritar, ele coloca a fita adesiva sobre a minha boca. Me vira de bruços e puxa brutalmente minhas mãos para trás. Em segundos, ele amarra meus pulsos e tornozelos, com movimentos rápidos e de uma eficiência brutal.

Um profissional. Isso significa que vou morrer.

36
Jane

— Eu *soube* que tinha alguma coisa errada assim que vi aquele celular caído na rua — disse Agnes Kaminsky. — Bati na porta dela e ela não atendeu, mas a porta não estava trancada. Sua mãe *sempre* tranca a porta da frente, por causa de todas as histórias tenebrosas que você conta a ela. Foi por isso que liguei para você.

Com uma sensação crescente de preocupação, Jane examinou o celular da mãe. Havia uma foto de Regina na capa do celular, o que não deixava nenhuma dúvida de que aquele era mesmo o celular de Angela. Ela quis acreditar que havia uma razão perfeitamente inofensiva para o objeto estar caído na rua, talvez sua mãe tivesse saído para passear e simplesmente o tivesse deixado cair, mas isso não explicava por que ela havia deixado a porta da frente destrancada. Quando sua filha investiga homicídios, quando seu namorado é policial aposentado e você já ouviu todas as histórias deles sobre malfeitores na cidade grande, você nunca deixa de trancar a porta.

— Está tudo certo dentro da casa dela — disse Agnes. — Ninguém roubou nada.

— Você já entrou lá?

— Bem, tive que conferir. Nós, mulheres que moramos sozinhas, temos que cuidar umas das outras.

Poucas semanas antes, Agnes e Angela nem se falavam. Agora, de repente, pareciam melhores amigas. As coisas mudavam muito rápido.

— Ela não arrumou a cama, mas *fez* café e a cafeteira ainda está quente — continuou Agnes. — E tem duas xícaras na mesa da cozinha, então ela recebeu visita. Caso isso tenha alguma relevância.

Jane entrou na casa acompanhada de Agnes, cercada, como sempre, por seu habitual miasma de fumaça de cigarro. Ali, no aparador do hall de entrada, em seu lugar habitual, estavam a bolsa de Angela e as chaves da casa. Outro mau sinal. Foram para a cozinha, onde a jarra de café ainda estava quente. E sobre a mesa havia duas xícaras vazias, exatamente como Agnes havia descrito.

Alguém a visitara naquela manhã. Alguém que tinha se sentado àquela mesa e tomado café com Angela.

— Está vendo? — disse Agnes. — Exatamente como eu disse.

Jane se virou para ela.

— Você viu quem veio visitá-la?

— Não. Eu estava ocupada assistindo ao canal de compras. Eles estão vendendo aqueles aspiradores de pó modernos e estou pensando em comprar um. — Ela apontou para o celular. — Você não sabe como desbloquear essa coisa? Talvez ela tenha ligado para alguém ou alguém tenha ligado para ela. Talvez essa seja a pista crucial.

Jane franziu a testa para o celular da mãe. Era necessária uma senha de seis dígitos para desbloqueá-lo. *Ela é minha mãe. Eu deveria saber.* Ela digitou a data de nascimento da mãe. Senha incorreta. Ela digita sua própria data de nascimento. Senha incorreta.

— Essa é a sua garotinha, não é? — disse Agnes.

— O quê?

— Na capa do celular. É ela na foto. Antes de começar a frequentar o jardim de infância, ela ficava aqui com a sua mãe quase todos os dias. Angie sente muita saudade dela.

Claro, pensou Jane, e digitou a data de nascimento de Regina.

O celular foi desbloqueado, e na tela apareceu a função que tinha sido utilizada pela última vez: a câmera. Jane clicou na imagem mais recente. A foto era da traseira de uma van branca e fora tirada duas horas antes, às 13:12.

— Essa é a nossa rua — disse Agnes, esticando o pescoço para olhar a tela. — É bem aqui em frente.

Jane foi até a calçada e ficou no mesmo lugar que a mãe estava quando a foto foi tirada. Não havia nenhuma van ali agora, apenas o meio-fio vazio. Ela ampliou a imagem e o número da placa preencheu a tela. Uma placa de Massachusetts. *Por que você tirou essa foto, mãe? Foi por isso que você desapareceu?*

— Ah, meu Deus — disse Agnes, olhando para o outro lado da rua. — É ele.

O misterioso Matthew Green tinha acabado de sair de casa. Caminhou na direção delas, movendo-se como um homem indo para a batalha, com passo firme e ombros retos. Óculos de sol espelhados escondiam seus olhos, e Jane não conseguia ler sua expressão, mas não teve dificuldade de perceber o contorno revelador da arma escondida sob sua camisa. Quando ele se aproximou, Jane resistiu ao impulso de pegar a própria arma. Estavam em plena luz do dia, afinal, e bem ao lado dela havia uma testemunha, mesmo que fosse apenas Agnes Kaminsky.

— Detetive Jane Rizzoli? — disse ele.

— Sim.

— Imagino que esteja procurando sua mãe.

— Sim, estou. O senhor sabe onde ela está, Sr. Green?

— Não tenho certeza. — Ele tirou os óculos escuros e olhou diretamente para ela, o rosto inexpressivo como o de um ciborgue.

— Mas acho que posso ajudar você a encontrá-la.

37
Angela

Sempre que pensava na minha morte, eu imaginava que ainda demoraria muitos anos para acontecer. Deitada em casa, na minha própria cama, rodeada pela minha família. Ou talvez em um quarto de hospital, sendo cuidada por enfermeiras. Ou, melhor ainda, eu partiria de repente e sem sentir dor, morta por um derrame enquanto estava deitada em uma praia ensolarada com um drinque Mai Tai na mão. Na minha imaginação, porém, nunca apareceu uma fita adesiva.

E, no entanto, é assim que terei meu fim, com as mãos e os pés amarrados, amordaçada na traseira desta van. Ou talvez ele me leve para algum lugar remoto e coloque uma bala na minha cabeça. É isso que os profissionais fazem, e estou convencida de que o homem que está ao volante, me levando para minha cova, é exatamente isto: um profissional.

Como pude entender tudo tão errado? Enquanto estava concentrada em Tricia, nos Leopold e nos misteriosos Green, algo completamente diferente estava acontecendo bem debaixo do meu nariz, algo que atraiu aquela van de volta ao nosso bairro repetidas vezes. Ela não estava lá para espionar Larry Leopold; estava lá por outro motivo, ainda desconhecido. Não que isso fosse fazer alguma diferença agora.

Tento me libertar, mas a fita adesiva não cede, é o material mais resistente do universo. Exausta, me entrego ao desespero. É isso que dá meter o nariz onde não sou chamada. Tive sorte com os Leopold de não ter levado um tiro. Fiquei confiante demais, e agora vou pagar caro.

A van vira em uma esquina e o movimento me faz rolar para o lado e bater a cabeça na lateral da carroceria. Uma dor repentina desce pelo meu pescoço, excruciante como uma descarga elétrica. Começo a choramingar, fraca e derrotada. Como vou me defender se não consigo nem mover os braços?

A van diminui a velocidade e para.

Em meio às batidas do meu coração, ouço a porta do motorista se abrir e se fechar. O baque reverbera, o que me diz que não estamos ao ar livre, mas dentro de um prédio. Talvez um armazém? O motorista não abre a porta traseira; ele simplesmente se afasta, os passos ecoando no chão de concreto, e me deixa amarrada no veículo. Ouço-o falar com alguém, mas não há outra voz. Ele deve estar ao telefone e parece agitado, irritado. Será que estão debatendo o que fazer comigo?

Ele para de falar e tudo fica em silêncio. Por um momento, parece que se esqueceram de mim.

Agora que não estou sendo jogada de um lado para o outro no trânsito, posso finalmente me levantar, mas a meia-idade e as articulações rígidas tornam qualquer movimento uma luta. Ficar sentada é tudo que consigo fazer. Não consigo gritar, não consigo libertar as mãos nem os pés, e estou presa numa caixa de metal trancada.

Em algum momento, *alguém* vai notar que desapareci, mas quanto tempo vai demorar? Será que Vince vai se perguntar por que não estou atendendo ao telefone e vai ligar para Jane? Será que Agnes vai até a minha casa para me agradecer pelas sobras de ontem? Penso em todos os cenários possíveis que terminam comigo permanecendo viva, mas continuo me deparando com um obstáculo intransponível: mesmo que eles *me procurem*, ninguém sabe onde estou.

Ah, Angie, você realmente está morta.

Em pânico, começo a torcer a fita adesiva novamente. Soluçando e suando, eu me contorço com tanta força, com tanto desespero, que meus dedos ficam dormentes. Perdi a noção do tempo, mas parecem ter se passado horas. Talvez ele não volte. Talvez seja *assim* que tudo termina, comigo mumificada em uma van abandonada.

E eu ainda nem tomei o café da manhã direito.

Exausta, tombo para trás. Janie, sei que você esperava mais de mim, mas não consigo fazer isso. Não consigo me salvar.

O ar está quente e viciado, e fico com dificuldade para respirar. Ou talvez seja apenas pânico. Calma, mantenha a calma. Fecho os olhos e tento controlar a respiração.

Então um segundo veículo chega, e eu me levanto.

Ouço o ronco do motor, os pneus cantando enquanto ele freia ao entrar no prédio. O motor é desligado e as portas batem.

A porta traseira da van se abre e um homem olha para mim. Seu rosto está iluminado por trás, então não consigo ver sua expressão, mas consigo distinguir uma silhueta de cintura larga e pescoço curto e grosso.

— Tire ela daí. Quero falar com ela — ordena ele.

Um segundo homem se aproxima e, com uma faca, corta a fita adesiva que prende meus tornozelos e meus pulsos, depois me arrasta para fora do carro. Fiquei tanto tempo amarrada que minhas pernas estão rígidas e cambaleio diante dos três homens. Um deles é o motorista da van que me sequestrou na minha rua. Os outros dois acabaram de chegar em um Escalade preto que agora está estacionado ao lado da van. Ninguém sorri. É fácil perceber que o homem mais velho e mais gordo é quem está no comando. Acompanhado pelos dois mais jovens, o chefe dá um passo na minha direção até ficarmos quase cara a cara. Ele aparenta estar na casa dos cinquenta, tem olhos azul-claros, cabelo loiro cortado rente à cabeça, e cheira a loção pós-barba. Coisa cara, imagino, mas ele foi generoso demais ao aplicá-la.

— Então, onde ela está? — pergunta o homem.

Murmuro algo por trás da fita adesiva que ainda cobre minha boca. Sem avisar, ele a arranca, e fico tão assustada que recuo, batendo com a parte de trás dos joelhos no para-choque traseiro da van. Não há mais espaço para eu recuar. Estou presa entre o veículo e aquele homem encharcado de loção.

— Onde ela está? — repete ele.

— Quem? — pergunto.

— Nina.

— Não conheço nenhuma Nina.

Para minha surpresa, ele ri e olha para os outros dois homens.

— Essa deve ser uma nova tática que estão ensinando agora. Como se fazer de idiota.

— Não estou me fazendo de idiota. — *Eu realmente sou idiota.*

Ele se vira para o motorista da van.

— Você conseguiu a identidade dela?

O motorista balança a cabeça.

— Não estava com ela.

— Então ela mesma vai ter que nos contar. — O grandalhão se volta para mim: — Para quem você trabalha?

— O quê? Para ninguém. Eu sou só uma...

— Qual agência?

Agência? Aos poucos, começo a entender. Eles pensam que eu sou outra pessoa. Ou algo diferente do que sou, uma dona de casa.

— Onde vocês estão escondendo ela?

Se eu contar a verdade, que não faço ideia de qual seja, então serei inútil para eles. Mas enquanto acharem que possuo informações valiosas, vão me deixar viver. Podem quebrar meus ossos e arrancar minhas unhas, mas não vão me matar. Já é alguma coisa, suponho.

Não antecipo o golpe. O movimento é tão rápido, tão inesperado, que não tenho chance de me preparar. Seu punho bate na minha bochecha, e cambaleio para o lado enquanto fogos de artifício explodem na minha cabeça. Quando consigo retomar o foco, vejo o homem pairando sobre mim, com os lábios curvados em um sorriso de escárnio.

— Não está um pouco velha para esse tipo de atividade, minha senhora? — questiona ele.

— E você, não está?

As palavras saem da minha boca antes que eu consiga me conter e me encolho quando a mão dele se ergue para desferir outro golpe. Mas então ele se detém e abaixa o punho.

— Talvez nós tenhamos começado com o pé esquerdo — diz ele. Ele agarra minha mão e me levanta. — Sabe, um pouco de cooperação da sua parte vai tornar as coisas muito mais fáceis. Pode até valer a pena para você, no sentido financeiro, quero dizer. Não consigo imaginar que a aposentadoria paga pelo governo seja algo muito generoso.

Com cuidado, toco a bochecha onde ele me bateu. Não está sangrando, mas posso sentir o início do inchaço. Vou ficar com um belo olho roxo. Se eu viver por tempo suficiente para isso.

— Me diga para onde vocês levaram Nina — exige ele.

Voltamos para a misteriosa Nina. Não posso deixá-lo saber que não faço ideia de quem ela seja. Tenho que blefar para sair dessa situação.

— Nina não quer ser encontrada — digo.

— Me conte alguma coisa que ainda não sei.

— Ela está apavorada.

— E deveria estar. Eu espero lealdade dos meus funcionários, e falar com os federais é o *cúmulo* da deslealdade. — Ele olha para os homens que estão ao seu lado. — *Eles* entendem.

— Mas Nina não.

— Ela nunca vai testemunhar naquele tribunal. Não importa quantas vezes vocês a levem para um novo esconderijo, vou encontrá-la. Mas, sabe, vai ficando cansativo. — Sua voz se suaviza, torna-se amigável, quase confidencial. — Dedicar tantos dos meus recursos para rastrear aquela vadia. Dessa vez levei quatro semanas inteiras para localizá-la. Fui obrigado até mesmo a pedir um favor à polícia de Revere.

Quatro semanas. Tudo fica claro para mim. Quatro semanas atrás foi quando os Green se mudaram para a casa do outro lado da rua. Os Green, que mantinham as persianas das janelas e a porta da garagem fechadas. Que nunca me davam nem bom-dia. Penso na mulher nervosa que se chamava Carrie Green, mas esse não é o nome verdadeiro dela.

Seu nome é Nina, e aparentemente o que ela sabe é o suficiente para mandar esse homem para a prisão. Se ele não a matar primeiro.

— Vamos facilitar as coisas — diz o homem, mais uma vez se inclinando para mim, com a voz baixa e persuasiva: — Você me ajuda, e eu ajudo você.

— E se eu me recusar?

Ele olha para seus homens.

— O que vocês acham, rapaziada? A gente enterra essa daqui viva? Ou é melhor usar o compactador de lixo?

Uma bala na cabeça está começando a parecer uma boa ideia.

Ele se vira para mim:

— Vamos tentar de novo. Me diga onde ela está, e eu deixo você viver. Posso até colocar você na minha folha de pagamento. Não custa nada ter mais um par de olhos e ouvidos. Para quem você disse que trabalha?

— Ela não disse — se intromete o motorista da van. — Mas senti cheiro de policial. A maneira como ela falou comigo e veio até mim, como se fosse dona da porra da rua.

E esse foi o meu erro, pensar que sou uma verdadeira heroína em um filme de ação quando, na verdade, não passo de uma dona de casa de Revere. É uma pena que eu tenha sido tão convincente. Agora vou morrer porque não tenho ideia de onde Nina/Carrie esteja.

Mas eles não precisam saber disso.

— Me deixe adivinhar. FBI? — me pergunta o grandalhão.

Não respondo. Dessa vez vejo a mão dele chegando, mas, mesmo estando preparada, o golpe é tão desnorteante quanto o primeiro. Cambaleio para o lado, meu queixo latejando. Meu lábio arde e quando o toco vejo sangue em meus dedos.

— Vou perguntar de novo. Você é do FBI?

Respiro fundo e sussurro:

— Sou da polícia de Boston.

— Agora estamos chegando a algum lugar.

Estou abatida demais para dizer qualquer coisa. Olho para meu sangue pingando no concreto, o que vai ser um testemunho silencioso muito depois que eu morrer. Imagino os técnicos forenses encarregados de periciar este armazém daqui a dias, semanas ou até mesmo anos, olhando para a evidência da minha morte brilhando a seus pés. Não vou estar mais aqui para contar a eles o que aconteceu, mas meu sangue vai.

E Jane vai assumir daí em diante. Sei que posso contar com isto: minha filha vai garantir que a justiça seja feita.

— Vamos tentar de novo — diz ele. — Onde está Nina?

Apenas balanço a cabeça.

— Matem essa mulher — ele diz e se vira para ir embora.

Um dos homens saca a arma e dá um passo à frente.

— Espere — digo.

O grandalhão se vira de volta.

— No Hotel Colonnade — deixo escapar.

O nome só me vem à mente porque foi onde a sobrinha-neta de Agnes Kaminsky realizou a recepção de seu casamento. Eu me lembro do bolo de três andares, do champanhe e do noivo surpreendentemente baixo. É apenas uma mentira paliativa, que eles vão poder desmentir com uma rápida visita ao hotel, mas é só o que consigo inventar para adiar o inevitável.

— Com que sobrenome ela está registrada?

— Kaminsky — respondo, torcendo para que não haja ninguém com esse sobrenome hospedado lá.

Ele olha para o motorista da van.

— Vá até lá e confirme.

E esse vai ser o fim da farsa, penso. Quando ele descobrir que estou blefando e que a mulher que eles procuram não está lá. Não sei o que mais poderia dizer ou fazer para me salvar. Só consigo pensar nas pessoas que amo e em como nunca mais as verei.

O motorista entra na van e sai do armazém. Meia hora, uma hora no máximo, acho. É o tempo que vai levar para me expor como uma mentirosa. Olho ao redor, procurando uma rota de fuga. Vejo equipamentos de construção — um caminhão de cimento, uma escavadeira —, mas não há saída, exceto uma grande porta de metal, que agora está bloqueada pelos homens.

O grandalhão arrasta um caixote e se senta. Ele olha para os nós dos dedos e aperta a mão. O idiota se machucou ao me bater. Bem feito. Ele confere a hora no relógio, coça o nariz, gestos comuns de um homem de aparência comum. Ele não parece um monstro, mas é, e penso em como Nina é corajosa por enfrentá-lo. Eu me lembro da cara nervosa dela e do bilhete que deixou na minha varanda, me pedindo para deixá-los em paz. Durante todo esse tempo, pensei que ela tivesse medo do marido, quando na verdade eram esses homens que ela temia.

Estremeço ao ouvir o som de seu celular tocando. Ele o tira do bolso e diz:

— Alô?

Então acabou. Ele vai saber que não tem ninguém com sobrenome Kaminsky hospedado no Colonnade. Vai saber que estou mentindo.

— Quem é? — dispara ele. — Como conseguiu esse número?

O barulho de um motor faz os dois homens se virarem em direção ao portão aberto enquanto um SUV preto entra a toda a velocidade no armazém e para a poucos centímetros dos homens.

É a minha chance. Talvez minha única chance. E aproveito.

A saída pela porta está bloqueada, então dou a volta no Escalade e corro até o caminhão de cimento.

— Que porra é essa? — grita o homem.

Estou agachada atrás do caminhão de cimento, então não consigo ver o que está acontecendo, mas ouço mais pneus freando enquanto outros veículos entram cantando pneu no armazém. Ouço gritos e passos pesados no concreto.

E tiros. Ah, meu deus, é um acerto de contas entre mafiosos. E estou bem no meio.

Entro ainda mais no armazém e me escondo embaixo de uma escavadeira. Eles estão muito ocupados lutando pela própria vida; talvez esqueçam que ainda estou aqui. E depois que terminarem de atirar uns nos outros, quando estiverem todos mortos no chão, posso sair sorrateiramente e fugir. Fugir da carnificina. Eu me encolho como uma bola, cubro a cabeça com os braços e entoo silenciosamente o mantra: Eles não podem me ver. Sou invisível. Sou invisível.

Meus braços estão tão firmes em volta da minha cabeça que levo um momento para perceber que o tiroteio parou. Que ninguém mais está gritando. Como uma tartaruga emergindo lentamente da carapaça, coloco a cabeça para fora e ouço...

Silêncio.

Não, não está totalmente silencioso. Passos se aproximam. Do meu esconderijo debaixo da escavadeira vejo um par de sapatos parado bem ao lado de onde estou escondida. Botas pretas de cano curto, estreitas, surradas e estranhamente familiares.

— Mãe?

O rosto de Jane de repente me olha por baixo da escavadeira. Nós nos encaramos e por um momento acho que estou tendo alucinações. Como isso é possível? Minha filha brilhante e implacável chegou magicamente até aqui. Veio me resgatar.

— Ei, você está bem? — pergunta ela.

Rastejo para fora do meu esconderijo e a abraço. Não me lembro da última vez que abracei minha filha com tanta força. Talvez tenha sido muitos anos atrás, quando ela ainda era uma garotinha e eu podia pegá-la nos braços e colocá-la no colo. Ela é grande demais para isso agora, mas ainda posso tentar, e quando seus pés saem do chão, ouço-a rir.

— Calma, mãe!

Antes, era eu quem a socorria, quem cuidava de joelhos esfolados e baixava a febre dela. Agora é ela quem me resgata, e nunca fiquei tão grata por ter sido abençoada com essa filha.

— Mãe. — Ela se afasta e examina meu rosto machucado. — Que porra eles *fizeram* com você?

— Me bateram um pouco. Mas estou bem.

Ela se vira e grita:

— Greeley! Eu a encontrei!

— Quem é Greeley? — pergunto.

Então o vejo vindo em nossa direção, o homem que conheci como Matthew Green. Ele me olha de cima a baixo, calculando friamente meus danos.

— Acha que precisa de uma ambulância, Sra. Rizzoli? — pergunta ele.

— Só quero ir para casa — respondo.

— Foi o que pensei que a senhora diria. Sua filha vai levá-la para casa e vai cuidar da senhora. E então nós dois vamos ter uma conversa.

Ele se vira para sair.

— E Nina? — pergunto.

Ele para. E então se vira para me encarar.

— O que a senhora sabe sobre ela?

— Sei que ela vai testemunhar contra esse criminoso. E que, se ele a encontrar, ela vai morrer. Sei que esse homem tem um informante na polícia de Revere, então é melhor vocês investigarem. E alguém do grupo dele está no Hotel Colonnade agora mesmo, procurando por ela.

Ele me olha por um momento, como se estivesse me vendo — realmente me vendo — pela primeira vez. O canto de sua boca se inclina para cima.

— Acho que a senhora é mais inteligente do que parece. — Ele se vira para Jane: — Por favor, leve-a para casa, detetive. E mantenha-a longe de mim. Se puder.

— E Nina? — grito enquanto ele se afasta.

— Ela vai ficar bem agora.

— Como você sabe disso?

— Confie em mim.

— Por que eu deveria? E Greeley é mesmo seu nome verdadeiro?

Ele levanta a mão em um aceno descuidado e continua se afastando.

— Vamos, mãe — diz Jane. — Vou levá-la para casa.

Agora que não estou mais em pânico, minha bochecha está começando a doer de verdade. Talvez eu precise de uma ambulância, mas sou orgulhosa demais para admitir, então deixo que Jane me leve para longe da escavadeira, rumo à porta do armazém, onde mais de dez policiais vestindo coletes com a inscrição *U.S. Marshal* estão circulando.

— Não olhe, mãe — Jane me avisa.

Então é claro que olho. Para os respingos de sangue no chão de concreto. Para os dois corpos caídos aos pés dos policiais. Foi por isso que Greeley disse para eu não me preocupar com Nina. Porque o homem que estava atrás dela agora está morto, morreu em um tiroteio com agentes federais. Ainda posso sentir o cheiro daquela loção pós-barba fedorenta.

Faço uma pausa, olhando para o homem que me deu um soco no rosto, que ordenou com a maior naturalidade que eu fosse morta, e tenho vontade de dar um belo chute naquele cadáver. Mas tenho dignidade e há um monte de agentes observando. Então continuo caminhando para fora do armazém e entro no carro da minha filha.

***

Algumas horas mais tarde, depois de uma boa dose de ibuprofeno e com um saco de ervilhas congeladas pressionado contra a bochecha, estou me sentindo muito melhor. Jane e eu estamos sentadas na sala de estar, e isso por si só já é um prazer, porque minha filha não costuma reservar um tempo apenas para ficar comigo. Em geral ela está ocupada com o trabalho ou com Regina ou com milhares de outras coisas que são muito mais urgentes do que estar com a própria mãe. Mas hoje à tarde ela parece satisfeita por apenas tomar chá e... conversar. Sobre o que aconteceu hoje. Sobre as pessoas que antes conhecíamos como Matthew e Carrie Green.

— Então era por isso que as persianas deles estavam sempre fechadas — digo. — Era por isso que ele carregava uma arma. Foi por isso que instalou grades nas janelas. Que evitou contato com o restante da vizinhança.

— Ela era a principal testemunha deles, mãe, e precisavam mantê-la viva. Já tinham mudado de esconderijo duas vezes antes, mas de alguma forma ele sempre conseguia descobrir onde ela estava.

— Porque ele tinha um informante na polícia de Revere.

Jane assente com a cabeça.

— Eles sabem disso agora, graças a você. E vão descobrir quem diabos é essa pessoa.

Sinto uma pequena emoção ao ouvir esse elogio da minha filha, a policial.

— Greeley ficou preocupado quando viu a van duas semanas atrás — explica ela. — Então eles a levaram para outro esconderijo.

— Mas *alguém* ainda estava morando na casa do outro lado da rua. Eu vi as luzes.

— Ele ficou, para dar a impressão de que a casa estava ocupada. Para ficar de olho naquela van. Então você interferiu na operação.

— E estraguei tudo, imagino.

— Não, mãe. Você deu a eles um motivo para finalmente entrarem em ação e prenderem o cara. Eles só precisavam enquadrá-lo por um crime do qual ele não conseguisse se safar, e depois disso podiam acusá-lo de sequestro. Eles já tinham instalado um dispositivo de rastreamento no Escalade dele, então o seguiram direto até você. Quando ele começou a atirar, eles só tiveram uma opção. Atirar de volta. O julgamento não vai mais ser necessário.

— Você se lembra do que eu costumava dizer quando você era pequena? Sobre tomar decisões erradas?

Jane ri.

— É, essa foi definitivamente uma decisão errada. Sequestrar *você*.

Olho pela janela, para a casa do outro lado da rua. Não tem mais ninguém morando lá agora, e devo admitir que sinto falta dos Green. Sinto falta de todo o mistério, de todas as possibilidades interessantes. Agora é apenas meu bom e velho bairro sem graça, onde o único mistério que consegui resolver era quem estava pulando a cerca com quem.

— E por falar em pessoas que tomam decisões erradas — digo —, finalmente entendi toda a história sobre por que Rick Talley atirou em Larry Leopold. Durante todo esse tempo, pensei que o Rick tivesse contratado um detetive particular e que tinha descoberto sobre o caso assim. Mas foi Tricia quem contou a ele.

— *Tricia* sabia?

— Ela veio aqui para me agradecer por ter impedido o pai dela de matar Larry.

— Como Tricia descobriu que a mãe tinha um caso?

— Aula de biologia. Eles estavam aprendendo sobre genética e tiveram que identificar o próprio tipo sanguíneo. Tricia é B positivo e a mãe dela é A positivo. O problema é que Rick é O positivo, o que significa que ele não poderia ser o pai biológico dela. Por isso que estava com tanta raiva da mãe. Ela contou ao Rick, então ele descobriu quem era o homem que tinha dormido com a mulher dele, e foi por isso que ele apareceu na casa do Larry.

Por um longo tempo, Jane fica em silêncio, e percebo que está pensando em outra coisa. É sempre assim. Eu falo e a mente dela se desvia para outras coisas. Coisas que são mais importantes do que o que sua mãe tem a dizer. Não vai demorar muito para ela encontrar uma desculpa para encerrar essa conversa chata e ir embora.

— Meu deus, mãe — diz ela, e de repente se levanta da cadeira em um salto.

— Eu sei — digo, dando um suspiro. — Você tem que ir.

— Você acabou de solucionar o caso! Obrigada!

— O quê? O que foi que eu disse?

— Tipos sanguíneos! Eu deveria ter percebido que a questão eram os *tipos sanguíneos*. — Ela corre até a porta. — Realmente preciso ir.

— Do que você está falando?

— Sofia Suarez. Eu tinha entendido tudo errado.

38
Amy

A detetive Rizzoli estava de volta. Pela janela do vestíbulo, Amy a viu parada junto à porta da frente e se perguntou por que, semanas depois da última conversa, ela havia retornado. Talvez houvesse alguns detalhes finais a serem esclarecidos antes que o caso pudesse ser oficialmente encerrado, alguns últimos pingos nos is.

Amy abriu a porta e cumprimentou Jane com um sorriso.

— Não sabia que você viria hoje. É bom te ver de novo.

— Pensei em dar uma passada para ver como você e a sua mãe estão.

— Estamos bem, graças a vocês. Nós duas estamos dormindo muito melhor agora que tudo acabou. Por favor, entre.

— Sua mãe está em casa? — perguntou a detetive Rizzoli ao entrar.

— Ela acabou de sair para fazer compras, mas deve voltar logo. Você queria falar com ela?

— Queria. E com você também.

— Vamos para a cozinha. Eu ia preparar agora um bule de chá. Quer um pouco?

— Seria ótimo, obrigada.

Foram para a cozinha, e Amy ligou a chaleira. Era algo que a mãe tinha ensinado a ela muito tempo atrás: de manhã você oferece café ao seu convidado; à tarde, oferece chá. De qualquer forma, você deve sempre oferecer algo para beber. Enquanto esperava a água ferver, Amy viu a detetive Rizzoli digitar uma mensagem e em seguida dar uma olhada cuidadosa na cozinha. Era como se a estivesse vendo pela primeira vez, embora aquela certamente não fosse a primeira visita de Rizzoli à sua casa. Talvez ela estivesse apenas admirando a geladeira Sub-Zero de aço inoxidável ou o fogão Viking de seis bocas, eletrodomésticos dos quais a mãe se orgulhava muito.

— Ela é uma ótima cozinheira, não é? Sua mãe.

— Ela faz tudo do zero. É uma questão de honra para ela — disse Amy, abrindo um recipiente plástico com quadradinhos de limão feitos por Julianne.

— Como ela aprendeu a cozinhar?

— Não sei. Ela sempre fez isso. Era como pagava as contas quando eu era criança. Trabalhou em restaurantes, cafés.

— Ouvi dizer que foi assim que ela conheceu o Dr. Antrim. No café em frente ao hospital.

Amy riu.

— Já ouvi essa história umas mil vezes.

— Isso foi logo depois que vocês se mudaram para Boston?

— Eu tinha nove anos. Naquela época, morávamos em um apartamentinho horrível em Dorchester. Então minha mãe conheceu meu pai, e tudo mudou.

Amy arrumou os quadradinhos de limão em um lindo prato de porcelana e os colocou na mesa. *A apresentação é metade do atrativo*, sua mãe sempre dizia.

— Onde você e sua mãe moravam antes? Antes de Boston?

— Já moramos em vários lugares. Em Worcester. No norte do estado de Nova York.

— E em Vermont. Foi lá onde você nasceu, não foi?

— Bem, eu não me lembro *disso*.

— Você se lembra de morar no Maine?

— Nunca moramos lá.

Amy colocou folhas de *oolong* em um bule de chá, despejou água quente e deixou-as em infusão.

— Mas você já esteve lá.

— Uma vez, de férias. Meu pai queria visitar os faróis, mas choveu a semana toda. Nunca voltamos.

Elas ficaram sentadas à mesa por um momento, enquanto o relógio da cozinha tiquetaqueava e o chá esfriava. Com toda aquela conversa fiada, parecia que estavam apenas matando o tempo e que a detetive Rizzoli na verdade estava ali para falar com Julianne. O chá ainda não estava pronto, mas mesmo assim Amy o serviu em duas xícaras, deslizou uma para a visitante e levou a outra aos lábios.

— Antes de você beber o chá, preciso colher uma amostra da sua saliva — disse Rizzoli.

Amy pousou a xícara e franziu a testa quando Rizzoli tirou um cotonete do bolso e destampou a capinha plástica.

— Por quê? Por que você precisa disso?

— É apenas para fins de exclusão. Havia sangue de mais de uma pessoa na faca, e o laboratório precisa do DNA de todos que estavam na cabana.

— Mas você sabe que a minha mãe se cortou naquela noite. Então o sangue dela *vai estar* na faca.

— Nós precisamos do seu DNA também. Só para encerrar o caso. É rotina.

— Tudo bem — disse Amy por fim.

Rizzoli coletou a amostra, recolocou a tampa no cotonete e guardou-o no bolso.

— Agora me conte como você está, Amy. Devem ter sido semanas difíceis para você. Sendo perseguida por aquele homem.

Amy envolveu a xícara de chá com as mãos.

— Estou bem.

— Está mesmo? Porque seria normal se você desenvolvesse transtorno de estresse pós-traumático.

— Tive alguns pesadelos — admitiu Amy. — Meu pai diz que a melhor coisa que posso fazer é me manter ocupada. Voltar para a faculdade, terminar a minha graduação. — Ela deu uma risada triste. — Embora minha mãe prefira que eu fique em casa com ela eternamente.

— Ela sempre foi tão protetora?

— Sempre. — Amy sorriu. — Antes de ela conhecer o meu pai, éramos só nós duas. Lembro que costumávamos cantar uma música no carro: *Você e eu contra o mundo*.

— Quais são as suas primeiras lembranças?

A pergunta fez Amy ficar estática. A conversa tinha mudado repentinamente, tomando um novo rumo que a deixou confusa. Ficou perturbada com o olhar penetrante de Rizzoli, como se estivesse avaliando cada palavra sua. Não parecia mais uma conversa casual durante o chá; estava começando a parecer um interrogatório.

— Por que você está me fazendo todas essas perguntas?

— Porque ainda estou tentando entender os motivos de James Creighton. Por que ele veio atrás de *você*? O que tornou *você* tão especial para ele, e quando ele a viu pela primeira vez?

— No cemitério.

— Ou será que foi antes? É possível que, quando você era muito pequena, James Creighton conhecesse sua mãe?

— Não, ela teria me contado.

Amy tomou um gole do chá, que já estava esfriando. Notou que Rizzoli não havia tocado na xícara, estava apenas sentada ali, observando-a.

— Me fale sobre o seu pai, Amy. Não o Dr. Antrim, mas o seu pai biológico.

— Por quê?

— É importante.

— Tento não pensar nele. Nunca.

— Mas você deve se lembrar dele. Quando sua mãe se casou com Mike Antrim, você já tinha dez anos. Vi a foto do casamento no escritório do Dr. Antrim. Você foi dama de honra.

Amy assentiu.

— Eles se casaram no lago Lantern.

— E seu pai verdadeiro?

— No que me diz respeito, Mike Antrim é meu *único* pai.

— Mas *havia* outro homem, que se chamava Bruce Flagler. Um carpinteiro que fazia trabalhos avulsos, que se mudava de cidade em cidade, consertando deques, reformando cozinhas.

— O que Bruce tem a ver com isso?

— Então você se lembra do nome dele.

— Tento não me lembrar. — De repente, Amy se levantou e pegou o celular na bancada. — Vou mandar uma mensagem para minha mãe pedindo para ela voltar para casa agora mesmo. É ela quem pode responder às suas perguntas.

— Preciso saber do que *você* se lembra.

— Não *quero* me lembrar! Ele era um homem horrível.

— Sua mãe disse que você tinha oito anos quando ela se separou dele. Você já tinha idade suficiente para se lembrar de muitos detalhes.

— É, eu tinha idade suficiente para me lembrar dele batendo nela. Lembro dela me empurrando para o meu quarto para me proteger dele.

— O que aconteceu com Bruce Flagler?
— Pergunte à minha mãe.
— Você não sabe?

Amy se sentou novamente à mesa e olhou para a detetive.

— O que me lembro é do dia em que nós o deixamos. O dia em que colocamos nossas roupas em uma mala e entramos no carro. Minha mãe me disse que ia ficar tudo bem, que nós íamos embarcar em uma grande aventura, só nós duas. Que íamos para tão longe que ele nunca ia nos encontrar, e nós nunca mais íamos sentir medo.

— Onde ele está agora?
— Eu não quero saber. Por que você quer?
— Preciso encontrá-lo, Amy.
— Por quê?
— Porque acho que ele matou uma mulher dezenove anos atrás. Ele a estrangulou dentro da própria casa e raptou a filha dela de três anos. Ele tem que ser preso.

O celular de Amy tocou. Ela olhou para baixo e viu uma mensagem da mãe.

— Sua mãe sabia o que Bruce tinha feito? Foi por isso que ela o deixou?

Amy digitou uma resposta e colocou o celular na mesa.

— Ela sabia que o homem com quem morava era um assassino? — perguntou Jane.

Elas ouviram o som da chave na porta da frente, e Amy se sobressaltou.

— Ela chegou. Por que você não pergunta a ela?

Julianne entrou carregando uma sacola de compras e o aroma de manjericão fresco invadiu a cozinha. Garrafas de vidro tilintaram quando ela colocou a sacola na bancada, virou-se para Jane e sorriu.

— Detetive Rizzoli, se eu soubesse que você viria nos visitar, teria voltado para casa mais cedo.

— Amy e eu estávamos só conversando — disse Rizzoli.

— Ela colheu uma amostra da minha saliva, mãe — disse Amy.

— Da Amy? — Julianne franziu a testa. — Para quê? Agora que esse pesadelo finalmente acabou...

— É isso que a senhora acha? Que tudo acabou?

Julianne olhou para Rizzoli por um momento, e Amy não gostou do longo silêncio que se seguiu. Não gostou de como o sorriso da mãe desapareceu. O rosto de Julianne estava agora completamente inexpressivo, uma máscara vazia que Amy já tinha visto antes, e sabia o que significava.

— Eu vou precisar de uma amostra da sua saliva também, Sra. Antrim.

— Mas você já sabe que o meu sangue está naquela faca. Você viu o corte na minha mão naquela noite. Eu me cortei defendendo a minha filha. Lutando contra aquele homem.

— O nome dele era James Creighton.

— Não interessa qual era o nome dele!

— Tenho certeza de que a senhora sabia o nome dele, Sra. Antrim. E também sabia por que ele estava tão interessado na sua filha. Ele tinha todos os motivos para estar.

— Não sei do que você está falando.

— Me fale sobre o pai biológico de Amy. Pelo que sei, o nome dele era Bruce Flagler.

— Não pronunciamos esse nome. Nunca.

— Por que não?

— Porque ele foi um erro. O maior erro da minha vida. Eu tinha dezessete anos quando o conheci. Levei dez longos anos para finalmente me libertar dele.

— Onde Bruce está agora?

— Não faço ideia. Provavelmente espancando alguma outra pobre mulher. Se eu não o tivesse deixado naquela época, estaria morta agora. Talvez Amy também.

— Você faria qualquer coisa pela Amy, não faria?
— Claro que sim. — Julianne olhou para Amy. — Ela é minha filha.
— Não acho que ela seja, Sra. Antrim.
Amy olhou para as duas mulheres, sem saber o que fazer. O que dizer. Sua mãe estava muito quieta, mas não havia nenhum sinal de pânico em seu rosto.
— Amy — Julianne disse calmamente —, por favor, vá até o meu quarto e pegue nosso antigo álbum de fotos. Aquele com as fotos de quando você era bebê e com a sua certidão de nascimento. Está no armário, na prateleira de cima. E traga o meu passaporte também. Está na minha gaveta de lenços.
— Mãe? — disse Amy, inquieta.
— Vá, meu amor. É só uma confusão. Vai ficar tudo bem.
As pernas de Amy tremiam enquanto ela saía da cozinha e subia as escadas até o quarto dos pais. Foi ao armário da mãe e tirou a pilha de álbuns de fotos da prateleira. Colocou-os na cama e encontrou o álbum que a mãe havia pedido. Ela sabia que era aquele porque tinha décadas de uso e a encadernação havia começado a se deteriorar, mas o abriu mesmo assim, só para ter certeza. Na primeira página havia uma foto de Julianne quando muito jovem. Estava sob um carvalho, embalando seu bebê de cabelos pretos nos braços. Do lado oposto da foto, na contracapa, estava a certidão de nascimento de Amy Wellman, nascida no estado de Vermont, pesando 2,5 quilos. A linha para o nome do pai estava em branco. Ela fechou o álbum e se sentou na cama por um momento, pensando no que ia acontecer em seguida. No que a mãe ia fazer, no que ela deveria fazer.
Então se levantou, foi até a cômoda e abriu a gaveta de cima. Empurrou para o lado os lenços de seda cuidadosamente dobrados e pegou o que a mãe havia pedido.

39
Jane

— Ela não sabe, não é? — disse Jane. — Quem era o verdadeiro pai dela.

As duas mulheres estavam sentadas frente a frente à mesa da cozinha, o bule, as xícaras e o prato com quadradinhos de limão entre elas. Um ambiente muito calmo e doméstico para um interrogatório.

— Vou mostrar a você a certidão de nascimento da Amy — disse Julianne. — Posso mostrar também as fotos em que a estou segurando, logo depois que ela nasceu, e fotos não mentem. Eu posso provar que sou a mãe da Amy.

— Eu tenho certeza de que as fotos são reais, Sra. Antrim. Tenho certeza de que realmente é a mãe da Amy. — Jane fez uma pausa, o olhar fixo em Julianne. — Mas a verdadeira Amy está morta. Não está?

Julianne ficou muito quieta. Jane quase podia ver pequenas rachaduras começando a surgir na máscara que a mulher mantinha com tanto cuidado.

— Como sua filha biológica morreu? — perguntou Jane calmamente.

— Ela *é* minha filha.

— Mas ela não é Amy. Os restos mortais da sua filha, a verdadeira Amy, foram encontrados há dois anos, em um parque estadual no Maine, não muito longe de onde você morava com seu companheiro, Bruce Flagler. Carpinteiro que ajudou a reformar a cozinha da professora Eloise Creighton. Bruce tinha um histórico de violência doméstica, e nós sabemos que ele agredia *você*. Foi assim que a pequena Amy morreu? Ele a matou?

Julianne ficou em silêncio.

— A polícia não sabia de quem era aquela ossada. Para eles, era apenas o cadáver de uma criança não identificada, deixada em uma cova rasa na floresta. Mas agora nós sabemos que ela tinha nome: Amy. Não consigo nem imaginar quão horrível deve ter sido para você perder aquela menininha. Saber que nunca mais iria segurá-la nos braços. Se algo assim acontecesse comigo, não sei se ia querer continuar vivendo.

— Ele disse que foi um acidente — sussurrou Julianne. — Disse que ela caiu da escada. Nunca descobri a verdade... — Ela respirou fundo e olhou pela janela, como se estivesse relembrando aquele dia. Aquele momento de perda. — Eu quis morrer. *Tentei* morrer.

— Por que você não foi à polícia?

— Eu *quis* ir. Mas então, naquela noite, ele a trouxe para casa. Ela era tão pequena, estava tão assustada. Ela *precisava* de mim.

— Ele trouxe outra pequena Amy para você, para comprar o seu silêncio. Uma nova Amy para substituir a Amy que ele havia destruído. Foi por isso que você nunca contou à polícia. Foi por isso que deu a ele um álibi para a noite em que ele a sequestrou, tudo para poder ficar com sua nova filhinha. Mas ela não era sua. Bruce alguma vez contou a você como ele matou a mãe? Como ele colocou as mãos no pescoço dela?

— Ele disse que entrou em pânico. Disse que quando a criança começou a gritar, a mãe acordou e ele não teve escolha a não ser...
— Estrangulá-la, com a única arma que tinha. As mãos.
— Não sei como aconteceu! A única coisa que eu sabia era que aquela garotinha precisava do meu amor. Que eu cuidasse dela. Ela demorou um tempo para esquecer a outra mulher, mas esqueceu. Aprendeu a *me* amar. Aprendeu que *eu* era a mãe dela.
— Ela também tinha um pai, Julianne. Um pai que também a amava e que nunca parou de procurar por ela. Então você e Bruce fizeram as malas e foram embora do Maine. Mudaram de nome, se mudaram para Massachusetts, New Hampshire e, finalmente, para o interior do estado de Nova York. Foi então que você finalmente conseguiu deixá-lo. Pegou sua filha e se mudou para Boston, e aqui, pela primeira vez na vida, as coisas deram certo para você. Você se casou com um homem decente. Veio morar nesta bela casa. Estava tudo perfeito... até Amy sofrer o acidente. Foi um acontecimento infeliz e completamente aleatório que a mandou para o hospital. Mas isso mudou tudo.

O rosto de Julianne não revelava nenhuma contração nervosa, não havia nenhum lampejo de pânico em seus olhos, e Jane de repente se perguntou se não teria entendido tudo errado. Se Julianne conseguiria de alguma forma provar sua inocência.

Não, estou certa. Eu sei que estou.

— Amy acabou na UTI, onde Sofia Suarez foi sua enfermeira. Sofia viu a cicatriz no peito de Amy, resultante de uma cirurgia cardíaca na infância. Ela notou que Amy tem um tipo sanguíneo raro, AB negativo. E se lembrou de uma paciente de quem tinha cuidado dezenove anos antes. Uma menina de três anos com sangue AB negativo que tinha sido submetida a uma cirurgia cardíaca. Ela se lembrava daquela garota com muita clareza por causa de algo chocante que havia acontecido com ela. A pequena Lily

Creighton tinha sido sequestrada em sua casa e desaparecido sem deixar vestígios. Agora, dezenove anos depois, Sofia vê a cicatriz cirúrgica de Amy, de uma cirurgia que não constava em seu prontuário médico. E repara seu tipo sanguíneo raro.

— Como você poderia saber de tudo isso?

— Sofia Suarez deixou as pistas de que eu precisava para juntar as peças: a pesquisa sobre tipos sanguíneos na internet. A busca por James Creighton. A ligação para uma antiga colega de enfermagem na Califórnia, alguém que também se lembrava muito bem do sequestro de Lily. Mas o Dr. Antrim era amigo de Sofia, e ela não podia compartilhar suas suspeitas com ele. Então ela começou a fazer perguntas discretamente, perguntas que devem ter deixado você preocupada. Por exemplo, por que a cirurgia cardíaca de Amy não constava no prontuário médico.

— Isso é só porque nós nos mudamos muitas vezes! Amy e eu moramos em várias cidades e estados diferentes. Às vezes, os registros se perdem.

— E por que você não doou sangue para sua própria filha, embora ela precisasse desesperadamente de uma transfusão? Sofia também deve ter se feito a mesma pergunta. Não sei que desculpa você deu, mas sei o verdadeiro motivo. Você não podia doar para ela porque seu sangue é O positivo, Julianne. Algo que Sofia descobriu quando ligou para um amigo no setor de registros médicos e pediu que desse uma olhada no seu prontuário. Se você não era a mãe dela, quem eram os *verdadeiros* pais de Amy? Sofia sabia que a única forma de descobrir seria através de um exame de DNA.

"Então ela começou a procurar por James Creighton. Localizou o antigo endereço e enviou uma carta, que acabou sendo encaminhada para ele. Foi assim que ele descobriu que a filha, Lily, poderia estar viva. Aquele homem não estava perseguindo uma mulher aleatória. Ele estava tentando descobrir se Amy era *a filha dele*."

— Mãe, achei — disse Amy. Ela desceu as escadas e foi até a cozinha segurando um álbum de fotos, que colocou na mesa.

— Pronto — disse Julianne, empurrando o álbum para Jane. — Abra. *Veja* você mesma.

A encadernação estava prestes a se desfazer e o papel estava quebradiço. Com cuidado, Jane abriu a capa do álbum e viu uma foto desbotada de uma jovem Julianne embalando um bebê de cabelos pretos.

— Está vendo? — disse Julianne. — Somos eu e Amy. Nessa foto ela tem apenas alguns meses de vida, mas já tinha muito cabelo. Um lindo cabelo preto. — Ela olhou para a filha. — Assim como agora.

— Graças à Clairol — disse Jane.

Julianne franziu a testa para ela.

— O quê?

— Vi uma caixa de tintura de cabelo Clairol na sua casa no lago. Na hora, achei que fosse sua, para retocar as raízes grisalhas. Mas na verdade eram para a sua filha, não eram? Para manter o cabelo preto. — Jane olhou para Amy, que permanecia em silêncio e imóvel. — Outro detalhe que me escapou, mas que uma enfermeira teria notado. Uma enfermeira que deu banho nela, lavou seu cabelo e percebeu que as raízes loiras estavam começando a aparecer. — Ela olhou novamente para Julianne. — Quando Sofia finalmente confrontou você? Quando ela contou que sabia que Amy não era sua filha de verdade?

As mãos de Julianne tremiam. Ela as apertou para firmá-las, os dedos cerrados com tanta força que os nós se sobressaíam, brancos como osso.

— Foi por isso que você foi até a casa de Sofia, para implorar que ela guardasse o segredo? Talvez não tenha *planejado* matá-la. Nesse aspecto, vou dar a você o benefício da dúvida. Mas você levou um martelo naquela noite. Apenas por precaução.

— Ela não quis me *ouvir*! — Julianne soluçou. — Só pedi para ela ficar quieta. Para nos deixar em paz...

— Mas ela se recusou, não foi? Porque sabia que era errado. Então você pegou o martelo e se livrou do problema. Depois quebrou o vidro da porta da cozinha e pegou alguns itens para parecer que tinha sido um roubo. Você deve ter achado que tinha cuidado de todos os detalhes. Até James Creighton aparecer procurando pela filha. E então você foi forçada a cuidar *desse* problema também.

— Foi legítima defesa! Ele nos *atacou*.

— Não, ele não fez isso. Você encenou aquele ataque. Você ligou para o celular pré-pago dele e o convidou para encontrá-la na casa do lago.

Julianne pegou o celular e entregou-o a Jane.

— Toma. Pode checar meu registro de chamadas. Vai ver que eu nunca liguei para ele.

— Não do seu celular. Você não é tão descuidada. Temos os registros do celular pré-pago de Creighton, e você ligou para ele de um telefone público. Não é fácil ligar de um telefone público hoje em dia, mas você encontrou um em uma parada rodoviária. Infelizmente as paradas também têm câmeras de vigilância, e lá está você. Em um telefone público no exato momento em que foi feita a ligação para o celular pré-pago de Creighton. Você lhe prometeu que ele poderia falar com a filha? Ele estava morrendo de câncer e tinha menos de um ano de vida. Devia estar desesperado para ver a garotinha que pensava ter perdido, então é claro que ele foi ao lago encontrar Amy. Porque você o convidou para ir até lá. Mas era uma armadilha. Você o atraiu, o esfaqueou até a morte, plantou o martelo no carro dele. Você até deixou marcas de estrangulamento no pescoço da sua própria filha, para nos fazer acreditar que ele a havia atacado. Você amarrou todas as pontas soltas.

— Fiz isso por *nós* duas. Fiz isso pela *Amy*. — Julianne respirou fundo e acrescentou calmamente: — Tudo o que fiz foi por ela.

E Jane não duvidava disso. Não havia força mais poderosa no mundo do que o amor de um pai ou uma mãe por um filho. Um amor maravilhoso e terrível que levara ao assassinato de duas pessoas inocentes.

— Mãe — disse Amy. — O que você quer que eu faça?

Jane se virou e só então viu a arma nas mãos de Amy. Ela já estava com o dedo no gatilho e segurava a arma de forma instável, com o cano oscilando para a frente e para trás. Uma jovem assustada prestes a cometer um erro terrível.

— Vamos fazer o que sempre fazemos — disse Julianne. — Vamos deixar isso para trás, meu amor, e começar de novo. — Ela se levantou, pegou a arma da filha e apontou para Jane. — Levante-se — ordenou. — Amy, pegue a arma dela.

Calmamente, Jane se levantou e ergueu os braços para que Amy pudesse tirar a arma do coldre.

— Suponho que vamos dar um passeio, não é? — disse Jane.

— Não quero sangue na minha cozinha.

— Julianne, você só está piorando as coisas. Para vocês duas.

— Estou consertando as coisas. Do jeito que sempre fiz.

— Você realmente quer envolver ainda mais a sua filha nisso? Você já a tornou cúmplice no assassinato de James Creighton.

— Vamos — ordenou Julianne. — Para a porta da frente.

Jane olhou para Amy.

— Você pode acabar com isso. Pode impedi-la.

— *Anda*.

As mãos de Julianne apertaram a arma e, ao contrário de Amy, ela a segurava com firmeza e a apontava para Jane sem vacilar. Ela já havia matado antes; certamente não hesitaria em fazê-lo outra vez.

Jane sentiu a arma apontada para suas costas enquanto saía da cozinha e andava pelo corredor até o hall de entrada. Não poderia fugir de uma bala; não tinha escolha a não ser obedecer. Quando chegou à porta da frente, ela parou e se virou para olhar mais uma vez para Julianne e Amy. Embora não fossem parentes de sangue, aquelas duas mulheres eram, mesmo assim, mãe e filha e sempre protegeriam uma à outra.

— Uma última chance, Amy — disse Jane.

— Apenas faça o que minha mãe mandou.

Então é assim que vai ser, pensou Jane. Ela abriu a porta e saiu. Ouviu Julianne arfar quando viu quem estava no jardim da frente: Barry Frost e dois policiais da polícia de Boston, prontos para agir com a chegada de Julianne.

— Acabou, Sra. Antrim — disse Jane.

— Não. — Julianne apontou a arma para Frost e depois de volta para Jane. — *Não.*

Ambos os patrulheiros estavam com as armas em punho apontadas para Julianne, mas Jane ergueu a mão, ordenando que não atirassem. Já houvera derramamento de sangue suficiente; aquilo tinha que terminar sem mais um.

— Me dê a arma — disse ela a Julianne.

— Eu tive que fazer isso, você não entende? Não tive escolha.

— Você tem escolha agora.

— Aquilo teria destruído minha família. Depois de tudo que fiz para proteger Amy...

— Você é uma boa mãe. Ninguém duvida disso.

— Uma boa mãe — sussurrou Julianne. Ela olhou para a arma em suas mãos, o cano ainda apontado para Jane. — Uma boa mãe faz o que tem que ser feito.

Não, pensou Jane.

Mas Julianne já estava apontando a arma para a própria cabeça. Com o dedo no gatilho, ela pressionou o cano contra a têmpora.

— Mãe, não! — gritou Amy. — Por favor, mãe!

Julianne ficou completamente imóvel.

— Eu te amo — Amy soluçou. — Preciso de você.

Lentamente, ela se aproximou da mãe.

Por mais que quisesse se lançar entre elas e afastar Amy do perigo, Jane sabia que Amy era a única que Julianne ouviria. A única que poderia pôr um fim àquilo.

— Mãe — choramingou Amy. Ela passou os braços em volta de Julianne e pousou a cabeça no ombro da mãe. — Mãe, não me deixa. Por favor.

Lentamente, Julianne baixou a arma. Não ofereceu resistência quando Jane a tirou de suas mãos. Tampouco resistiu quando Frost puxou seus pulsos para trás e a algemou. Então agarrou o braço dela e puxou-a para longe da filha.

— Não, não leve ela! — implorou Amy enquanto Frost conduzia Julianne em direção à viatura.

Jane algemou Amy e a conduziu para uma segunda viatura. Só então, quando as duas mulheres foram levadas em direções diferentes, Julianne começou a resistir, tentando se desvencilhar de Frost.

— Amy! — gritou ela enquanto Frost a empurrava para dentro da viatura. Ela soltou um lamento sobrenatural que se transformou em um grito estridente quando a porta do carro se fechou, trancando-a lá dentro, separando-a da filha.

— *Amy!*

Enquanto a viatura se afastava, Jane ainda podia ouvir aquele grito, um eco de desespero que permaneceu no ar muito depois de Julianne ter partido.

40
Angela

Sinto como se todos estivessem olhando para mim enquanto estou na parte inferior da escada rolante do saguão de desembarque do aeroporto, esperando por Vince. Não é à toa que eles estão olhando; estou com uma aparência pavorosa. Meu rosto está ainda mais roxo do que estava há quatro dias, depois que fui resgatada do armazém, e minha bochecha está tão inchada que parece um balão. São as contusões de uma mulher guerreira, e não tenho vergonha delas. Pelo contrário, ostento-as com orgulho porque quero que Vince veja como sou durona. Afinal, de todas as pessoas ao meu redor na retirada de bagagens, quantas podem dizer que sobreviveram a um sequestro *e* desarmaram um vizinho?

Nós, as mulheres Rizzoli, somos assim. Não é de admirar que minha filha seja tão boa no que faz.

Uma mão pousa suavemente em meu braço e, quando me viro, vejo uma jovem com olhos gentis franzindo a testa para mim, preocupada.

— Desculpe perguntar — diz ela baixinho —, mas a senhora está bem? Está segura?

— Ah, você pergunta por causa disso? — Aponto para o meu rosto.

— Alguém bateu na senhora?

— Sim. Ele me acertou em cheio.

— Ah, pobrezinha, espero que a senhora tenha chamado a polícia. Espero que tenha prestado queixa.

— Não foi necessário. Ele está morto.

Meu sorriso parece assustá-la, e a jovem recua lentamente.

— Mas obrigada por perguntar! — grito enquanto ela se afasta.

Que gentileza dessa mulher perguntar sobre meu bem-estar. Todos deveríamos ser assim, cuidar uns dos outros e nos proteger. Algo que já faço porque é natural para mim, mesmo que muitas vezes pareça que estou apenas me metendo onde não sou chamada. Fiquei com esses hematomas por ter feito perguntas demais e ter metido o bedelho nos assuntos dos outros, mas é por isso que Larry Leopold ainda está vivo, é por isso que Rick Talley não vai passar o resto da vida na prisão e é por isso que Nina, seja lá qual for seu nome verdadeiro, não precisa mais temer por sua vida.

— *Angie?* Ah, meu deus, meu amor!

Eu me viro e vejo Vince saindo da escada rolante. Ele larga a bagagem, segura meus ombros e me encara.

— Ah, meu amor — diz ele. — É muito pior do que Jane falou.

— Você falou com ela?

— Ontem. Ela me ligou para me avisar sobre o olho roxo, mas não disse que ele tinha batido tanto em você. Juro, se aquele filho da puta já não estivesse morto, eu mesmo o mataria!

Seguro o rosto dele com as duas mãos e cuidadosamente me inclino para beijá-lo.

— Sei que você faria isso, querido.

— Eu não deveria estar na Califórnia, e sim aqui para cuidar de você.

— Acho que fiz um bom trabalho sozinha.

— Não de acordo com a sua filha. Ela disse que você se transformou em uma espécie de vigia do bairro. Me disse que eu deveria ter uma conversa séria com você sobre os perigos de ficar se intrometendo em coisas que não lhe dizem respeito.

— Conversaremos sobre isso quando chegarmos em casa.

Mas quando chegamos em casa, ao passar pela porta da frente, não tenho vontade de falar sobre nada disso. Então não falamos. Levo uma garrafa de Chianti para a sala e sirvo duas taças. E nos beijamos. Passar um mês na Califórnia não foi bom para ele. A barriga dele cresceu por causa de todas as porcarias que andou comendo e por ter ficado enfiado dentro de casa com a irmã. E ele parece cansado, muito cansado, por causa do longo voo. Nós nos abraçamos, e é como se meu mundo de repente estivesse em ordem outra vez e toda a loucura das últimas semanas nunca tivesse acontecido. As coisas deveriam ser assim: Vince e eu com uma boa garrafa de vinho enquanto o jantar está no forno. Pela janela, um movimento chama minha atenção. Olho para o outro lado da rua e vejo Jonas, mais uma vez levantando pesos. Ele não olha para mim porque sabe que conheço seu segredo. Ele não é quem afirma ser. Há tantos segredos que descobri sobre meus vizinhos. Sei quem teve um caso com quem. Sei quem não é das forças especiais da Marinha de verdade. Sei qual deles estava apavorado, temendo pela própria vida. E, o mais importante, sei com quem posso contar para correr corajosamente e lutar ao meu lado quando as coisas ficarem difíceis, mesmo que ela tenha que fazer isso ofegando e tossindo.

Sim, passei a conhecê-los um pouco melhor, e eles passaram a me conhecer; embora nem sempre estejamos de acordo, e às vezes deixemos de falar uns com os outros e até tentemos matar uns aos outros, este é o meu bairro. Alguém tem que ficar de olho nele.

E essa pessoa pode muito bem ser eu.

41
Amy

Seis meses depois

As raízes loiras estavam crescendo. Cada vez que se olhava no espelho, ela via os cabelos claros brotando, como uma coroa dourada saindo de seu couro cabeludo. Desde que conseguia se lembrar, seu cabelo sempre fora preto e suas raízes claras eram obsessivamente pintadas a cada poucas semanas pela mãe. *Temos que fazer isso para nos proteger*, dizia Julianne. E a segurança delas fora a razão pela qual tinham feito tudo o que fizeram. O cabelo tingido. As mudanças de cidade em cidade. Os repetidos avisos: *Nunca confie em ninguém, Amy. Nunca sabemos quem pode nos trair.*

Mas então elas se mudaram para Boston, e a mãe dela conseguiu um emprego no café do outro lado da rua, em frente ao hospital, e conheceu o Dr. Michael Antrim. Eles se apaixonaram, e Julianne deixou de lado os próprios conselhos. Eles se tornaram uma família. Tinham um lar, um lar permanente, onde poderiam ficar para sempre. Finalmente estavam seguras. Até que um acidente completamente aleatório mandou Amy para o hospital, onde uma enfermeira chamada Sofia viu a cicatriz no peito dela, o tipo sanguíneo raro listado em seu prontuário e as raízes loiras aparecendo sob seu cabelo escuro.

E o seu mundinho ideal implodiu.

Agora suas raízes loiras estavam mais longas do que nunca, mais longas do que jamais haviam podido crescer. Amy baixou a cabeça e passou os dedos pelos fios bicolores. Dessa vez não ia se dar o trabalho de escurecê-los. Ia deixá-los crescer; fazia parte de sua transformação de volta à garota que tinha sido, uma garota que ainda era uma estranha para ela. A cada semana ela ia se desvencilhando de mais um pedacinho de si mesma, de mais um pedacinho de Amy, até que a garota original recuperasse tudo.

Não havia mais motivo para Lily se esconder; todos sabiam a verdade agora. Ou parte dela.

Ninguém jamais saberia toda a verdade.

Julianne confessou ter matado Sofia Suarez e James Creighton. Ela não teve escolha a não ser confessar; as provas estavam lá, no registro da ligação que tinha feito para Creighton, um telefonema no qual prometera que ele finalmente poderia passar um tempo com a filha havia muito perdida: Lily. Ele não as seguira até o lago Lantern. Tinha sido convidado para ir até lá.

O DNA provou que ele era o pai biológico de Amy, mas isso significava apenas que tinha sido seu espermatozoide que fertilizara o óvulo. Ele não a vira crescer. Tinha sido Julianne quem a alimentara, quem a vestira e quem cantara para ela. Tinha sido Julianne quem a protegera.

E quem, no final, se sacrificara por ela. Julianne se declarou culpada de ambos os assassinatos para que Amy pudesse ficar livre, e todas as acusações contra ela foram retiradas. Afinal de contas, ela era apenas uma vítima, uma criança raptada que, ao longo dos anos, desenvolvera um vínculo tão profundo com sua cuidadora que a lealdade turvara seu julgamento. Ela amava a mãe, então era natural que buscasse a arma para ela. Era natural que mentisse sobre a morte de James Creighton. Era natural que protegesse Julianne.

Assim como eu a protegi antes.

Ela pensou na feia casa alugada na Smith Hill Road, onde morava com a mãe e Bruce quando tinha oito anos. Lembrou-se da encosta imponente do lado de fora de sua janela e do cheiro de fumaça de cigarro antigo que impregnava as paredes. Lembrava-se de tudo isso, até do papel de parede manchado do pequeno cômodo que era seu quarto. Centáureas azuis desbotadas. Lá estava ela, encolhida na cama, ouvindo os gritos no quarto da mãe enquanto traçava com o dedo o contorno daquelas flores na parede, saltando pelo rasgo onde aparecia o papel de parede antigo. Sujo e verde. Por baixo das superfícies mais bonitas sempre havia algo feio esperando para emergir. Quantas horas ela havia passado cutucando aquele papel de parede, desejando estar em outro lugar enquanto ouvia os soluços de Julianne e o impacto dos punhos de Bruce no corpo da mãe? E as palavras que ele sempre usava para fazer Julianne lhe obedecer. *Se eu perder, você perde também. Se contar a eles o que eu fiz, vão tirar sua filhinha de você.*

Então, um dia, tudo acabou. Um dia Amy não aguentou mais os gritos. Foi nesse dia que ela finalmente encontrou coragem para sair do quarto, ir até a cozinha e pegar uma faca da gaveta. Quando o desespero é grande o suficiente, você encontra forças para esfaquear um homem pelas costas. Mesmo que tenha apenas oito anos.

Mas a faca não penetrou fundo o suficiente para matar Bruce, apenas para enfurecê-lo ainda mais. Ele urrou de dor e se virou para encará-la, e naquele momento Amy não viu um homem parado bem na sua frente, mas um monstro cuja raiva agora estava dirigida contra ela.

Ela se lembrava do cheiro de álcool no hálito dele enquanto suas mãos se fechavam em torno do pescoço dela, enquanto ele espremia a vida para fora do corpo dela. E então tudo ficou preto e ela não conseguia se lembrar de mais nada. Não viu Julianne pegar a faca e enfiá-la no corpo dele, várias vezes.

Mas se lembrava do que tinha visto quando a névoa se dissipou diante de seus olhos. Bruce, caído no chão, os olhos vidrados, a respiração borbulhante. E havia sangue. Tanto sangue.

— Vá para o seu quarto, meu amor — dissera a mãe. — Feche a porta e não saia até eu mandar. Tudo vai ficar bem, prometo.

E tudo ficou bem, no final. Amy foi para o quarto e esperou pelo que pareceu uma eternidade. Pela porta fechada, ouviu o som de algo sendo arrastado, depois baques nos degraus da varanda, seguidos por um longo silêncio. E muito mais tarde, água correndo na pia e o barulho da máquina de lavar girando.

Quando a mãe finalmente lhe disse que podia sair, Bruce havia desaparecido e o chão da cozinha estava úmido e tão limpo que o linóleo brilhava.

— Cadê ele? — perguntou ela.

— Ele foi embora — foi só o que a mãe respondeu.

— Para onde?

— Não importa, meu amor. A única coisa que importa é que ele nunca mais vai nos machucar. Mas você tem que me prometer que não vai contar a ninguém o que aconteceu hoje. É a única maneira de ficarmos seguras. Me prometa.

Amy prometeu.

Uma semana depois, estavam na estrada, só as duas. *Você e eu contra o mundo*, cantavam ao se afastar da casinha miserável. Amy nunca descobriu o que a mãe tinha feito com o corpo de Bruce e nunca perguntou. Talvez ela o tivesse enterrado no campo, ou jogado em um poço abandonado. Julianne sempre fora atenta aos detalhes; ela certamente se livrara dele em algum lugar onde ele nunca seria encontrado e esfregara tanto aquela cozinha que o proprietário jamais saberia que o linóleo escondia vestígios microscópicos do sangue de um homem morto.

Elas tinham passado tanto tempo fazendo tudo que podiam para não chamar atenção, se mudando de um lugar para outro, que mal fizeram amigos e desenvolveram poucos apegos. Ninguém nunca perguntou sobre o desaparecimento de Bruce Flagler. Ninguém se importou. Só Amy e a mãe sabiam o que tinha acontecido naquela cozinha, no casebre triste na encosta da montanha, e nenhuma das duas jamais contaria, porque, além da coragem, o amor às vezes exigia segredo.

Uma batida na porta do banheiro a trouxe abruptamente de volta ao presente. À casa em Boston onde ela morava agora.

— Amy? — seu pai chamou na porta. — Está na hora.

— Já vou.

— Você... tem certeza de que quer visitá-la?

Ela podia ouvir a dúvida na voz dele. E a dor. Embora Amy insistisse em visitar a mãe a cada duas semanas, Mike Antrim ainda não suportava ver Julianne. Com o tempo, talvez ele entendesse por que ela fizera tudo aquilo. Talvez compreendesse o desespero que a fizera ir até a casa de Sofia naquela noite, implorar-lhe que não dissesse nada. Talvez entendesse por que, quando suas súplicas se mostraram inúteis, ela tirou o martelo da bolsa.

Amy entendia.

Ela olhou mais uma vez para o espelho e se perguntou se a mãe desaprovaria as raízes loiras. Depois de tantos anos se mantendo escondida, aquela nova garota estava emergindo de sua crisálida, a cada dia um pouco mais loira, um pouco mais Lily. Ainda não havia decidido se isso era bom; teria que perguntar a Julianne. Ela saberia a resposta.

As mães sempre sabem.

Agradecimentos

Um manuscrito é apenas o começo. Sou grata pelo trabalho árduo e pela experiência de todos que transformaram minhas meras palavras em um livro. Muito obrigada às minhas editoras Jenny Chen (EUA) e Sarah Adams (Reino Unido), por me ajudarem a dar os retoques finais nesta história; ao meu revisor, por me salvar de inúmeros constrangimentos, e às minhas equipes editoriais na Ballantine e na Transworld, pelo entusiasmo e apoio ao longo dos anos. Agradeço também à minha incansável agente literária, Meg Ruley, e à incomparável Jane Rotrosen Literary Agency. Um brinde à equipe JRA!

E ao meu marido, Jacob: obrigada por aguentar firme! Não é fácil ser casado com uma escritora, mas você faz isso melhor do que ninguém.

Este livro foi composto na tipologia Minion Pro
Regular, em corpo 11,5/16, e impresso em
papel off-white no Sistema Cameron da
Divisão Gráfica da Distribuidora Record.